CHAMA E CINZAS

Carolina Na[...]

Romance
Da autora de
A sucessora

instante

© 2019 Editora Instante
© 2019 Titulares dos direitos autorais de Carolina Nabuco

Direção Editorial: **Silvio Testa**

Coordenação Editorial: **Carla Fortino**
Revisão: **Fabiana Medina** e **Juliana de A. Rodrigues**
Capa e Ilustrações: **Fabiana Yoshikawa**
Diagramação: **Estúdio Dito e Feito**

Imagem (orelhas): **Arquivo Nacional / Fundo Agência Nacional** (Pessoas apreciando a vista do Rio de Janeiro no mirante do Corcovado, abril de 1943)

1ª Edição: 2019 | 1ª Reimpressão: 2024
Dados Internacionais de Catalogação na Publicação (CIP)
(Laura Emília da Silva Siqueira CRB 8/8127)

Nabuco, Carolina.

   Chama e cinzas / Carolina Nabuco. 1ª ed. — São Paulo: Editora Instante: 2019.

   ISBN 978-85-52994-13-8

   1. Literatura brasileira 2. Literatura brasileira: romance
   I. Nabuco, Carolina.

CDU 821.134.3(81)   CDD 869.3

Índices para catálogo sistemático:
1. Literatura brasileira
2. Literatura brasileira : romance
   869.3

Direitos de edição em língua portuguesa exclusivos para o Brasil adquiridos por Editora Instante Ltda.

Texto fixado conforme o Acordo Ortográfico da Língua Portuguesa de 1990, em vigor no Brasil a partir de 2009.

www.editorainstante.com.br
facebook.com/editorainstante
instagram.com/editorainstante

Chama e cinzas é uma publicação da Editora Instante.

Este livro foi composto com as fontes Arnhem e Adam.cg Pro e impresso sobre papel Pólen Natural 70g/m² em Edições Loyola.

SUMÁRIO

DEPOIS DAS CINZAS, O DESPERTAR...
4

A CASA DE ÁLVARO
9

I
10

II
19

III
24

IV
32

V
41

VI
49

VII
57

VIII
63

IX
69

X
79

XI
90

XII
95

XIII
101

XIV
105

XV
111

A CASA DE RABELO
119

I
120

II
125

III
132

IV
141

V
146

VI
155

VII
160

VIII
164

IX
175

X
183

XI
188

XII
198

XIII
206

XIV
211

XV
215

XVI
220

XVII
225

XVIII
229

XIX
237

XX
240

XXI
243

(RE)DESCOBRINDO CAROLINA NABUCO
247

SOBRE A CONCEPÇÃO DA CAPA
248

DEPOIS DAS CINZAS, O DESPERTAR...

A obra de Carolina Nabuco (1890-1981), uma das primeiras mulheres a atuar como escritora no Brasil, começa a ser resgatada pela crítica literária na atualidade, tornando-se objeto de estudo em pesquisas recentes. Após a reedição de *A sucessora*, relançar a obra *Chama e cinzas*, segundo romance de Nabuco, publicado originalmente em 1947 e no mesmo ano agraciado com o prêmio de Romance da Academia Brasileira de Letras, é uma iniciativa da Editora Instante de resgatar o trabalho dessa autora brasileira, uma entre muitas outras escritoras esquecidas e/ou pouco valorizadas pela historiografia literária.

A partir de obras literárias contemporâneas desta, ignoradas ou consideradas secundárias no plano cultural, fundamentou-se a ideia de que, até a primeira metade do século XX, as mulheres não haviam produzido obras intelectuais ou literárias relevantes. A leitura dos romances de Carolina Nabuco, considerando seu contexto de produção, recepção e circulação, por si só já desmente tal premissa.

Independentemente das distintas conotações atuais direcionadas ao feminismo, a crítica literária feminista dialoga com questões sociológicas, antropológicas, históricas, com a finalidade de compreender a experiência da mulher enquanto leitora e escritora e de desconstruir discursos discriminatórios, com foco na representatividade feminina na literatura.

A crítica feminista vem demonstrando como o cânone literário, ou seja, o conjunto de obras consideradas representativas de uma literatura nacional ou universal, é constituído, em sua maioria, por autores homens, excluindo a mulher como produtora de literatura. Segundo a pesquisadora Lúcia Ozana Zolin,[1] a partir do momento em que a crítica literária também passa a ser realizada por mulheres, inicia-se um intenso resgate de produções literárias de autoria feminina que foram esquecidas pelo cânone ou que não receberam destaque em suas épocas.

Em busca de dar espaço a essas vozes, autoras estão sendo (re)descobertas, como é o caso de Carolina Nabuco. Nesse contexto, Zolin,[2] baseada na crítica feminista, organiza a trajetória da literatura de autoria feminina a partir de três fases:

1. **FASE FEMININA**: ligada à imitação e internalização dos valores morais e dos padrões vigentes: *Úrsula* (1859), de Maria Firmina dos Reis; *A intrusa* (1908), de Júlia Lopes de Almeida; *A sucessora* (1934), de Carolina Nabuco.
2. **FASE FEMINISTA**: ligada ao protesto contra os valores e padrões vigentes e à defesa dos direitos das minorias: *Perto do coração selvagem* (1943), de Clarice Lispector; *A casa da paixão* (1972), de Nélida Piñon; *Diana caçadora* (1986), de Lya Luft, *Mulheres de Tijucopapo* (1987), de Marilene Felinto, entre outras.
3. **FASE FÊMEA OU MULHER**: ligada à autodescoberta e à busca de uma identidade própria: *A república dos sonhos* (1984), de Nélida Piñon; *Joias de família* (1990), de Zulmira Ribeiro Tavares; *O homem da mão seca* (1994), de Adélia Prado; *O ponto cego* (1999), de Lya Luft, entre outras.

Essa primeira fase é fundamental para a compreensão da trajetória da literatura de autoria feminina, pois, ao reduplicar

---

[1] ZOLIN, L. O. "Crítica feminista". In: BONICCI, T.; ZOLIN, L. O. (Org.). *Teoria literária*: abordagens históricas e tendências contemporâneas. 2. ed. revista e compilada. Maringá: Eduem, 2005.

[2] ZOLIN, L. O. "Crítica feminista" e "Literatura de autoria feminina". In: BONICCI, T.; ZOLIN, L. O. (Org.). *Teoria literária*: abordagens históricas e tendências contemporâneas. 2. ed. revista e compilada. Maringá: Eduem, 2005.

padrões éticos, estéticos, nota-se como essas autoras, mulheres, também estavam imersas em um contexto de dominação, do qual, talvez, também não tivessem plena consciência. Clarice Lispector, seguida de outras autoras, rompe com esse estado de coisas, colocando as relações de gênero como elemento das narrativas, o que passa a tornar visível a repressão sofrida pela mulher em diferentes práticas sociais.

Nesse contexto, a obra *Chama e cinzas* se constitui em um enredo de transição entre a fase feminina e a fase feminista. Nele, não temos a mesma tensão psicológica vivida por Marina, a protagonista de *A sucessora*, no entanto, mais próxima da crônica cotidiana, para dar voz a outra mulher, Nica Galhardo, a narrativa assume um tom intimista, ou seja, que perpassa a esfera íntima das personagens, trazendo as experiências traumáticas, os conflitos instaurados em seu interior e as questões morais e sociais, sobretudo ligadas ao papel social de Nica à época.

Sendo, portanto, uma literatura mais introspectiva, *Chama e cinzas*, nesse sentido, aproxima-se do que Alfredo Bosi classifica como "romance de tensão interiorizada",[3] exatamente por trazer a subjetivação dos conflitos vividos pela personagem Nica. Tal característica, segundo o crítico, está em modalidades como o memorialismo, intimismo, autoanálise, presentes na literatura modernista de 1940 e 1950, nas vozes, por exemplo, de Lygia Fagundes Telles, Elisa Lispector, Lúcia Benedetti, Clarice Lispector, Otto Lara Resende, Osman Lins e outras autoras e autores.

O enredo se organiza em torno de Nica e suas três irmãs, Cristina, Iolanda e Geninha, que vivem com o pai viúvo, Álvaro Galhardo, formando o núcleo da família tradicional burguesa — nesse caso, marcado pela ausência da mãe. A partir desse mote e de uma desilusão amorosa, Nica vivenciará sua primeira questão existencial, cogitando, inclusive, um casamento movido exclusivamente por interesses econômicos.

---
3 BOSI, A. *História concisa da literatura brasileira*. 51. ed. São Paulo: Cultrix, 2017.

Diferentemente de Marina, Nica, em uma trajetória particular, na qual, ao refletir sobre si, interpreta com sagacidade suas próprias ações, de certo modo escolhe o próprio caminho, ainda que dentro das possibilidades que a sociedade patriarcal lhe permitia. Com o casamento, torna-se a "mulher moderna e festejada" que dirige o próprio carro, frequenta ambientes públicos sozinha, interessa-se por conversas masculinas, mesmo sendo obrigada a participar dos núcleos femininos.

Mais uma vez, Nabuco faz um retrato da posição da mulher burguesa, agora no final da primeira metade do século XX, apresentando valores e tabus que orientavam o lugar social da mulher, mas também trazendo uma nova voz feminina que parece emergir desse contexto. Com isso, há significativo distanciamento de *A sucessora*, já que Marina teme não ser a mulher ideal, enquanto Nica deseja compreender por que tem sido essa mulher. Tomar consciência disso faz Nica sentir que, da vida de ilusões (ou de chama) que até então levou, só restaram cinzas.

Carolina Nabuco brilhantemente projeta a voz feminina em uma época na qual não havia ouvidos para ela. Embora Nica ainda não seja completamente a mulher disposta a contrariar os papéis patriarcais dominantes, a escrita feminina de Nabuco, agora mais questionadora, retrata, na década de 1940, como o espaço doméstico, a esfera íntima, torna-se simbólica do funcionamento de uma sociedade guiada pelo olhar masculino, sendo uma espécie de exílio para a mulher, impedindo, por um tempo, a percepção de sua real condição. Hoje, nós, mulheres, ao lermos a trajetória de Nica, reconhecemos os mesmos valores patriarcais que muitas vezes ainda se inserem em experiências de nossa própria vida — se não por completo, como resquício do valor social atribuído historicamente à figura feminina.

Regina Braz Rocha
Professora de Língua Portuguesa,
consultora e pesquisadora na área de Educação e Linguagens,
mestra e doutora em Linguística e Estudos da Linguagem

Os acontecimentos e os personagens deste livro são fictícios.
Qualquer semelhança com pessoas ou fatos reais
será mera coincidência.

A CASA DE ÁLVARO

I

Quando Nica apeou do ônibus, à esquina da sua rua, os olhares de alguns passageiros acompanharam-na, sorvendo algo de excepcionalmente jovem e vivo que emanava dela, de sua figura esguia, de seus movimentos rápidos, enquanto ela se afastava. Ia apressada porque tinha muito que fazer em casa antes de jantar.

Da Praia do Flamengo, onde descera, a distância era pequena até o portão de casa. Passou por três grandes edifícios de apartamentos e alcançou o gradil velho do jardim.

A casa, ao centro do terreno, era velha também, com a tinta a descascar das paredes e das venezianas verdes, mas era de proporções que não se viam mais. Uma imensa mangueira sombreava o jardim maltratado. Os transeuntes admiravam-na ao passar, já com pena da árvore, de antemão condenada pela valorização do terreno. Diziam: "Este prédio velho não demora em vir abaixo".

Muitos conheciam a casa por causa da mangueira. A árvore tendia a servir-lhe de endereço. Até aos choferes de táxi, os fregueses que iam para lá diziam, em vez de dar o número: "Pare na casa da mangueira".

Muitos carros vinham ali, à casa dos Galhardo, sobretudo à noite. Às vezes eram tantos os automóveis que parecia uma embaixada em noite de recepção. A fachada, quando as salas estavam acesas e as janelas alegres de luz, não mostrava o desmantelo que aparecia de dia. Dentro também, a usura das cortinas e as manchas nas paredes disfarçavam-se quase inteiramente à luz artificial, e só se notavam o bom gosto e a solidez dos móveis, que o tempo não podia estragar, e os retratos a óleo de ancestres titulares, dando a atmosfera tradicional a que os Galhardo tinham direito.

A casa convinha à família pela comodidade do ponto, próximo à cidade, facilmente acessível a todos os bairros, e pelas salas espaçosas, e sobretudo pelo aluguel módico, que pagavam como inquilinos antigos, em prédio onde não se fariam mais obras, porque não teria longa vida.

À noite, a principal atração para as visitas eram as mesas de jogo, onde se jogava em geral por preço alto. Vinham, além de amigos, muita gente que a família mal conhecia, como se a casa de Álvaro Galhardo fosse mais um clube que uma residência. Alguns a conheciam mesmo como "O Clube do Rabelo", porque o grande banqueiro, Nestor Rabelo, costumava vir todas as noites. Frequentadores que não viessem pelo jogo, nem por amizade aos Galhardo, vinham às vezes para conseguir do Rabelo um qualquer favor, ou para terem dele, em primeira mão, uma notícia ou uma opinião financeira.

Nica subiu os degraus da varanda lateral, onde se estendia, do lado do jardim, uma trepadeira de jasmim. Nas noites quentes, o jasmineiro florido tentava quem entrasse ou saísse a colher um galhozinho perfumado.

Na sala de jantar, Nica encontrou o pai e a irmã mais velha, Cristina. Estendiam sobre a mesa, já alongada para visitas, uma rica toalha, relíquia dos tempos prósperos de Álvaro. Naquela noite Rabelo ia trazer o novo ministro da Indústria a jantar. As meninas também tinham convidados. Álvaro gostava de ter casa aberta, mesmo quando não sabia de onde viria o dinheiro.

Iolanda, a irmã que vinha depois de Nica, entrou da copa, carregando uma pilha de pratos e perguntando ao pai: "Quantos lugares são, Álvaro?". Era a beleza da família. Mesmo no descuido da roupa de casa, na atividade do serviço, mesmo com o cabelo em desordem, com gotas de suor na testa e o narizinho rebrilhando sem pó, Iolanda era belíssima. O corpo, alto e esguio como o de Nica, formava com o pescoço, mesmo emergindo este da gola de uma blusa suja, uma haste perfeita para a linda cabeça.

— Devem ser doze ou quatorze — respondeu Álvaro... — Se não aparecer mais ninguém à última hora.

— Então vão faltar taças de champanhe. O Rabelo mandou uma caixa agora mesmo. Já pus três garrafas no gelo.

— Não faz mal — disse Nica. — Você e eu bebemos em copo d'água.

Irrompeu na sala Geninha, a menor, chegando do colégio. Atirou com violência sobre a mesa o chapéu e a carteira e, cobrindo o rosto com as mãos, abriu um choro desesperado. Contivera evidentemente as lágrimas até este momento, até chegar em casa e ver-se cercada dos seus.

Formaram logo roda em volta dela, o pai e as irmãs, consternados. Álvaro tomou a pequena nos braços, sentou-a ao seu colo. Perguntava:

— Que é, filhinha? Que é, Geninha? Amor do seu paizinho, conta ao Álvaro o que foi.

Os cabelos cacheados de Geninha, pretos como os de Iolanda, misturavam-se, no abraço, aos de Álvaro, castanho-claros como os de Nica. Álvaro não embranquecera nem engordara. Conservava ainda o aspecto geral de um adolescente, cujo rosto se enrugara, mas que não perdera a esbeltez nem os movimentos ágeis, a cor bonita dos cabelos ondeados, a pele fina e rosada, apesar de marcada pelos anos. As meninas diziam que, de costas, Álvaro tinha eternamente dezoito anos.

Desde as primeiras palavras que Geninha conseguiu murmurar: "Foi a Elsie que disse", todos compreenderam, pela nova irrupção de choro, que a rixa com Elsie não fora desses pequenos incidentes entre colegas que Geninha costumava contar, incidentes de que, em geral, saía sobranceira. Isso era algo que a feria profundamente, era uma dor de mulher feita.

— A Elsie disse, diante de todo o colégio, que a mãe dela disse que sou filha de um facadista, que vive de expediente e que rouba no jogo.

Abraçou-se outra vez com o pai, escondendo o rosto no seu ombro, chorando com mais violência. Fora-lhe um esforço repetir essas palavras vergonhosas. As irmãs mais velhas olharam para o pai e, depois, expressivamente, mas sem surpresa, uma para a outra.

Álvaro encolheu-se um segundo sob o golpe. Depois reagiu. Falou bem alto, embora sem olhar para ninguém, sem querer enfrentar os olhos das meninas que o encaravam gravemente:

— É mentira! É um falso que essa mulher levantou, só para fazer chorar um amor de menina como você, que vale mais de mil Elsies. Eu conheço a mãe da Elsie. Até já fui apresentado a ela. Você pode dizer ao colégio inteiro que, além de ruim e mentirosa, ela é muito feia, e que, além de feia, usa vestidos horrendos.

Geninha voltou-se interrogativamente para Cristina e para Nica. Parecia sentir a insuficiência da defesa paterna e esperava agora delas uma negação mais positiva. Não deixou, no entanto, de abraçar Álvaro, de aceitar o carinho dos seus braços, dos seus beijinhos consoladores, das suas palavras de conforto amigo:

— Não chore, minha filhinha. Olha como estou triste de ver minha filhinha assim. Se você não ficar alegre depressa, vou começar a chorar também. Você não sabe que eu morro por minhas filhas? Qualquer dorzinha de vocês me dói mais do que se fosse comigo, muito mais.

Geninha, para atender à súplica do pai, procurou conter as lágrimas. Nica foi a única a observar a atitude dolorosa de Álvaro com um olhar que o julgava objetivamente, sem se influenciar pela doçura e pelo encanto que ele sempre tivera e com que sempre contava nos momentos difíceis como esse. Álvaro esperava agora a sentença das filhas como uma criança humilhada, pronto a se abrir em sorrisos logo que o sol da aprovação das meninas transparecesse de novo. Até então, ele ficara cabisbaixo, pequeno, envelhecido, um miserável a quem faltava energia até para odiar os inimigos que lhe surgiam, como Elsie e sua mãe.

Com receio de que Álvaro chorasse mesmo, como ameaçara, que rompesse em lágrimas como uma mulher, como já acontecera em outras crises, Nica falou severamente:

— Chega de cenas patéticas, Álvaro. Não force Geninha a consolar um homem do seu tamanho. Ponha ela no chão, que ela logo para de chorar.

Quis dizer ao pai mais que isso, muito mais, dizer-lhe que, em vez de ficar ali, procurando, com abraços e engabelos, angariar o perdão de todas, ele devia ir trabalhar, arranjar dinheiro para pagar as dívidas e uma tardia hombridade para servir de apoio às filhas.

Obedecendo à natural autoridade de Nica, que as outras não tinham, Álvaro pôs Geninha no chão. A menina de fato começou a enxugar os olhos, afastando os cabelos do rostinho convulso. Mesmo com os olhos minguados pelas lágrimas, mesmo com o nariz vermelho, Geninha era bonitinha.

Confortada pelo círculo penalizado da família, Geninha passou a contar tudo, a relatar como Elsie a insultara e como ela reagira. Voltou-lhe aos poucos a volubilidade costumeira.

— Eu estava passeando no recreio, de braço com a Rosinha — contou. — A Elsie estava atrás de mim, andando com a Noêmia, que é a maior amiga dela. De repente, ela falou aquilo bem alto, para eu ouvir. A Elsie tem raiva de mim porque eu não falo com a Noêmia... Não falo porque não quero. Não gosto dela.

— E você, que fez?

— Nada, da primeira vez, porque a Rosinha me pediu baixinho: "Não faça caso, Geninha". Mas a Elsie repetiu mais alto. Então me virei e dei uma bofetada nela.

Álvaro soltou uma gargalhada. Nica e Iolanda exclamaram:

— Muito bem!

Só Cristina se escandalizou.

— Geninha! Você não devia ter batido nela. A professora viu?

— Não. Na hora estava longe, mas aí o resto das meninas vieram correndo. Todas perguntavam "Que é? Que houve?".

— Foi pior — disse Cristina. — E Elsie? O que fez?

— Não fez coisa nenhuma. Ficou com medo de mim. Se ela me batesse, aí é que nos atracávamos. Eu fiquei olhando para ela, esperando. Ela resolveu ir embora. Umas meninas foram com ela, outras ficaram comigo. Minhas amigas nunca mais vão falar com Elsie.

Álvaro perguntou, preocupado ainda em consolar Geninha:

— Você quer sorvete? Já está pronto. Pode tomar quanto quiser. Se não sobrar para o jantar, não faz mal.

Cristina, a mais velha, protestou, como dona de casa.

— Deixe disso, Álvaro. O sorvete é para o jantar.

Recomeçaram os preparativos. Álvaro, ajudando a pôr a mesa, suspirava de vez em quando. Nica disse-lhe:

— Você logo se consola, na hora da conversa e do champanhe.

Ele protestou molemente:

— Você pensa que basta um copo de vinho ou um prazer qualquer para esquecer meus aborrecimentos? Pensa que não sofro com essas coisas? Que nasci um sem-vergonha? Não é verdade. Não sou, não.

— Depois você se consola — teimou Nica.

Foi buscar uns castiçais antigos e colocou-os sobre a mesa. Seu pensamento estava em um dia de sua infância, quando tinha mais ou menos a idade de Geninha hoje — o dia em que oficiais de justiça vieram buscar todos os móveis de casa, empenhados por Álvaro. Geninha devia estar sentindo agora mais ou menos o que ela sentira então. Hoje Geninha chegara à maioridade como filha de Álvaro, como ela, Nica, chegara nesse dia dos meirinhos, como Iolanda chegara, um pouco menos cedo talvez, na ocasião da ameaça de um credor insolente. Para Cristina, a mais velha, talvez não houvesse havido um momento preciso que, assim, de repente, lhe abrisse os olhos. Depois da morte da mãe, Cristina tomara, ainda colegial, o governo da casa, dessa casa sem orçamento. Logo principiara a descobrir, por meio de pequenos vexames e da necessidade de fugir das contas dos fornecedores que não podia pagar, a verdadeira situação do pai.

Ainda agora, depois de anos passados, ressurgia na memória de Nica, como se fosse ocorrência da véspera, aquela visita dos oficiais de justiça, que pretendiam deixá-los sem móveis em casa. Revivia o susto e a vergonha por que passara então. Naquele primeiro instante, a queixa que ela sentiu de Álvaro não foi só por ter empenhado tudo que possuía, deixando a família chegar ao ponto de ficar com a casa humilhantemente vazia, de um momento para o outro. A mágoa principal de Nica foi ver Álvaro abandoná-la sozinha, retirando-se pela porta dos fundos quando viu chegar os credores, e deixando-a, aos doze anos, só com uma criada imbecil, para resolver um caso totalmente imprevisto. Álvaro sabia que ele ali não podia fazer nada. Contra a Justiça em forma de homens, sua arma habitual, que era a simpatia, seria como essência fina atirada ao mar. Essa simpatia, que tinha de sobra, essa força misteriosa capaz de desarmar inimizades, sem jamais aparentar nem sentir a menor reação de dignidade ou de gênio, que influência podia ter sobre um mandado judiciário de posse?

Nica conduziu bem a situação, mesmo naquela idade. Lembrou-se logo de recorrer ao Rabelo. Não permitiu que os homens percebessem sua aflição. Ao compreender do que se tratava, Nica portou-se como uma digna filha dos Galhardo do tempo do Império. Escutou os oficiais. Olhou, sem ler, para o documento cheio de carimbos que traziam e, calmamente, como uma senhora, não como a colegial uniformizada que ainda era, escondendo bem o nervosismo que lhe fazia as pernas bambas, conservou o olhar firme sobre eles, viu-os entrar sem cerimônia casa adentro, passando por ela como se não estivesse ali. Os funcionários olhavam com indiferença para os móveis, mas dois sujeitos, que seriam talvez os credores, examinavam tudo com minucioso cuidado. Nica ouviu um deles falar ao outro de uma cama de estilo manuelino que havia em cima e dos objetos e móveis chineses, alguns preciosos, que Álvaro trouxera do Oriente quando, em moço, ocupara ali um posto diplomático. Naquele tempo ele ainda tinha dinheiro para gastar, dinheiro herdado — dele e da mulher.

Dirigindo-se ao funcionário que parecia ser o chefe, Nica perguntou:

— Antes de mexerem em algo, o senhor me dá licença de telefonar ao Sr. Nestor Rabelo, presidente do Banco Rabelo?

Já naquele tempo o Rabelo era o amigo mais íntimo da família, frequentador diário da casa. A menção do seu nome, ilustre nas finanças, deu a Nica alguma segurança, porque certamente evocava para eles o edifício monumental, no centro da cidade, sem falar das inúmeras agências do banco em outros pontos do Brasil.

O funcionário respondeu molemente:

— Pode telefonar.

Um dos sujeitos, que pareciam credores, um gordo, teve, porém, um sorriso incrédulo quando ela mencionou o nome de Rabelo, riso meio grosseiro, meio idiota. Nica olhou-o severamente, perguntando:

— De que está rindo o senhor?

Sentia o sangue ferver-lhe perante a grosseria. Só com o olhar forçou o homem gordo a recolher o riso. Ela foi então ao telefone, ali mesmo no *hall*, vencendo, com esforço, o tremor das pernas que ela não sabia como lhe permitiu chegar até o aparelho e conservar-se de pé. Chamou o banco sem precisar consultar a lista. Ouviu a voz da telefonista de lá, dizendo: "Banco Rabelo", voz mais fraca que o bater, quase a arrebentar, do seu coração.

Ela pediu o gabinete do presidente. Este foi o pior momento para ela. Rabelo podia não estar ou estar em conferência. Nesse caso, os meirinhos retirariam logo os móveis.

Mas felizmente a secretária do Rabelo, em vez de responder negativamente, perguntou quem desejava falar.

— É Nica, Dona Stela. Ana Galhardo.

A secretária conhecia as meninas Galhardo. Estava habituada a dar recados para a casa e geralmente comprava os presentes que Rabelo oferecia às filhas de Álvaro nos aniversários e em outras ocasiões. Nica ouviu, sem demora, e com um alívio infinito, a voz sonora de Rabelo ao aparelho:

— Que é, Nica? Que houve aí?

Já com volubilidade, sem nada mais do ligeiro empecilho que a emoção até então lhe criara na fala, Nica explicou:

— Estão aqui uns oficiais de justiça. Querem levar todos os móveis de casa.

Rabelo nem lhe deu tempo de acabar a frase.

— Eu vou para aí. Peça para me esperarem dez minutos. Pergunte ao chefe se quer chegar ao telefone.

Ela transmitiu o recado. O oficial falou e concordou. Ficou tudo suspenso até a chegada do Rabelo. Os homens sentaram-se. O sujeito gordo deixou de examinar os móveis, instalou-se numa cadeira que antes estivera revirando em todo sentido e desinteressou-se completamente do ambiente. Nica, observando essa mudança, quase sorriu. Seus olhos voltaram à expressão de malícia meiga que era um dos principais encantos do seu rostinho fino, de traços irregulares. Em menina, Nica não fora bonita, mas já era alguém.

Não quis esperar pelo Rabelo, ali. Subiu dignamente a escada. Da janela viu-o chegar e, depois, do alto do patamar, debruçada no corrimão, ouviu, sem ser vista, a curta conversa que ele teve com o oficial de justiça. Logo que os homens saíram, ela desabou, escada abaixo, quase aos trambolhões, para abraçar o amigo precioso.

II

O batismo de Iolanda na humilhação da família fora um pouco diferente. Um credor enraivecido viera à casa dizer as últimas ao Álvaro. Não o encontrando, explodiu com violência contra a menina, que lhe dizia: "Papai saiu".

Fora recebido primeiro por uma empregada, que não era nova na família e já adquirira certa experiência de afastar credores importunos. Este, porém, não lhe deu conversa. Ordenou aos brados:

— Se ele não está, chame alguém da família.

Iolanda, a terceira menina, a única que estava em casa, acabou apresentando-se. Não era corajosa como Nica. Assustou-se ao defrontar-se não com um cobrador vulgar, mas com um homem enfurecido.

Era um sujeito alto e bonitão, de cabelos pretos luzidios e com uma roupa de casimira de bom corte. Estava congesto de raiva. Quando Iolanda apareceu, passou-lhe, nos olhos, uma expressão de surpresa, a surpresa que, mesmo em criança, a grande beleza dessa menina causava. Mas isso em nada lhe abateu o ódio. Ele não era, naquele momento, senão uma fogueira de ódio contra Álvaro.

— O Galhardo não está, não é, menina bonita? Já sei que para mim nunca estará, mas um dia nos encontraremos, e ele não perde por esperar. Você pode dizer-lhe isso.

Diante da ameaça de sua voz e dos seus olhos flamejantes, Iolanda ficou como que hipnotizada, impedida de reagir de qualquer modo. Notou que alguns vizinhos haviam chegado à janela por causa dos brados do homem. Não achou voz para lhe responder nem coragem para bater-lhe a porta à cara. Vermelha até a ponta do discreto decote, ela só resistia ao sujeito com os olhos, fixos indignadamente sobre ele e já rasos d'água. Tinha a impressão de estar presa ao chão, como se o homem a estivesse prendendo fisicamente, como se a estivesse segurando ali, brutalmente, só pela força desse ódio esmagador que tinha contra Álvaro e que se estendia a essa filha que ele nunca vira antes. Mesmo esse qualificativo de "menina bonita", que ele repetiu várias vezes, soava aos ouvidos dela como uma diminuição a mais. O tom em que era dito excluía qualquer intenção de agradar.

Iolanda estava com um vestido velho, de andar em casa, um vestido que Cristina já lhe dissera para jogar fora porque ficara muito apertado e curto, descobrindo-lhe demasiadamente as pernas e marcando-lhe muito as curvas nascentes. Iolanda agora sentia vergonha de estar assim. Não sabia o que fazer das mãos e dos bonitos braços nus.

O homem repetia, com voz que já se fizera rouca:

— Ele não perde por esperar, ouviu, menina bonita? A mim, todos acabam pagando; se não for com dinheiro, será de outro modo. Mas pagará. Pagará!

Afinal Iolanda conseguiu falar. Disse:

— Se o senhor quiser deixar comigo sua conta, eu falarei com meu pai.

— Conta! Que conta? Então eu tenho cara de vir cobrar contas à porta? Ele está com dinheiro meu, apossou-se de sessenta contos meus.

Gritou "sessenta" de modo a ser ouvido até na rua. Um transeunte parou junto ao portão para escutar. Nas janelas do prédio vizinho chegara mais gente. Quase morrendo de vergonha, Iolanda fez um gesto, pedindo que o homem baixasse a voz. E ele pareceu reduzir um pouco sua violência.

— Eu dei um negócio a ele, uma cobrança que eu tinha com o Governo e que eu não conseguiria receber porque não sou relacionado no Rio. Não sou daqui, sou fazendeiro. Ele recebeu meu dinheiro e sumiu. Estou cansado de esperar por ele em encontros marcados, sem conseguir vê-lo. Já cansei desse papel. Estou avisando. Meu dinheiro me custou a ganhar. Eu não o apanhei em mesas de jogo nem enganando o próximo.

Aumentou-lhe o desvario nos olhos. Iolanda teve medo que o ódio que ele mal podia conter fosse explodir até numa congestão cerebral. O homem parecia um vulcão fumegante.

Parou um instante por falta de fôlego.

— Fiei-me nesse sujeito porque ele era da alta roda, amigo de banqueiros e de políticos, mas agora já sei quem ele é e estou disposto a tudo. Na minha terra, quando não há justiça contra um vigarista, a gente mesmo faz justiça.

Iolanda murmurou:

— Eu digo a ele.

— Dou-lhe três dias. Tome nota. Depois disso, se não me pagar, ele que não se atreva a sair à rua, nem ele, nem as filhas. Procure lugar seguro, ele e toda a sua família, porque eu me vingo de qualquer modo. De qualquer modo. Ouviu, menina bonita?

Iolanda encolhia-se, chupando-se mais para dentro do vestido apertado, mordendo os lábios, enquanto seus olhos se enchiam cada vez mais de protesto e indignação, até que rompeu em soluços e fugiu para dentro da casa.

O homem então partiu. Afastou-se, gritando ainda:

— Três dias! Três.

Quando Álvaro chegou em casa, foi obrigado, em conselho de família, a confessar a dívida. Deu pormenores. Haviam sido cento e cinquenta contos que ele recebera, e já entregara mais da metade; demorara em pagar o resto por um aperto excepcional, mas pagaria. Garantiu que pagaria.

Naquele mesmo dia arranjou a quantia por empréstimo e conseguiu convencer as filhas, mesmo a mais desconfiada, que era Nica, de que liquidara a dívida. Mostrou-lhes o recibo do credor.

Havia épocas em que o dinheiro era farto em casa. Quando Rabelo ou outro amigo ajudava Álvaro em algum negócio, ou quando a sorte o protegia no jogo. Mas, pagas as dívidas, essa fartura pouco durava.

Uma das épocas mais prósperas foi num tempo já longínquo na memória das meninas, em que se proibiu a jogatina e se fecharam os cassinos do Rio sob um governo inimigo do jogo.

Nesse período a casa foi toda pintada de novo, os móveis consertados, e Álvaro comprou um automóvel de luxo, tudo com os lucros de uma roleta clandestina.

Nica lembrava-se distintamente de uma noite em que a polícia veio dar busca na casa. Ela não teria mais de sete anos. Acordou de repente, quando o pai abriu a porta do quarto onde ela e Iolanda dormiam. Álvaro entrou com dois amigos, carregando os apetrechos da roleta. Sem acender a luz, esconderam tudo ali mesmo, parte no armário, parte debaixo dos móveis. Nica pôs-se a tremer, com terror infantil de que pudessem prender Álvaro, levá-lo embora e deixá-las todas abandonadas.

Iolanda, na outra caminha, não acordara. Álvaro desceu outra vez com os companheiros. Nica não pôde mais dormir. O queixo batia-lhe como de frio, enquanto os ouvidos espreitavam cada ruído. Passado um tempo, percebeu de novo passos na escada. Dessa vez eram passos firmes que não disfarçavam. Ouviu a voz de Álvaro, muito cordial, como se ele acompanhasse visitas.

Nica cobriu depressa a cabeça com o lençol, enquanto a mão do pai virava a maçaneta da porta. Álvaro, baixando o tom da voz, da voz amiga, confidencial, simpática, disse, para as pessoas que o acompanhavam:

— Minhas filhinhas estão dormindo aqui. Quer que eu acenda a luz?

Antes que o delegado pudesse responder, Iolanda acordou assustada e começou a chorar. A claridade do corredor caía, pela porta aberta, sobre a menina, sentada na caminha. O delegado disse:

— Que linda criança!

Álvaro, sem acender a luz, informou, com uma lágrima na voz:

— Tenho mais duas, e estou viúvo há seis meses

Murmurando depois para Iolanda: "Dorme, minha filhinha", ajeitou-lhe as cobertas, fê-la calar com um beijo. O delegado retirou-se na ponta dos pés. A porta fechou-se. Naquele quarto não se deu busca.

III

Nica subiu, depois da mesa arrumada para o jantar, e encontrou Geninha estendida sobre a cama, com cara de dor de cabeça. Cristina estava solícita ao seu lado.

Logo que viu Nica, a menina sentou-se e perguntou:

— Nica, aquilo foi ou não mentira da mãe de Elsie?

Nica tranquilizou-a com firmeza:

— Foi mentira! É verdade que Álvaro toma dinheiro emprestado de muita gente e não sei se paga, mas roubar no jogo, não. Isso é calúnia. Álvaro é um cavalheiro.

Geninha murmurou:

— Elsie me paga! — Depois, enquanto lágrimas de alívio lhe saltavam aos olhos, confessou: — Eu estava com medo de que fosse verdade.

As mais velhas olharam-na com doçura. Cristina confirmou o que Nica dissera.

— Não é verdade, não, Geninha. Álvaro é fraco, mas não é desonesto.

Fraco... Fora Nica a primeira das meninas a descobrir que o pai era fraco. Estava no segundo ano ginasial. Comunicou logo esse juízo a Cristina, usando quase as mesmas palavras que a irmã usara agora. Mas Cristina, naquela ocasião, começou por negar, indignadamente. Não queria ver a verdade sobre o pai. Acabou, porém, aceitando o diagnóstico de Nica. Pobre Álvaro! Era fraco, sim.

Geninha disse agora:

— Álvaro pode ser fraco, mas eu gosto dele assim mesmo! Gosto a mesma coisa que antes!

As mais velhas sorriram. Até nessa reação de Geninha, a história se repetia.

— Eu também gosto — disse Nica. — Todas nós. Vemos os defeitos dele, mas sempre gostei tanto e tanto do Álvaro que, quando eu era pequena, gostava mais dele do que de mamãe.

— Eu, não; eu gostava igual — protestou Cristina, austeramente.

Cristina procurava ser correta em tudo. Retificado esse ponto, continuou, dirigindo-se à menor:

— Álvaro é bom como ele só. O Rabelo diz que ele tem um coração de manteiga. Dedicação maior que a dele com as filhas e os amigos não é possível. Nenhuma de nós pode ter a mais leve queixa de Álvaro no coração.

Nica olhou com admiração para a irmã, achando que Cristina era mesmo uma santinha. Perdoava tudo. Não havia três dias que Álvaro lhe tirara da gaveta, sem aviso, o dinheiro que ela reservara para o açougue. E à noite daquele mesmo dia uma senhora da sociedade telefonou a Álvaro para lhe agradecer uma cesta de flores.

Cristina esquecia até a queixa que a Nica, se estivesse em seu lugar, pareceria a maior de todas. Por causa dele não se concluíra o noivado de Cristina com seu namorado da vida inteira. João Mário de Melo não tivera energia para casar contra a vontade da mãe, para cumprir o meio compromisso que existira entre ele e Cristina desde quase a infância.

Dona Eufrásia, a mãe do rapaz, não tinha outra objeção senão Álvaro. Alegava que o filho não teria tão cedo situação para casar, mas isso era apenas um pretexto. O que a velha não fazia cerimônia em dizer por fora acabou chegando aos ouvidos da família Galhardo.

— Gosto muito de Cristina, mas não quero que meu filho seja genro de Álvaro Galhardo. No Brasil a gente casa com a família toda, e, para um rapaz no princípio da vida, amarrar-se a um sogro como Álvaro é o mesmo que se atirar n'água com uma pedra no pescoço.

João Mário, que fora sempre dominado pela mãe, embarcara nessa época para uma viagem à Europa, sem esclarecer o caso com Cristina. Não tinha situação independente e era apegado ao conforto da casa dos pais. Amava Cristina sem arroubos. Voltara da viagem mais afastado ainda da ideia de casamento. Cristina, porém, não mudara. Nunca pensara, e nunca pensaria, em outro. Guardava ainda uma esperança longínqua, uma confiança qualquer, na afeição de João Mário.

Nica surpreendera uma vez, por acaso, Álvaro tomando dinheiro emprestado com o rapaz. Interpelou depois o pai.

— João Mário é a última pessoa do mundo a quem você deveria dar facada. Você pensa que Dona Eufrásia não vai saber hoje mesmo? E que não vai ficar ainda mais contra o casamento? É assim que você se interessa pela felicidade de Cristina?

Álvaro desapontou.

— Você acha? Foram só quinhentos mil-réis.

— A quantia não influi. Se ainda houvesse probabilidades de ele reatar com Cristina, você não sabe se não está esfaqueando essa probabilidade.

— Você tem razão — disse Álvaro, desolado.

Nunca ele reagia com amor-próprio. Tomava as críticas das filhas, por mais severas, como remédio que precisava engolir. Jamais se lembrava de defender a dignidade paterna.

Cristina não guardara rancor à mãe de João Mário, porque Dona Eufrásia fora amiga de sua mãe. Pertencia a um grupo de quatro ou cinco senhoras que se interessaram sempre pelas meninas, por amizade à mãe morta, "aquela santa", como diziam, com um pensamento de rancor para Álvaro. A situação das meninas, de órfãs interessantes entregues aos cuidados de um pai irresponsável, despertava nessas amigas velhas o senso de responsabilidade. Dona Eufrásia, ainda hoje, defendia as aparências de sua velha amizade com a família. Aparecia de vez em quando. Nunca esquecia os aniversários de Cristina. E Cristina conservava uma vaga esperança de que seu sonho ainda se realizasse.

A reabilitação de Álvaro pela palavra de Nica curou imediatamente Geninha da dor de cabeça. Dizendo que estava com fome, desceu para procurar qualquer coisa para comer. Nica viu que a Cristina também sua afirmação desassombrada de que aquilo era calúnia fizera bem. Nica era a condutora natural da família, assim como Cristina era a enfermeira e a consoladora.

Procurando tonificar as irmãs, negando a pior das acusações contra Álvaro, Nica falara sinceramente, pensando conhecer bem os limites da incorreção do pai. Mas, depois de ver clarear-se o rosto das outras, sentiu um surto de desânimo, como se, dissipando as dúvidas das irmãs, houvesse se desfalcado a si mesma de parte de sua confiança e dado consistência à ligeira dúvida que tivera desde o princípio.

Sua reserva de confiança não dava para três. O que dera às outras lhe fazia falta. A firmeza que pusera deliberadamente na sua voz, a segurança com que falara e aquela palavra "cavalheiro" aplicada a Álvaro, sem hesitação aparente, deixaram-na destituída consigo mesma. Dando às outras, perdera aquilo de que precisava também para si. Agora não sabia mais se Álvaro seria mesmo capaz de roubar no jogo.

— Álvaro nos adora — disse Cristina, continuando, com entusiasmo, na defesa do pai.

Nica não gostava do sentimentalismo de Cristina, de sua inclinação para romantizar sempre a verdade. Respondeu com firmeza:

— Ele nos adora, é verdade, mas eu preferiria que ele gostasse de nós de outro modo, que não nos deixasse viver neste pesadelo de sempre dever dinheiro a todo mundo.

Parecia-lhe que o melhor de todos os bens deste mundo seria apoiar-se num homem de princípios. Depois seu pensamento tomou outro rumo.

— Nós três, mais velhas, devíamos trabalhar. Era muito melhor do que fazer tanta novena a Santa Edwiges.

Todas elas haviam adotado a devoção a essa santa depois de ouvirem dizer que era a padroeira dos endividados.

As meninas rezavam todos os dias a Santa Edwiges, recomendando-lhe sua situação angustiosa. Continuaram na devoção, mesmo depois de lhe lerem a vida, onde não encontraram nada a respeito de endividados.

Álvaro opunha-se a que as meninas trabalhassem. Dizia que o lugar da mulher é em casa. Tinha nisso o apoio de tia Chiquinha, a principal representante da família materna, uma tia-avó que não evoluíra com os tempos. Tia Chiquinha dispunha no caso de um argumento melhor que palavras. Viúva rica e sem filhos, era quem dava às meninas uma mesada para vestidos e passeios.

— Você então por que não trabalha? — perguntou placidamente Cristina à irmã. — Só porque Álvaro não quer?

Nica hesitou. Pensou no namorado, um tenente.

— Se eu não estiver casada antes dos vinte e um anos, eu me emprego no escritório do Rabelo. Ele já disse que dou uma ótima secretária.

Além dessa possibilidade, Nica acariciava desde pequena duas alternativas. Uma de suas ambições era fazer-se arquiteta-decoradora. A outra era ir para Hollywood e tornar-se uma grande atriz de tendências cômicas. Tinha talento para divertir, para imitações, sobretudo. Álvaro protestava indignado quando ela falava nisso. "Não faltava mais nada! Filha minha ir ser atriz! Felizmente você não é bonita como Iolanda, senão era capaz de conseguir."

— Mas, para o que eu quero — respondia Nica —, não precisa ser bonita. Eu não pretendo ser boneca nem heroína de amor. Quero fazer a gente rir e dar ao mesmo tempo vontade de chorar, como Carlitos.

— Pior! Não quero filha palhaço — respondia sempre Álvaro.

Ouviram bater uma porta de automóvel. Nica correu à janela, dizendo: "É o Rabelo". Acenou para baixo, gritando "Alô, Rabelo!" e reclamando, "Você ontem não apareceu!". Depois, virou-se para Cristina, informando:

— Estão carregados de embrulhos, ele e o Daniel.

Daniel era o chofer. Raramente Rabelo chegava sem embrulhos. Ao sair do banco, gostava de parar num armazém de iguarias finas. Trazia para os Galhardo ora *foie gras* francês, ora vinho velho, ora caviar fresco dos transatlânticos no porto.

Trazia também muitas vezes presentes para as meninas e distribuía-os com absoluta igualdade. Em pequenas, haviam recebido brinquedos. Agora Rabelo trazia-lhes perfumes, bolsas e, nos aniversários, uma pulseira-relógio ou uma joiazinha para a lapela.

Tratava-as todas de "menina". Só lhes dava os nomes quando precisava distinguir uma da outra.

Vinha quase todos os dias à casa dos Galhardo, porque era um homem de hábitos constantes. Fizera daquela casa seu lar. Morara toda a vida num hotel da cidade, que baixara muito de categoria com os anos, mas não lhe perdera a freguesia. Consigo o Rabelo não gastava quase nada. Criara-se na pobreza e conservava gostos muito simples. Mas com os outros era mão-aberta. Tinha um automóvel despretensioso, e seu chofer não se fardava, mas um dos automóveis mais bem-postos do Rio era o carro de uma espanhola, ex-dançarina, cujo luxo ele pagava. As Galhardo, como meninas bem-educadas, fingiam ignorar a existência da Lola, mas na rua mostravam-na com mistério a suas amiguinhas solteiras, admirando o carro e a passageira.

A chegada de Rabelo, quase todas as tardes, não alterava em nada a vida das meninas. Não lhes interrompia as ocupações. Levantavam os olhos do trabalho ou do jogo com um "Alô, Rabelo, como vai?" e, como saudação, recebiam dele um tapinha amistoso no rosto ou no ombro. Continuavam diante dele os estudos, ou os feitios de vestidos, ou os telefonemas às amigas.

O Rabelo estava sempre a par de todas as novidades de casa. Gostava da companhia das meninas, de suas opiniões ardentes, de seus espantos jovens, dos seus risos sem causa, dos efeitos cômicos de Nica, de todo o ambiente de frescura que elas criavam e até do vocabulário de gíria que ele acompanhava em sua evolução.

    Logo que viu chegar o Rabelo, Nica teve uma inspiração. A dúvida sobre o que poderia haver de verdade nas palavras da mãe de Elsie só Rabelo poderia desfazer. O peso que ela carregava, sobretudo depois de haver livrado as outras dele, e que carregaria enquanto tudo não se esclarecesse de vez, só Rabelo poderia tirar-lhe dos ombros. Era a única pessoa com quem ela seria capaz de se abrir e em cuja resposta poderia confiar. Rabelo era o mais seguro amigo de Álvaro.

    — Você desce primeiro, sim? — pediu Nica a Cristina.
— Vou me vestir, depois desço.

    Calculou que assim ela teria mais probabilidade de ficar só com o Rabelo, enquanto as irmãs se preparassem para o jantar.

    De todas elas, era Nica a mais amiga dele. As outras não se interessavam pelo assunto de seus negócios. Só ela gostava de ouvi-lo, mesmo quando ele falava tecnicamente, para um grupo de homens, engenheiros ou financistas. Só ela tinha uma noção mais ou menos exata do muito que o Rabelo fizera para o progresso do Brasil. Só ela conhecia bem as realizações que lhe deram nome, desde a primeira vitória estrondosa, a construção de uma companhia de estrada de ferro em que ninguém acreditava, porque todo o seu leito era traçado em terreno alagadiço. Hoje, era apontada como exemplo máximo de engenharia, de organização e de lucros.

    Nica conhecia bem a história dessa e de outras lutas. Os primeiros acionistas da estrada pensavam que Rabelo os estava embrulhando. Que loucura comprar um pântano onde sumiam árvores inteiras. Agora, tudo estava aproveitado, plantado, desenvolvido.

    Enquanto Nica se penteava e se vestia, ia antecipando e organizando as perguntas que faria ao Rabelo sobre o pai.

    Pretendia falar-lhe com toda a franqueza, porque o Rabelo queria realmente bem ao Álvaro. Com outra pessoa, sua atitude natural de filha seria defender o pai contra qualquer acusação, ainda que fosse verdade. Mesmo com tia Chiquinha, ela o defendia sempre. Tia Chiquinha, por afeição às meninas, já tirara Álvaro de duas ou três situações críticas. E por causa das meninas mantinha com ele as relações de sempre. Cada vez, porém, mostrava mais claramente o quanto ele baixara no seu conceito. Cada vez tornava-se menos cerimoniosa nas críticas que lhe fazia. Às vezes tinha frases mordazes.

Rabelo, pelo contrário, compreendia o Álvaro. Eram amigos desde longos anos. Sabia a verdade sobre ele, sabia o bom e o ruim.

Ele a esclareceria.

IV

Nica vestiu-se e penteou-se, sem se apressar, com o vagar que sempre dava ao trato pessoal. Era, para ela, um rito quase religioso. No penteado, sua competência era quase de profissional. Apresentava-se sempre impecável. Tinha a mania de restabelecer a ordem em si e em torno de si. Não se conformava, por isso, com o desmazelo de Iolanda, desmazelo que ia às vezes até o descuido dos dentes. Iolanda, porém, era tão bonita que podia talvez ser descuidada.

Nica aprontou-se e desceu. Pelas vozes que ouvia, percebeu que o Rabelo e Cristina estavam no barzinho embaixo da escada, um bar moderno que fora um presente do Rabelo ao Álvaro e que, naquele canto escuro e discreto, ficava tão escondido que algumas parentas velhas, que só vinham de dia, nem desconfiavam dele. À noite, porém, quando se retiravam as cadeirinhas altas de laca vermelhíssima de trás do balcão e se acendiam as luzes, o recanto, brilhante de espelhos e metais, tornava-se um dos lugares mais agradáveis da casa.

Havia ali, no fundo, como principal decoração, entre prateleiras com garrafas, um painel em cores, obra de um caricaturista célebre. Fora publicado originalmente numa revista mundana com o título "Salão no Flamengo". Apareciam nele alguns dos frequentadores mais ilustres do casarão dos Galhardo. Rabelo figurava à mesa de bacará, com uma auréola de esterlinos em redor da cabeça.

Quando Nica surgiu, na curva da escada, Rabelo exclamou:

— Vestido novo! Bem bonito.

Nica desceu lentamente, observando-se criticamente, a cada degrau, no grande espelho do *hall*, que ficava bem em frente da escada. Primeiro viu aparecer seus pés, depois, gradualmente, enquanto descia, a saia comprida, muito larga embaixo, colante nos quadris, desenhando a cintura fina. Finíssima e flexível. Em seguida, caindo sobre o busto juvenil, as primeiras pérolas de um longo colar de fantasia, depois ainda, os ombros, o pescoço. Por fim o rosto — o rosto que parecia a Nica estragar todo esse conjunto, de mulher elegante e bem-feita. Nica não perdoava à sua fisionomia espirituosa não ter a perfeição de traços que desejaria.

A gente mais velha dizia: "Nica não é muito bonita, mas prende muito!". Nica menosprezava esse elogio. Ainda tinha pouca experiência do seu poder de agradar e, às vezes, duvidava dele.

— Você desce escada como rainha — disse o Rabelo. — Quem diria que aquela garota magricela, que eu conheci, ia virar isto que estou vendo?

O aspecto do Rabelo, à primeira vista, dava ideia de um comerciante qualquer, de um chefe de família, pesadão, bastante descuidado no vestir. Era preciso falar-lhe, encontrar-lhe o olhar, para descobrir que esse homem era um chefe e um vencedor, o famoso Nestor Rabelo da finança internacional, de quem Nica se lembrava de ter ouvido dizer uma vez: "O ministro da Fazenda é um poder que passa. O Rabelo é um poder que fica".

Já passara o Rabelo da idade em que as meninas Galhardo o podiam achar bonito ou feio. Estava na outra encosta da vida. Em moço, porém, devia ter tido uma bonita cabeça, com traços fortes e regulares.

Cristina, vendo chegar a irmã, subiu para mudar de vestido.

Rabelo gracejou: "Muda o plantão". Esperava que Nica tomasse a cadeira vazia de Cristina, mas Nica ficou de pé.

— Preciso muito conversar com você, Rabelo, mas não aqui. Vamos para o jardim, para não sermos interrompidos.

O Rabelo quase protestou. Seu gosto seria tomar ali o seu uísque, instalado na sua cadeira cômoda. Mas percebeu que Nica estava resolvida e levantou-se para acompanhá-la.

Nica conduziu-o pelo braço com intimidade. Descendo da varanda para o jardim, começou logo a confidência.

Sentia a maior confiança no Rabelo. Havia para ela qualquer coisa de comovente nesse homem tão ocupado e tão importante que lhe permitia tomar-lhe o que quisesse do seu tempo disputado, tratá-lo com toda a liberdade, chamá-lo de você, e com quem ela podia contar em qualquer momento para servi-la e às irmãs, nesse grande amigo, manso e possante como um são-bernardo, capaz de livrá-las de qualquer perigo.

— Estou preocupada com o Álvaro — principiou Nica.

E Rabelo respondeu:

— Se é dívida, não se preocupe, menina.

Não era a resposta que esperava. Teve, ao ouvi-la, um pequeno recuo de dignidade. Vinha pedir um favor moral, e não dinheiro.

Mas, à reflexão, reconheceu que era muito natural o engano de Rabelo. Nunca ela precisava recorrer diretamente a ele, pedir-lhe nada, mas, com certeza, ela e as irmãs viviam, muito mais do que sabiam, à sombra da generosidade dele.

— Não é dívida, não — respondeu. — É um favor pessoal que eu quero pedir a você, uma informação que não posso pedir a mais ninguém.

Contou-lhe, então, enquanto andavam devagarinho no jardim já escuro, o incidente com a Geninha naquela tarde. Rabelo ficou indignado:

— Desaforo! — exclamou.

Sua voz, que antes estivera pachorrenta, forrada de bom humor, a voz das horas de descanso, ressoou como um chicote contra Elsie e sua mãe. Nica sentiu que o Rabelo participava do grande aborrecimento deles, como se fosse também da família.

— Que gente ruim! — continuou o Rabelo. — Vocês tratem de esquecer isso. Não dê importância, Nica. Não merece.

— Dou, sim, Rabelo. Dou muita. Não pense que é só para desabafar e depois esquecer que estou contando isso a você. Por mim, eu preferia guardar segredo sobre esse incidente. Falo nisso porque preciso saber o que há de verdade no que essa mulher disse. Quero que você me diga toda a verdade sobre Álvaro.

Rabelo tomou um ar contrariado. Sua voz fez-se ríspida.

— Não me venha com nenhuma pergunta dessa espécie. Você é filha de Álvaro e eu sou amigo dele. Você sabe de que família ilustre é seu pai, a educação que teve, e os princípios em que educou vocês.

— Rabelo, eu conheço os princípios de Álvaro. São tão austeros que, para quem o ouve, parece que nem nossa Madre Superiora o excede. Mas o tenho visto proceder contra seus princípios uma porção de vezes. Por isso, não vale a pena negar que haja alguma verdade no que essa mulher disse. O que eu preciso, para mim, para meu conforto, é saber o que é mentira e o que não é. Saber sobretudo se é verdade que Álvaro alguma vez tenha roubado no jogo.

— Isso não é coisa que você pergunte — disse Rabelo, fixando-a com olhar severo. Seu olhar, quando ele queria, fazia-se de ferro.

Enquanto andavam para cima e para baixo, no jardim, passando do escuro para a claridade, segundo se aproximavam ou se afastavam da luz da varanda, Nica via ou deixava de ver o rosto dele. Agora, bem iluminado, reconheceu a expressão que ela, no seu íntimo, chamava "a cara de meter medo do Rabelo". A ela, nunca metera medo, mas, quando alguma coisa o contrariava, Nica vira muitas vezes o nervosismo que essa mesma expressão na fisionomia do Rabelo produzia nos demais, Álvaro inclusive, e a pressa com que procuravam, quando possível, corrigir o erro cometido ou cumprir logo a ordem esquecida.

Para ela, Rabelo nunca antes olhara assim, Nica, porém, não sentiu perturbação nem receio, nem a menor vontade de desistir do seu propósito. Continuou resolvida a ter resposta.

Na passagem pela varanda, ao sair, Nica colhera um galhozinho de jasmim, que conservava na mão para, de vez em quando, sentir-lhe o aroma.

— Suas irmãs, com certeza, não acreditam nesta história feia — continuou Rabelo.

Nica levou o raminho ao rosto. Respirou.

— Não acreditam, não, mas você sabe por que é que elas não acreditam? É porque eu afirmei a elas que era mentira da mãe de Elsie, que Álvaro era um cavalheiro, incapaz de roubar no jogo. O resto não valia a pena negar. Só Geninha é que talvez não soubesse como nós vivemos. Chegou o dia de ela saber.

Continuaram a andar devagarzinho.

— Rabelo, você me deu o direito de contar com sua amizade. Estou recorrendo a ela na hora e do modo que preciso. Essa dúvida é pesada demais, e peço a você que me livre dela. Eu só quero a verdade. Diga-me se isso que Geninha ouviu hoje é calúnia, como eu creio. E há ainda outras coisas a respeito de Álvaro que nunca tive coragem de perguntar a ninguém, e que pelo menos uma de nós deve saber, mesmo para o caso de alguma emergência.

— Saber por mim, hein? Foi me escolher para esse papel antipático? Pois não conte comigo.

Nica sentiu os olhos úmidos, mas, no escuro, pôde esconder sua emoção. Respondeu firmemente:

— Conto, sim. Peço a você esse sacrifício, sabendo muito bem o que isso pode custar à sua amizade. Só lhe peço que não me minta, porque eu, por minha parte, nunca lhe menti. Prefiro que você diga francamente "não quero dizer". Mas, se você fizer isso, por achar mais cômodo, será negar o maior favor que eu ainda pedi a você.

Rabelo disse:

— Álvaro foi um pai excelente. Vocês são as meninas mais bem-educadas que eu conheço. Ele caprichou em tudo: na instrução, na saúde, nos princípios. Você pense nas qualidades dele como pai.

— Estou pensando, Rabelo. Você não precisa me dizer isso, porque nenhuma menina, com pai decente, pode gostar mais do pai do que eu gosto de Álvaro. Noutro dia, numa roda de amigas, minhas e de Iolanda, estávamos discutindo se era possível ter amor sem ter respeito. Elas todas achavam que não. Não era em amor filial que as outras estavam pensando, mas isso não faz diferença. Só nós duas dizíamos que sim, que amor pode existir sem respeito. Nós sabíamos.

— Vocês são boas meninas, Nica — disse Rabelo, levemente comovido.

— Não sei se somos ou não. Sei que a observação do quarto mandamento já me deu muito que pensar. Se o mandamento dissesse: "Amar pai e mãe", seria muito fácil de cumprir. Mas diz: "Honrar pai e mãe". E isso me tem atrapalhado muito a consciência. Uma vez, quando eu tinha quinze anos, fui à igreja me confessar porque tinha dito ao Álvaro: "Você é um indecente". Depois disso, tomei sempre o cuidado de ajeitar a frase de outro modo. Digo, por exemplo: "Isto que você fez é uma indecência".

Rabelo puxou a mãozinha dela mais para dentro de seu braço. Nica sentiu voltar, como uma onda, a confiança que sempre existira entre eles.

— Fale, menina. Estou aqui para servi-la. Não há de ser só para receber de vocês, sem dar nada, que estou sempre metido aqui, em sua casa. No fundo, o que você quer saber é se Álvaro já foi pilhado alguma vez roubando no jogo, não é?

Ela perguntou, com um tremor de ansiedade na voz:

— Ele nunca foi pilhado?

— Que eu saiba, não. E, se tivesse sido, eu saberia. Não falta quem me viesse contar.

Ela reconheceu instintivamente a verdade. Rabelo ouviu-lhe o pequenino suspiro de alívio. E continuou:

— O jogo tem sido a perdição dele, mas não nesse sentido. Sempre foi jogador, mas joga honestamente. Se ele caiu alguma vez em roubo, não digo que tenha caído, digo se caiu, você pode ter certeza de que a lembrança está na consciência dele como uma brasa.

Ela apertou com força a mão dele.

— Deus lhe pague por me dizer isso, Rabelo. Eu sei que você está falando a verdade, que é assim mesmo.

— Pois é. Conhecemos o nosso Álvaro. Não vamos falar mal dele sem necessidade.

Deram mais uns passos, e ela disse:

— Rabelo, com certeza não é a primeira vez que você ouve essa calúnia. Não precisa responder, porque já sei. Como Álvaro é leviano, muita gente acha que ele é também tratante, não acha?

— Mais devagar, menina. Todo mundo é caluniado. Não falta gente que me chame de ladrão, de capitão de indústria, que diga que eu leso o Tesouro. Já que hoje é noite de verdades, eu posso dizer: tudo é relativo, que eu não fui sempre tão honesto quanto eu quisera ter sido. Agora, há muitos anos, estou numa fase da vida em que nem conheço a tentação. Álvaro, não. Lembre-se disso. Pobre Álvaro!

— Álvaro é fraco, você, não.

Ela tomou a mão de Rabelo, que sentia sempre tão vibrante, tão forte. Toda a pessoa de Rabelo, sua simples presença, dava-lhe sempre uma impressão de calor e de força, como a de uma locomotiva poderosa, com grandes reservas de energia pronta para servir e conduzir, ou para esmigalhar.

— Eu sei que estou amolando você — continuou Nica — e ainda não cheguei ao fim. Há uma coisa que há anos quero saber. Por que foi que Álvaro deixou a carreira diplomática? Não pode ter sido por vontade dele. Ele deve ter feito alguma e por isso foi demitido. Não foi?

Rabelo hesitou e disse:

— Isso é melhor você saber mesmo, senão fica imaginando coisa pior. Álvaro fez dívidas em Paris. Um grupo de credores mandou uma representação ao Governo. A quantia era grande, porque os diplomatas têm muito crédito no posto. E ele não pôde pagar. Foi demitido por isso.

Deram mais uns passos, calados, enquanto Nica mastigava essa nova humilhação.

— Todo mundo sabe disso? — perguntou, afinal.

— Provavelmente muita gente. Há sempre curiosidade para os casos da vida alheia. Que mais você quer saber? Agora desembuche todas as suas preocupações. Tanto faz.

— Rabelo, eu não gosto dessa história de jogo em casa toda noite, dessa porção de gente que nós nem conhecemos que vem cá e que às vezes nem nos cumprimenta. Você acha que isso está certo em casa de família?

— Puxa, menina, você estava mesmo com a cabeça repleta de preocupações. Não há mal em Álvaro ter jogo em casa. A atmosfera é de perfeito respeito.

Álvaro realmente, quando a casa estava cheia, não se despreocupava um momento das meninas. Sabia sempre com quem elas falavam ou andavam. Ficava atento como uma governanta severa. Aliás, ele fiscalizava também os passeios das filhas, suas leituras, até as fitas que viam. De vez em quando Álvaro dizia: "Filha minha não pode fazer isso". Falava como se ele mesmo fosse um exemplo de conduta.

— Eu sei que não se passa nada de mais aqui — respondeu Nica —, mas há sujeitos que se servem de bebida no bar como se fosse a casa deles e ainda com cara de estar fazendo favor. Uma vez ouvi o Mendes Ribeiro dizer a outro rapaz: "Eu aqui não faço senão perder. Já paguei a despesa desta espelunca por mais de um ano". Você acha que isso é coisa que eu seja obrigada a ouvir e fingir que não ouvi?

— Você tem toda a razão. Vocês precisam casar.

— Não, Rabelo. Não somos nós que devemos casar. Geninha tem só dez anos. Álvaro é que devia achar outro meio de vida que não seja ter jogo em casa. Agora, o que eu ainda não compreendo é o lucro que ele tem nisso. Álvaro sempre diz que isso de ter casa aberta dá muita despesa, mas quanto mais gente vem, mais dinheiro nós parecemos ter para gastar. Quando vem pouca gente, aí é que Cristina não consegue de Álvaro dinheiro para pagar as contas de casa. Como é que isso lhe rende? Desculpe mais esta pergunta. É a última. Depois podemos entrar.

— Esta não é muito difícil. No *chemin de fer*, Álvaro toma a banca mais vezes que os outros, em troca de sua hospitalidade. Toda noite, a primeira banca da mesa é dele, e com isso tem mais possibilidades de ganhar.

Nica perguntou:

— E quando não tem sorte? Quando perde?

Foi ela mesma quem respondeu, subindo já os degraus da escada.

— Toma emprestado com quem ganhou, não é?

Chegando ao alto da escadinha, antes de entrar em casa, voltou-se para Rabelo. Embelezada pela emoção, e com a gratidão a transbordar-lhe no rosto, disse com voz grave:

— Rabelo, eu nunca poderei lhe agradecer. Você mesmo não pode saber o bem que me fez hoje. Muito obrigada por sua paciência e generosidade.

Ele fez-se ríspido de repente, para encobrir sua própria emoção.

— Não fale em generosidade. Eu não sou generoso.

— É, sim. E você é meu melhor amigo. A não ser Álvaro e minhas irmãs, não há ninguém a quem eu tenha tanta afeição quanto a você. Nem tias, nem amigas, nem ninguém.

Ele gracejou:

— Há, sim. Há o tenente Fernando.

V

Momentos antes do jantar, Álvaro, que era muito entendido em assuntos culinários, emergiu da cozinha, satisfeito com os preparativos que fora controlar e com os molhos que provara.

— O jantar está ficando ótimo, seu Rabelo. Aquelas codornas que você mandou vão ficar de se lamber os beiços. A Benedita, negra como é, tem um paladar digno de Paris.

Esse ambiente de receber amigos, dando do melhor, era aquele em que Álvaro se sentia mais à vontade. A simpatia que irradiava dele para todos, desde crianças até velhos, aumentava ainda quando se via no papel de anfitrião. Foi receber à porta, com grandes demonstrações de alegria, os primeiros convidados, o embaixador Sales, que fora seu colega nos tempos de secretário em Paris, e a embaixatriz, Dona Germana. Ao acolhê-los, satisfeito, parecia um chefe de orquestra, dando o primeiro sinal da batuta. Agora, até tarde, Álvaro não pararia mais, absorvido nas atenções para cada um, sentindo-se importante no reflexo das pessoas que recebia. Tratava todo mundo aos abraços, com a afabilidade de que tinha o segredo, sem adulação. Em suas maneiras não havia uma nota discordante. Também as meninas, treinadas por ele, eram mestras na arte de fazer as honras da casa, com gentileza e simplicidade.

O convidado de Rabelo, o ministro da Indústria, era mais moço do que esperavam. Chamava-se Evaristo de Pádua.

Usava pincenê. Tinha um ar importante como se nunca pudesse esquecer que era ministro de Estado. Era baixo, morenaço, de ombros largos e cabeça grande. Álvaro apresentou-lhe as meninas, com a pilhéria que fazia sempre desde que as filhas se fizeram moças.

— Estas são minhas três irmãs.

Alguém explicou solicitamente ao ministro que eram filhas. O Evaristo não achou logo o que dizer. Não esperava, nessa casa onde só viera para conversar com o Rabelo, encontrar um elemento feminino tão brilhante. Vaidoso, sentiu-se de repente o provinciano que não gostava de parecer diante de cariocas elegantes. Relanceou os olhos sobre o trio das meninas Galhardo, sem ousar pousá-los em nenhuma. A beleza de Iolanda atordoou-o, mas sua preferência foi logo para Nica. Empertigava-se para parecer mais alto. Era moço para ser ministro, mas ocorreu-lhe a ideia de que, a essas meninas na flor da idade, qualquer ministro devia parecer um velho.

O Rabelo, tomando Nica por um braço e Iolanda pelo outro, começou, brincalhão, a fazer propaganda das meninas.

— Esta aqui, ministro, a Iolanda, pensa que é a pequena mais bonita do Rio, e há muita gente de acordo com ela. Esta outra, a Nica, é engraçada como ela só. Quando estou com dor de cabeça, a gargalhada dela é meu comprimido de aspirina. A mais velha, a Cristina, aquela que foi agora conversar com a embaixatriz, é uma santinha. Só lhe falta o resplendor. E ainda há uma pequena que é um azougue.

— Já se vê — disse o ministro — que o senhor aqui é de casa.

Acrescentou como um cumprimento em direção das meninas:

— Tem essa felicidade.

— Sou uma espécie de tio adotivo, mas já avisei ao Álvaro que estamos correndo perigo de ficar com a casa vazia. As duas mais velhas já têm namorado, e esta outra, bonita desse jeito, hoje está aqui, amanhã está casada. Já disse ao pai que tomasse cuidado.

À mesa, Nica ficou ao lado do ministro Evaristo, colocado à direita da tia Chiquinha. Quando tia Chiquinha vinha jantar, presidia sempre em frente de Álvaro. Nica tagarelou, como costumava, e fez o ministro rir várias vezes.

Por sua vez, o ministro contou-lhe duas ou três anedotas divertidas. Nica já as conhecia, mas riu-se como se fossem novas, tanto por dever de polidez como porque gostava de rir.

No correr da conversa, ela referiu-se a Álvaro pelo nome e viu que o ministro ficara outra vez em dúvida sobre se ela seria irmã de Álvaro. Nica então explicou: "Eu sempre chamo meu pai pelo nome. Todas nós". Tia Chiquinha ouviu e resmungou:

— Pobres meninas, que não têm a quem dizer papai nem mamãe!

Aos poucos, deixando sua solenidade ministerial, o Evaristo foi tomando uma atitude mais natural, mais semelhante à do embaixador Sales ou de Álvaro, que ambos tinham a segurança de acertar no trato social.

Nica soube que era solteiro quando, no meio de um gracejo, ele disse que já estava muito velho para casar. Ela negou sem convicção, murmurando como menina bem-criada: "O senhor não é velho".

De vez em quando o ministro lhe falava num tom baixo e confidencial, olhando-a insistentemente. Nica descobriu então que ele tinha a visível pretensão de agradar ao outro sexo e um propósito deliberado de se mostrar sedutor. Essa pretensão lhe pareceu idiota num homem de seu físico medíocre e de sua idade, já longe na casa dos trinta, se não fosse quarentão. *Caipira convencido*, pensou, enquanto escutava as frases do Evaristo com um sorriso que a enfeitava.

Mas sua impressão do ministro, ao todo, não foi desfavorável. Por duas ou três frases felizes, descobriu que era um homem inteligente. Acabado o jantar, foi comunicar essa impressão ao Rabelo.

— Esse seu ministro é bem inteligente e civilizável.

— É, sim, hábil e maneiroso. Agora preciso conversar com ele na salinha. Veja se não nos interrompem.

Nica e as irmãs estavam acostumadas a montar guarda discretamente à saleta onde Rabelo mantinha às vezes conversas particulares ou dava audiências curtas. Começou cedo a chegar gente para o jogo, mais gente que de costume. Rabelo, terminada a conversa com o ministro, formou sua mesa de bacará com os parceiros habituais. Organizou-se também uma mesa de *bridge* em que entraram a embaixatriz e tia Chiquinha, e logo outra mesa de bacará.

Depois da casa cheia, Cristina chegou-se a Nica e informou, contrariada:

— O homenzinho odioso está aí.

Era assim que as meninas chamavam a um tal David, que surgia, como por encanto, nas noites em que havia muita gente. Era de profissão banqueiro de bicho. Chegava acompanhado por dois crupiês. Vinha evidentemente chamado por Álvaro, para financiar a jogatina. O dia imediato à sua visita era sempre de abundância em casa, dia em que Álvaro liquidava as contas atrasadas e dava um bom dinheiro a Cristina para sortir a despensa.

O David era um sujeito baixo, de cor esverdeada e pele gordurosa. Usava roupas vistosas e anéis de brilhantes no dedo. Seu aspecto destoava de todos os frequentadores da casa, mesmo dos menos distintos. As meninas não o podiam suportar, pela sua vulgaridade e pelo modo familiar com que lhes falava, dando instruções e reclamando o que precisava.

Avisada por Cristina, Nica procurou o David com o olhar e viu-o num canto da sala em confabulação com Álvaro. A porta da sala de jantar já se fechara. Dentro, os crupiês deviam estar armando a roleta.

Nica teve a impressão de que Álvaro acabava de pedir ou de sugerir ao David qualquer coisa que lhe desagradou. De longe, sem lhe ouvir as palavras, Nica viu o David responder negativamente, numa abundância de gestos e palavras, como quem recusasse com volubilidade e indignação. O contraste que formava com o Álvaro era absoluto. Parecia um mascate ganancioso discutindo com um freguês de outra esfera e outra classe. Álvaro falava, no entanto, num tom conciliador e quase humilde.

Nica atravessou rapidamente a sala, dirigindo-se a eles, disposta a tomar conhecimento do colóquio e a ajudar o pai, se fosse preciso — em todo caso a terminar aquela discussão em que Álvaro se deixava passivamente dominar pelo grosseiríssimo do outro. Antes de os alcançar, viu que a conversa estava concluída e que Álvaro se submetera. Vendo Nica aproximar-se, o David, sem a cumprimentar, disse-lhe:

— Pode abrir seis garrafas de champanhe. Quem paga hoje sou eu. O ambiente está ótimo.

Correu ao mesmo tempo pela sala um olhar satisfeito. Descansou-o um instante no Phillips, um americano que passava por ser o jogador mais ousado do Rio. O Phillips, enquanto não se abriam as portas da sala de jantar, conversava com o Trajano, outro jogador louco.

O David, saboreando a perspectiva das duas salas em arco, onde havia ainda, para ele, outras esperanças, não dera a Nica sequer um olhar. Ela sentiu um acúmulo de indignação por essa e todas as passadas desconsiderações do sujeito. Respondeu-lhe:

— Hoje não haverá champanhe à custa de ninguém.

O homem olhou-a, surpreso. Ela acrescentou, no mesmo tom, com voz gelada e desdenhosa:

— Nem champanhe, nem roleta. Quem agora não quer sou eu.

Não premeditara essa atitude. Não pensara antes em impedir a roleta. Aproximara-se deles apenas com a intenção de pôr o judeu em seu lugar, vexada que se sentira com o ar submisso de Álvaro. Só depois de recusar servir o champanhe foi que lhe ocorreu falar também na roleta. A resolução nascera ao ser formulada, mas nasceu firme, como se ela a tivesse considerado bem.

E não era nenhuma ameaça vã. Nica não dissera isso para depois se deixar derrotar. Sentia-se firme e afiada como aço.

O judeu, tirando o charuto da boca, soltou um ronco de indignação:

— Então a filha também se mete, hein? Você estava atrás da exigência dele, hein? Pois não dou aumento de porcentagem. Não dou. Já disse a ele e repito outra vez. Se quiser a roleta, há de ser assim. Se não lhe convém, vou-me embora.

Começava a falar alto, gesticulando furiosamente com os braços. Com os gestos que fazia, a cinza acumulada na ponta do seu charuto, numa camada tão espessa que, desde o princípio, fascinara o olhar de Nica, desprendeu-se e espalhou-se sobre a saia do vestido dela. O David não percebeu nem essa ofensa, nem o olhar com que Nica o fulminou enquanto sacudia a saia. Ignorando sua intervenção, olhava para Álvaro, esperando dele a resposta ao seu ultimato. Repetiu:

— Se não lhe convém, vou-me embora. E decida já. Nem um vintém mais.

Foi Nica quem respondeu.

— O senhor está muito enganado, pensando que o aumento de sua porcentagem me interessa. O que me interessa é somente que o senhor se retire imediatamente, levando tudo que trouxe.

O David esclareceu-se de repente sobre o valor dessa adversária. Mal podendo crer nos ouvidos, voltou-se para ela. O olhar de Nica varreu-o como uma corrente de energia, diante da qual o dele fugiu, rastejando um instante e depois se fixando em Álvaro, apelando para ele.

Nica voltou-se, por sua vez, para o pai. Álvaro não a desautorou, não falou, não interveio. Conservou-se passivo, diante do ímpeto irresistível da filha, parecendo até admirar sua coragem.

A insolência do judeu transformou-se de repente em nervosismo agudo. Passou duas ou três vezes o charuto da boca para a mão e da mão para a boca. Hesitou. Depois resolveu adotar uma atitude conciliadora. Mostrou largamente os dentes falsos, num sorriso desolado.

— A porcentagem já está muito alta, porque o risco é todo meu, mas pode ser levantada.

Olhou de um para outro, de Álvaro para Nica, e acrescentou, ansioso por não dar demais, não dar senão o necessário.

— Levantada um pouco. Já está muito alta. Mais três por cento.

Nica respondeu:

— Nem três, nem cinco, nem vinte. Nesta casa não haverá mais roleta.

David, perdendo a esperança, despejou sua ira contra Álvaro, cuspindo-lhe um palavrão. Depois olhou em redor, como se quisesse chamar testemunhas para aquela conversa, que até então passara despercebida.

— Então, posso ser chamado aqui por um e despedido por outra?

Nica sentiu sua posição menos segura. Álvaro disse:

— Nica, nisso ele tem razão. Ele veio chamado por mim, e, se agora não houver roleta, temos que dar uma explicação às pessoas que estão esperando.

David criou esperança e arrojou-se sobre Álvaro, esbanjando promessas.

— Eu dou mais dez por cento. A mesa já deve estar armada. É só mandar abrir as portas.

Nica olhou para as portas, ainda fechadas, da sala de jantar e para o grupo que esperava, próximo, o momento de se abrirem. Álvaro tinha razão. Suspender tudo à última hora daria também que falar, seria talvez um escândalo. Ela concordou:

— Então que se jogue hoje, mas fica entendido que é pela última vez.

O David, aceitando, sem mesmo um simulacro de dignidade, a concessão humilhante, correu a abrir a porta da sala de jantar.

Nica olhou-o afastar-se. Sorriu largamente. Piscou para o pai.

— Foi cômico, não foi?

A abjeção do David divertira-a. Antegozou o prazer que teria em contar a cena às irmãs e ao Rabelo. O alívio que sentia por conta do futuro comunicou-lhe uma tranquilidade infinita. Relanceou pela sala um sorriso de radiante contentamento, que caiu, por acaso, sobre o ministro Evaristo, como se fosse um presente para ele. Quando ele acorreu, pressuroso, ela sentiu que estava bonita, mais bonita do que antes do incidente. O ministro perguntou-lhe o motivo do aumento de brilho dos seus olhos. Ela respondeu:

— É porque estive brigando. Gosto de brigar quando tenho razão.

VI

A manhã se anunciava linda. Nica, contente de ir à praia encontrar o namorado, descia a escada para sair, observando-se, como de costume, degrau a degrau, no grande espelho do *hall*.

Aprovou primeiro as sandálias verdes, contrastando com as unhas cor de lacre, depois a larga saia do vestido de praia, riscado de verde e vermelho. Levava na mão um imenso chapéu, de palha tosca, para abrigar-se do sol.

O conjunto, pela combinação dos tons, constituía um êxito absoluto. Justificava o trabalho que dera. Andar tão elegante como andava, com os poucos recursos de que dispunha, era um problema de dar dor de cabeça, mas Nica conseguia. Em assunto de vestuário, sua competência era reconhecida e às vezes seu conselho pedido até por senhoras infinitamente mais ricas e viajadas.

Os óculos escuros lhe assentavam bem. Faziam ressair a boca, um pouco larga, mas bonita; firme no repouso e fascinante no sorriso. Nica observou apenas a cor dos lábios e verificou se o batom estava bem aplicado. Antes de sair, aproximou-se do espelho para dar um toque final, se fosse necessário, no cabelo ou na maquilagem.

Era muito cedo. Toda a casa devia estar ainda adormecida. Nica ia a essa hora porque convinha a Fernando, que precisava estar às dez horas no trabalho, no gabinete do ministro da Guerra.

De repente, Álvaro apareceu ao seu lado, dizendo:
— Chega de ruge, Nica. Você já está pintada demais.

Ela fechou a caixa, achando que realmente a dose já estava perfeitamente medida para a luz forte da praia.

— Saia da frente desse espelho — continuou Álvaro. — Não falta nada. Você passa a vida a se alisar feito gato.

— É porque preciso. Não sou nenhuma beleza. Se eu fosse desmazelada, ninguém olhava para mim.

Certificara-se de que realmente nada restava para criticar ou alterar. Voltou-se do espelho, perguntando ao pai:

— Você aonde vai tão cedo, Álvaro?

— Vou à praia com você. Quero ver como é esse tenente.

Nica protestou, muito contrariada.

— Não quero que vá, Álvaro. Ele vai pensar que você vai para isso mesmo. Nós lá não ficamos sozinhos. Ficamos com um grupo. E a irmã dele também vai, a Amália.

— Não é para fiscalizar, não. É mesmo porque eu quero ver a cara dele. Prometo não lhe perguntar quais são as suas intenções. Ou você quer que eu pergunte?

Estava brincando, mas Nica não gostou da brincadeira. Tinha, aliás, certeza quase absoluta de que as intenções de Fernando eram mesmo matrimoniais. Amália, a irmã, que fora colega de Nica no colégio, falava do sentimento dele como se fosse uma coisa evidente a todos.

No colégio, Amália Gaveiro fora na classe de Nica talvez sua maior admiradora. Era quem mais ria dos seus chistes e das suas mímicas. Agora o namoro de Nica com o irmão fizera recrudescer com prazer recíproco a intimidade que no colégio existira entre elas unicamente por esforço de Amália. Nica, naquele tempo, já conhecia de vista o cadete bonito que aparecia fardado nas festas do colégio, mas nunca foi daquelas que festejavam por esse motivo a simplória Amália.

Álvaro parecia decidido a acompanhar a filha à praia, e Nica teve que se resignar. Acabou de perdoar-lhe a intromissão quando viu o pai ser recebido com alegria pelo grupo na praia. Álvaro tinha familiaridade com os amigos das filhas e sua presença nunca constrangia a gente moça. O perigo, que as filhas viam, era o contrário, era que a mocidade não lhe mostrasse o mesmo respeito que aos outros pais.

Álvaro reconheceu logo Amália Gaveiro, que não via desde menina, e prendeu-a com seu fácil encanto.

— Como isso cresce! Você ficou uma moça bonita.

Amália corou de prazer. Era gorda, bonachona, sem pretensões, de cara completamente redonda.

Mas Fernando era, sem dúvida, bonito, um rapaz alto e de uma magreza extrema que nada tinha de débil, com uma musculatura de aço. A magreza, cavando-lhe as faces, dava distinção maior aos traços nítidos, ao nariz ligeiramente aquilino.

Para poderem conversar à vontade, Nica e ele sentaram-se na areia, fora da barraca onde o grupo tagarelava. Falavam de qualquer assunto, mais atentos à presença um do outro que às palavras que pronunciavam. Nica disse:

— Olha o mar, que beleza está hoje! Tão verde.

Ele respondeu:

— Eu não venho aqui para olhar o mar. Prefiro olhar para você. Nunca achei graça em ficar parado diante de quadros da natureza. Isso é bom para velhos, ou preguiçosos, ou supercivilizados. Eu não sou nada disso.

Calaram. Nica enchia distraidamente as mãos de areia e deixava-a escorrer entre os dedos. As mãos de Fernando brincavam, próximas. Quase se encontraram com as dela. Os dedos só não se entrelaçavam porque Nica ainda achava prematura essa intimidade.

Era principalmente Fernando quem falava. Nica escutava, achando que ele tinha conhecimentos sobre tudo, satisfeita de ouvir-lhe as opiniões. Fernando falava de muita coisa, mas sobretudo de si mesmo. Fazia os assuntos girarem em torno de sua pessoa. O "eu" nunca estava muito longe do que dizia. Gostava de proclamar suas preferências, suas opiniões, até seus defeitos. Era sempre "Eu sou... eu disse". Às vezes descambava um pouco para a gabolice ou para o dogmatismo. Nica, nesses momentos sentia uma ligeiríssima repulsa por tanto "eu", "eu", mas tudo se perdia na atração que Fernando exercia sobre ela, uma atração cada vez mais forte, na qual qualquer crítica desaparecia, na qual qualquer restrição que ela pudesse fazer passava como palha numa correnteza irresistível, que tudo incorporava.

Nica, no fundo, sabia muito pouco sobre Fernando, além de que ele lhe agradava, e muito. Só sabia o que ele mesmo lhe dissera, nesses encontros na praia, nessas conversas, poucas ainda, do namoro que crescera rápido. Hoje Fernando lhe dizia, em tom de confidência, que era muito ambicioso, que queria ser um grande homem, um homem célebre.

— Quero ter um nome que todo mundo conheça, como o do seu amigo Rabelo. Não na mesma esfera, das finanças, porque sou anticapitalista. Sempre fui. Sou pobre e não penso em dinheiro. Minhas ideias são o oposto das do Rabelo, mas isso não é motivo para não admirar as realizações dele. Admiro os vencedores em geral.

— O Rabelo também não tem amor ao dinheiro — esclareceu Nica. — Creio que ele não preza muito o dinheiro que ganhou. Seus gostos são muito simples.

— Acredito. Também tenho gostos simples. Sou muito sóbrio. Você sabe que até deixei de fumar porque o fumo prejudica a memória, e a memória é uma arma na vida.

Nica pusera-se a ajeitar os cabelos contra a leve brisa. Os gestos de seus braços eram graciosos. Harmonizavam-se com a beleza daquela manhã na praia e com a felicidade que ela sentia de estar ali, ao lado do namorado. Fernando, entretido em observá-la, disse:

— Você não tem um gesto que não seja perfeito. E não tem afetação nenhuma. É tudo natural. A graça deve mesmo ser uma qualidade natural.

Depois recomeçou a falar de si.

— Eu quero lutar na vida. Lutar e vencer, tirar tudo que eu puder da vida. A gente não tem duas vidas.

Ela murmurou, com fé, aquilo que os olhos pretos de Fernando, fixos nela, lhe pediam que dissesse:

— Você há de vencer, sim, Fernando.
— Hei de vencer — repetiu Fernando. — Por que não? Tenho coragem, tenho energia e não tenho medo de trabalho. Só preciso que haja ao meu lado alguém que creia em mim. Para vencer, preciso que você creia em mim, Nica.

Nunca Fernando deixara a intenção tão clara. Nica pensou: *Disto a falar em casamento, é só um passo.* Mas ele não falou ainda, e ela não sentia pressa. Se não fosse já, se ele não falasse hoje, falaria breve, talvez amanhã. Nica ficou saboreando a perspectiva, como se fosse uma bala na boca, e pensando no futuro dele, na ambição que ele lhe comunicara como se fosse algo que lhe pertencesse, também, a ela.

Nica não imaginava antes que Fernando fosse assim ambicioso. Supunha que ele houvesse traçado para si um destino normal, dentro da sua carreira militar. Atualmente Fernando servia no gabinete do ministro da Guerra, às voltas com burocracia e política, mas ela calculava que ele breve voltasse à tropa. Ela via-se, no futuro que sonhava como esposa feliz de Fernando, às vezes em lugarejos perdidos do interior, onde o mandassem servir. Via-se ao lado dele, vivendo contente num lar muito simples, dentro de um orçamento apertado pelo soldo militar, com que teriam que viver.

Mas agradou-lhe esse novo aspecto do namorado. Achou que assentavam muito bem a Fernando essa ambição e esse orgulho. Faziam-lhe brilhar mais os olhos negros e combinavam com o modo altivo que ele tinha de segurar a cabeça. A ela, agradavam homens que traçassem para si planos largos e vissem tudo em grande, como Rabelo. Mas o que Nica queria, sobretudo, e quase unicamente, era compartilhar da vida de Fernando, fosse qual fosse. Quer ele vencesse, quer não, quer fosse obscuro, quer chegasse, mesmo, a fazer-se um nome brilhante como o de Rabelo, o que ela queria era estar ao seu lado, auxiliando-o.

Teria Rabelo em moço feito também desses planos magníficos que Fernando externava em alta voz? Parecia a Nica que não, que o Rabelo em moço não comunicara a ninguém os seus projetos, as suas ambições, e que talvez sentisse que os realizaria mesmo que ninguém ao seu lado acreditasse no seu vitorioso destino.

Nica sentia-se honrada da confidência desses sonhos e destas resoluções. A franqueza com que Fernando as comunicava parecia apertar mais, a cada instante, os laços entre eles.

— Você não pensa então em voltar para a tropa, Fernando?

— Não. Enquanto tiver oportunidade de continuar nos gabinetes e talvez de ingressar na política, não quero voltar. Eu amo muito minha carreira, mas o Exército só foi feito para a guerra. Se nossa época não for de guerra, não quero passar a vida toda esperando. Quero fazer algo de construtivo, trabalhar como eu puder para o progresso do Brasil e da humanidade. Vivo num país novo e numa época em que há muito que fazer, e hei de vir à tona de qualquer modo. Não sei como será o mundo do futuro, mas sei que sempre haverá na vida vencedores e vencidos. Haverá os que chegam aonde querem e os que ficam pisados no caminho.

— Não fale assim, Fernando. Eu quero que você chegue, mas que não pise em ninguém, que não deixe de ser bom.

— Bom! — repetiu Fernando, com um riso desdenhoso. — Para quê? Eu não critico ninguém por não ser bom, porque sei que para conseguir por si um lugar ao sol não adianta ser bom. Um homem do tipo do Rabelo, por exemplo, se fosse bom, não estaria onde está, porque a bondade lhe teria estorvado o caminho. Para subir, ele precisou pisar nos outros.

— Você não conhece o Rabelo, Fernando. Ele tem muito bom coração. — Ficou pensativa um instante e perguntou: — Você como é com seus soldados, Fernando? Tenho certeza de que é bom com eles. Não é duro?

— Duro? Não sei. Procuro sempre ser o que deve ser um oficial. Trato de ser justo com os homens, mas, por isso mesmo, sou talvez o tenente mais duro do regimento.

Passou por eles uma amiga de Nica. Parou para trocar algumas palavras e seguiu. Nica comentou:

— Lalinha é um encanto. Você não acha?
— Não. É muito adocicada. Você, por exemplo, tem o necessário de doçura feminina. Açúcar puro me enjoa. Você tem alegria e não sei que de acidulado como uns dropes de fruta.

Depois voltou a falar dos seus projetos.

— Você ficaria espantada se imaginasse os limites da minha ambição. Creio mesmo que não tem limites. Sou orgulhoso como Lúcifer.

Nica, olhando-lhe o perfil magro e aquilino, associou perfeitamente Fernando ao anjo rebelde, mais belo que os arcanjos louros, esse Lúcifer que devia ser assim como ele, moreno e fino, com um olhar negro e brilhante, e esse porte alto da cabeça.

Ela riu, para disfarçar a impressão empolgante que a comparação lhe causara, riu para resistir ao deslumbramento que a dominava, ao voo da imaginação. E falou num tom que procurava ser de gracejo:

— Eu vejo você perfeitamente no papel de Lúcifer, Fernando. Estou até em pensamento lhe pondo asas, grandes asas negras e possantes.

Calaram, e dessa vez ficaram calados muito tempo, unidos pelo silêncio. Chegavam-lhes alguns fragmentos da conversa do grupo sob a barraca. De repente destacaram-se mais claramente aos ouvidos de Nica algumas palavras pronunciadas do lado mais próximo da barraca. Era a voz de um dos rapazes, um pouco mais velho que a maioria do grupo, um homem que ela conhecia pouco, mas que ia às vezes jogar em casa deles. Nica ouviu-o dizer secamente:

— Sinto muito, mas hoje não posso. E você primeiro terá que me pagar o que já lhe emprestei há três meses.

Nica não teve dúvida de que o rapaz se dirigia a Álvaro. Álvaro estava mais uma vez pedindo dinheiro emprestado. Ela teve um choque como se caísse das nuvens, onde Fernando ou Lúcifer esvoaçava, bruscamente, até ao solo. Levantou-se de repente, causando surpresa a Fernando.

— Já é tarde — disse. — Hora de ir embora.

— Não é tarde, não, Nica. Ainda posso ficar trinta minutos.

— Mas eu hoje não posso demorar, porque meu pai tem o que fazer na cidade.

Fernando ainda tentou prendê-la pela mão.

— Não vai ainda, Nica — suplicou. — Está tão bom aqui.

— Não, não posso.

Perdera toda a vontade de ficar. O esplendor daquela manhã findara-se para ela naquela nota desagradável.

VII

No dia seguinte, quem manifestou intenção de ir com Nica à praia, para ver como era o Fernando, foi Iolanda. Álvaro dissera em casa: "O rapaz está preso mesmo. Está seguro no anzol". E Iolanda ficou morta de curiosidade. Ela era inimiga declarada da praia e do sol, e não gostava de levantar cedo. Ia tão raramente que não tinha roupa própria e precisou tomar emprestado com Nica um pijama de praia.

Chegaram cedo ao ponto habitual de reunião. Fernando ainda não estava. Nica, sentada na areia, espreitou-lhe a chegada e viu-o de longe quando apareceu. Não se pôs de pé, para que ele a visse mais cedo. Preferiu deixar-se procurar pelo namorado. Ficou onde estava, sobre a areia morna perdida no meio do movimento dos banhistas.

Amália, a irmã, vinha também com ele. Fernando olhava de um lado para outro, procurando Nica, de grupo em grupo. Seus olhos não viam mais ninguém, porque a ela não descobriram ainda. Nica sentia-se feliz, vendo como aquele rapaz, bonito, moço, atraindo, à passagem, muitos olhares femininos, só a ela procurava, indiferente a outras mulheres, desejosas de serem notadas.

Quis mostrar logo Fernando a Iolanda, dizer-lhe: "Olhe, é aquele que vem chegando, aquele alto, de calção azul, aquele é que é o Fernando". Mas Iolanda não estava ao seu lado no momento. Conversava, um pouco adiante, de pé, com um casal amigo.

Fernando trazia sob o braço uma bola grande, de cores vivas. Caminhando, atirou-a para o ar, uma ou duas vezes, apanhando-a de novo, tudo em pura exuberância de energia natural.

De repente Fernando parou, como se tivesse encontrado quem procurava. Não vira Nica ainda, mas vira, de costas, Iolanda, que ele não conhecia. Iolanda vestia um pijama de Nica. Tinha a mesma altura que a irmã, o mesmo talhe. Fernando confundira-as. Nica sorriu.

De um golpe certeiro, Fernando atirou a bola leve, que trazia, em cheio contra as costas de Iolanda. Foi o modo que ele escolheu de dizer à namorada: "Cheguei. Estou aqui".

Iolanda voltou-se, surpresa, em direção do golpe. Vendo um desconhecido, lançou-lhe um olhar fustigante, como se castigasse uma insolência.

Fernando parou, petrificado, entre confuso pelo que fizera e deslumbrado pela vista de Iolanda. No mesmo instante, Iolanda reconheceu Amália, ao lado dele, e percebeu o engano. Adivinhou que esse era o Fernando Gaveiro, que a tomara por Nica por causa do pijama. Foi logo ao encontro dele, de mão estendida, sorrindo, gracejando:

— Você é o Fernando? Eu sou Iolanda. Então, isso é modo de apresentar-se!

Nica levantara-se e aproximara-se. Apanhou a bola esquecida na areia. Ouviu Iolanda dizer a Fernando:

— Você é igualzinho ao que esperava.

Ele respondeu:

— E você é mais linda ainda do que eu esperava.

Nica, com um "alô, Fernando", estendeu-lhe a mão. E os quatro, Nica, Fernando, Iolanda e Amália, sentaram-se na areia para conversar. Os companheiros de costume, o grupo da barraca, não estavam na praia. A manhã estava suave, sem sol. Amália, tagarela inconsequente, comentava o engano de Fernando. "Quase morri de rir", repetia.

Fernando não demorou em tomar, ele, a palavra. Pôs-se a discorrer sobre um recente abuso político de que os jornais estavam fazendo alarde. Fernando também atacou o governo com violência. "Se tivessem feito isso... Se tivessem previsto aquilo... Eu, se fosse o ministro... Eu faria isso, eu não teria feito aquilo."

As meninas escutavam. Amália com um silêncio que ressumava a incenso, as outras duas com boa vontade, mas sem analisar-lhe as palavras, todas no fundo indiferentes ao importante político e a tudo que não fosse aquele momento de bem-estar e repouso, sobre a areia branca; com a brisa fresca do mar temperando o mormaço generoso.

— Pura imprevisão! — insistia Fernando. — Indesculpável imprevisão!... Era tão fácil evitar o fracasso.

Nas pausas que ele fazia, esperando apoio das meninas, elas intercalavam, ora uma, ora outra: "É isso mesmo" ou "Você tem razão".

Bastava-lhes ouvi-lo, vê-lo, sem aprofundar o que dizia. Seu físico bonito, o magnetismo de seu olhar negro, a autoridade com que falava, olhando para elas como se seus olhos fossem duas garras que prendessem sem machucar, a segurança com que afirmava, como se tivesse muita idade e experiência, criavam-lhe o ambiente que desejava.

Esgotado o assunto do caso político, Fernando passou a reminiscências, narrando episódios da Escola Militar, no tempo em que Amália e Nica estavam no colégio, episódios em que ele era sempre o protagonista, e um protagonista que fazia invariavelmente boa figura.

Nica, à medida que o tempo passava, começou a aborrecer-se de não estar só com Fernando, em vez de se eternizarem naquela conversa a quatro, quase transformada em monólogo. Amália, que habitualmente era faladora em excesso, não deixando ninguém mais falar, ao irmão não fazia concorrência. Contente de escutá-lo, não o interrompia nem intercalava casos seus. Adorava-o, evidentemente. Orgulhava-se dele. Às vezes fazia-lhe eco. "Eu sou muito teimoso", dizia Fernando. E Amália: "Fernando é muito teimoso".

Nica, cada vez mais entediada, brincava com a bola, molemente, devagar. Ela tinha amizade àquela bola de Fernando, que passara incontáveis vezes, em jogos, das mãos dele para as dela. A bola, de tanto os ter acompanhado nessas manhãs de praia, de tanto lhes ter alegrado a vista com suas cores, tomara para Nica alguma coisa do calor dessas horas felizes de sol e de novidade. Tornara-se para ela um pouco mais que um objeto inanimado.

A atenção de Nica desviava-se da fala de Fernando, e seu olhar voltava-se seguidamente para a bola que tinha nas mãos. As palavras do namorado não a empolgavam, porque não eram mais só para ela. A vaidade de Fernando, quando não empenhada em agradar-lhe, só a ela, tomava um aspecto diferente. Era outra coisa.

Nica desculpava perfeitamente essa vaidade de rapaz. Não queria menos a Fernando por isso. Ainda que ele baixasse um pouco no seu conceito, não baixava na ternura que ela sentia por ele. *Ele é gabola e gosta de contar prosa para moças*, pensava Nica. *É porque ele é bonito e nós gostamos de olhar para ele.*

Gostava também do som de sua voz. Mesmo quando deixava de olhar para ele ou de prestar atenção ao que ele estava a dizer, não deixava de sofrer a sedução de sua voz.

Iolanda escutava com interesse, e com uma expressão viva, animada, que não lhe era habitual. Fernando dirigia-se mais a ela do que às outras. As outras eram um auditório já conquistado, enquanto Iolanda era um campo novo.

Para Amália, Fernando só se voltava quando precisava de uma palavra de confirmação ou do riso que não viera logo a um chiste seu. Amália então saía prontamente em seu auxílio, como se fosse a claque de um teatro ou um comparsa de circo.

Às vezes, Amália até o antecipava, tão bem lhe conhecia a técnica. Nica teve a impressão de já a conhecer também. Em vez, porém, do orgulho manifesto de Amália, o que ela sentia era apenas um mal-estar, como se Fernando estivesse jogando fora coisas preciosas, valores que ela armazenara em seu coração. Muito do que ela já ouvira dele — opiniões, gostos —, que lhe parecera delicioso, secreto, significativo, deixava de ser confidência palpitante, passando a não ser nada senão verbosidade e pretensão. Era como se Fernando, hoje, lhe estivesse servindo molho rançoso, da véspera.

Seu momento de maior mal-estar foi quando Fernando confessou seu orgulho, dizendo, aliás muito de passagem, no meio de outro assunto, "eu sou muito orgulhoso". Nica teve medo de que ele acrescentasse aquelas palavras "como Lúcifer", que a haviam empolgado até a alma na véspera. Viu as palavras pairando no ar, viu o que para ela fora inestimável confidência a pico de transformar-se numa tola e pública banalidade. O olhar de Amália, voltado ufanoso para Fernando, aprovando esse orgulho como uma qualidade digna de um homem excepcional como o irmão, pareceu a Nica esperar também esse complemento. Mas felizmente não veio. Tomada de uma espécie de pânico, Nica se voltara depressa para o mar, para não ver Fernando assumir, para outras pessoas, aquele papel de arcanjo combatente que a ele parecera assentar tão bem à sua alma rebelde, a seu corpo magro, moreno e musculoso.

Fernando não repetiu aquilo. Não destruiu a lembrança daquele momento entre eles. Continuou a falar, mas agora mudara de assunto. Discorria sobre ginástica.

De ginástica podia falar, pensou Nica, podia falar quanto quisesse, ou de qualquer outro assunto impessoal. Nica não se importava. Podia continuar a fazer o elogio do exercício regular, sistemático, a demonstrar sua necessidade, a dizer que ele nunca, em hipótese alguma, ao pular da cama pela manhã, deixava de fazer alguns exercícios. "Eu sou muito metódico", dizia. E Amália encaixava: "Fernando é muito metódico".

Nica, a cada momento, alheava-se mais do pequeno auditório. Brincava com a bola, num ritmo lento, passando-a de uma para outra mão.

Tinha vontade de ir embora, desejava que aparecesse algum pretexto para encurtar aquela falação de Fernando, que nada significava para ela, de pôr fim àquela manhã na praia, que estava lhe parecendo diferente das outras.

Por hoje, o encanto estava quebrado. Não podia esperar mais nada, senão isso mesmo. Nem teria ocasião de conversar a sós com Fernando, nem poderia se afinar de novo com aquele ambiente. Aproveitou o pretexto do sol, que a princípio estivera encoberto, e agora rompia com brilho, para dizer à irmã:

— Vamos, Iolanda. Está ficando tarde e você não gosta de sol.

Falara com decisão e ao mesmo tempo pusera-se de pé. Fernando estava ainda no máximo da animação. Amália e Iolanda ouviam-no com o mesmo interesse do princípio.

— Está tão bom, Nica — protestou Fernando.

E, como na véspera, puxou-a pela mão, procurando fazê-la sentar-se outra vez, repetindo: "Está tão bom, Nica".

— Está — disse ela —, mas está ficando tarde.

Iolanda, habituada a seguir as iniciativas de Nica, também se levantara. Despediram-se.

VIII

Na manhã seguinte, Nica e Fernando voltaram a conversar sozinhos, ao lado da barraca dos amigos. O ligeiro amuo que Nica quis fazer sentir a Fernando por não a ter, na véspera, distinguido mais, pareceu passar despercebido. Fernando ficou insensível à pequena diferença do seu modo.

No outro dia, choveu. Foi o início de uma temporada de umidade.

Recomeçaram depois os encontros na praia, as conversas a dois. Fernando continuava a falar muito, a falar de tudo, sobretudo de si mesmo, mas perdera aquele ar confidencial que valorizava cem por um cada palavra.

Falavam-se cordialmente, como antes, mas os olhos de Fernando não se demoravam do mesmo modo nela, a acompanhar-lhe a sucessão dos movimentos e das expressões. Nica percebeu claramente que se rompera algum fio na trama de seu namoro — desse namoro que os estivera conduzindo, positivamente, para um futuro comum. Fernando não disse mais nada que indicasse qualquer intenção de fazê-la sua esposa.

Nica pensou: *Ele ainda está hesitando. É assim mesmo. Todo namoro tem altos e baixos.* E empenhou-se mais ainda em conquistá-lo. *Se ele já sentiu, pode tornar a sentir.*

Escassearam, porém, os elogios que ele fazia, e cujo valor era serem raros, mas espontâneos. Mesmo nos momentos mais felizes, quando Fernando lhe dizia uma amabilidade que estava tanto nos olhos quanto nas palavras, Nica, levando para casa a lembrança desse olhar e desses ditos, descobria, depois de extrair-lhes todo o suco, que isso não a satisfazia. Não era o que ela queria, não era o que existia antes.

Custava-lhe crer que Fernando fosse volúvel. Um teimoso, como ele era, e como gostava de se proclamar, devia também, por força, ser perseverante nas afeições. Nica, para não perder confiança, precisava às vezes sacar sobre a felicidade passada. Essa situação enervava-a, tirava-lhe o sono, fizera-a emagrecer em poucos dias, ela que já se julgava magra demais. Achava-se ainda menos bonita em consequência.

Às vezes imaginava que talvez houvesse influído nessa mudança algum fator externo, talvez alguma maledicência contra Álvaro, que Fernando tivesse ouvido. Isso, ou outra coisa. Algum sopro de vento podia, sem que ela o percebesse, ter mudado a direção em que iam, ou, antes, em que Fernando ia, porque, quanto a ela, quanto a seu próprio sentimento, Nica não tinha dúvidas. Ela não era de hesitações.

Em janeiro, Nica não quis, como de costume, acompanhar tia Chiquinha a Petrópolis.

Na casa de verão da tia, o quarto de hóspedes era chamado o quarto das meninas. Este ano, em vez de ser a primeira, como habitualmente era, a ir ocupá-lo, Nica resolveu que seria a última. Todos adivinharam que era por causa de Fernando.

Depois, Nica adoeceu com gripe e febre. Ausentou-se da praia por dias. Logo que melhorou, antes de poder pensar em banho de mar, foi de novo a Copacabana sentar-se na areia, alegando que o ar do mar devia ser bom para convalescer.

Fernando mostrou-se satisfeito de vê-la, mas a situação não consertara nem tendia a melhorar. O banho de mar e o jogo de bola retomaram para o rapaz a atração que haviam perdido em favor da conversa a sós com Nica. Às vezes, mesmo sentado ao seu lado e longe dos outros, Fernando permanecia calado ou de olhos fechados, como se estivesse ali mais para tomar sol do que para estar com ela.

Quando deixava de ir à praia, Fernando não lhe dava mais os motivos de sua ausência. Nica tinha agora séria inquietação sobre se o seu caso com ele, em vez do quase noivado que ela pensara, não fora senão um simples namorico de praia. Chegou à conclusão de que o recurso agora seria uma separação. Encontrar diariamente Fernando apenas para perder terreno era certamente um erro estratégico. Além disso, o calor do verão parecia esmagá-la. Voltava da praia cansada, verificando que o mergulho frio não a revitalizava tanto quanto o mormaço a fatigava. Não recuperou mais sua energia de antes da gripe, e assim perdera muito da vivacidade que era uma grande parte do seu encanto. Finalmente anunciou à família que iria para Petrópolis na semana seguinte, logo que Iolanda voltasse de lá.

Como não era expansiva sobre o que a tocava mais profundamente, Nica evitava falar no seu namoro, mesmo com Álvaro e Cristina. Estes perguntavam-lhe de vez em quando: "Fernando foi à praia hoje?". Já estavam estranhando a demora, mas discretamente não indagavam mais.

Álvaro sugeriu-lhe que, antes da sua ida para Petrópolis, convidasse Fernando e a irmã a jantar. Nica seguiu-lhe o conselho e marcou o jantar para a véspera de sua subida. Fernando e Amália não saíam do Rio no verão. Fernando referia-se com ironia aos "grã-finos de Petrópolis". Os princípios que ele sustentava sempre, e seus ditirambos contra o luxo e a divisão desigual da riqueza, pareciam, porém, casar mal com certo azedume pessoal, por não estar no número dos que tinham recursos para veranear. Dava valor ao que mostrava desprezar.

No verão, as noites em casa de Álvaro eram pouco concorridas. Quase não se jogava. O próprio Rabelo preferia tomar ar. Em vez de se abancar à mesa de jogo, convidava as meninas para uma volta de automóvel depois do jantar, para respirar em Copacabana.

Na noite em que Fernando e Amália vieram jantar, o calor estava dos mais fortes. Eram eles os únicos convidados, além do Rabelo. Nem a família estava completa. Iolanda não voltara ainda de Petrópolis.

Fernando pareceu satisfeito da ocasião de ser apresentado a Rabelo. Mostrou-se interessado em conversar com ele, em observá-lo com atenção.

O jantar correu muito pouco animado. O calor pesava sobre todos. Mesmo com as janelas abertas, não se sentia nenhum movimento de ar. Amália, a tagarela, intimidada, talvez, pela presença de Rabelo, recolheu-se a um silêncio que não lhe era habitual. Fernando, pelo contrário, falou bastante. Ficara sentado ao lado de Nica, mas era ao Rabelo, em frente, que ele se dirigia de preferência, por ser evidentemente, ali, a pessoa que o interessava mais. Procurou impressionar bem ao Rabelo, mostrar-se entendido em assuntos de finanças. Discorria com o habitual desembaraço, emitindo com segurança opiniões próprias.

Não fora, porém, muito feliz nessas opiniões. Da primeira vez, Rabelo retificou-o num ponto básico. Fernando corou, decepcionado de ter mostrado ignorância.

Pouco depois, fez uma pergunta à qual Rabelo respondeu com uma explicação elementar demais, como se falasse a um colegial. E terminou a explicação dizendo, com bom humor: "Entendeu, rapaz?".

Fernando sentiu-se diminuído, calou e ficou depois ligeiramente emburrado. Não se dirigiu mais a Rabelo.

Rabelo foi quem mais falou durante o resto do jantar, mas nem uma vez de finanças. Contou umas histórias engraçadas. Estava nos seus bons dias, animado, alegre, um pouco ditatorial, mas sobremodo agradável.

Fernando escutava, sombrio, ainda sob a impressão de não ter feito diante de Rabelo a figura que desejava e de não ter encontrado de sua parte a consideração que julgava merecer. Quase não falou durante todo o jantar. A Nica, em voz baixa, queixou-se do dia pesado que tivera.

— Trabalhei demais. Este calor arrasa a gente.

Nica achou que ele parecia realmente fatigado. Talvez fosse esse o motivo do seu tédio e do seu silêncio. Álvaro, observando discretamente os dois, do outro lado da mesa, percebeu que a situação entre eles era inteiramente diversa daquela que ele constatara na praia de Copacabana, dois meses antes. Ficou preocupado, olhando para Nica, atenta só ao namorado.

Sujeito besta!, pensou Álvaro. *Está fazendo-a sofrer.* Felicitou-se interiormente de Nica ir para Petrópolis no dia seguinte. Lá se distrairia.

Álvaro não tinha desejo nenhum de casar as filhas. Preferia, pelo contrário, conservá-las em casa o mais tempo possível. Constrangia-lhe, porém, o coração ver o sorriso com que Nica olhava para Fernando. Era um sorriso sem confiança, um sorriso que ele via pela primeira vez no rosto da menina. Essa contração hesitante dos lábios deu a Álvaro a impressão de repetir a que ele em momentos de dificuldade ou humilhação sentia seus próprios lábios tomarem. A boca de Nica parecia-se com a dele.

Depois do jantar, Nica e Fernando ficaram conversando à parte, por conivência geral. A conversa, porém, não os unia. As frases esparsas não formavam ponte, e os silêncios, que de vez em quando caíam entre eles, também não eram de comunhão. Fernando era o dono único desses silêncios em que Nica colocava palavras trabalhosas.

Ao fim de menos de uma hora, Fernando alegou o cansaço de que já falara, e que parecia real, como desculpa para se retirar cedo. Chamou Amália. Despediram-se.

Nica acompanhou-os até o portão. Parou ali naquele momento um automóvel. Era Iolanda, chegando de Petrópolis no carro de uma família amiga.

O automóvel vinha cheio. A noite, de repente, encheu-se de vozes, de saudações e despedidas, de risos e beijos. Era como se aquele carro despejasse, na tranquilidade daquela rua calorenta, alguma coisa da frescura, do perfume e do repouso da vilegiatura na serra. Iolanda, contente de voltar e contente de ter ido, despediu-se afetuosamente dos amigos com quem vinha, das crianças que riam. Ao ver Fernando e Amália, exclamou, satisfeita:

— Vocês por aqui? Jantaram lá em casa? Que pena eu não ter estado!

Pensou que esse jantar, essa visita de Fernando, fossem coisa importante e feliz na vida de Nica. No abraço que deu à irmã, Nica sentiu algo de congratulatório. Entraram. Iolanda tinha pressa de saber tudo, pressa de ouvir e de contar as pequenas novidades, daqui e de lá, de pôr-se em dia com a família.

Fernando tomou a bagagem de Iolanda — duas maletas e uma raquete de tênis. Levou-as até a casa. Na varanda, renovaram-se as despedidas, dele e de Amália, mais animadas, mais cordiais, mais prolongadas que as primeiras.

Fernando esticara-se. Tinha agora, mesmo em roupas de civil, um garbo militar que o fazia mais bonito e mais alto. Não mostrava mais nenhum sinal de cansaço.

Nica pensou: *Que vaidoso! Que pavão! Por que será que eu gosto tanto dele?*

IX

Nica passou uma boa temporada em Petrópolis. Tia Chiquinha obrigou-a a comer bem, a repousar, a distrair-se. Assim recuperou rapidamente o bem-estar que a gripe lhe tirara, a disposição que sempre tivera para o trabalho e para os chistes. Voltou do veraneio com uma saudável alegria física a sair-lhe por todos os poros. Nunca estivera mais cheia de viço e de resolução.

Em Petrópolis, amigas haviam brincado com ela a respeito de Fernando. Nenhuma sabia da alteração do caso. Nica criara outra vez confiança, esperando que tudo poderia ainda se explicar. Uma situação como a que existira entre eles, uma atração tão espontânea e tão sincera, não podia desfazer-se no ar nem transformar-se em indiferença, sem algum motivo real.

Na tarde de sua volta ao Rio, enquanto esvaziava suas maletas e arrumava sua roupa no armário, movimentando-se no seu quarto, cantarolando, Nica viu, quase de repente, a tarde se escurecer, o tempo mudar, como se uma tempestade se prenunciasse.

Agora um trovão rompeu inopinadamente. O dia antes estivera bonito. Nica prestou pouca atenção à mudança do tempo, ocupada como estava com seus vestidos, com os usados que arrumava e com os futuros que planejava. Achava-se com muito pouca roupa e queria, precisava ser mais elegante que nunca. Apesar de Fernando falar tanto contra o luxo e a futilidade, ela descobrira que, na prática, ele era, pelo contrário, sensível a tudo isso na indumentária feminina.

A primeira rajada de chuva e vento, seguindo-se ao trovão, arrojou-se com tamanha violência para dentro do quarto que Nica correu a fechar a vidraça. Saiu depois pelo corredor à procura de um pano para enxugar o peitoril da janela e o soalho, encerado de véspera.

A porta do quarto de Iolanda estava aberta. As portas do sobrado, que era o domínio das meninas, nunca se fechavam senão por motivo de frio ou doença. Iolanda estava sentada na cama, numa atitude de desânimo e de ansiedade que Nica estranhou. Minutos antes, ela estivera normal, contente, trocando com Nica pequenas notícias que interessavam a ambas. Nada acontecera no intervalo. Por que então essa mudança?

Nica perguntou com interesse:

— Que é que você tem?

Iolanda permaneceu na mesma posição e com a mesma expressão de fisionomia, alheia a tudo que se passava. Nem respondeu à pergunta da irmã. *Doença não é*, pensou logo Nica.

— Que é que você tem? — repetiu. — Medo da trovoada? Você deu para isso agora?

Iolanda exclamou com petulância:

— Você por que não volta para seu quarto, Nica? Eu quero ficar sozinha.

Nica hesitou. Nunca vira Iolanda proceder assim nem ter aquela cara. Ia se retirando sem dizer mais quando Iolanda mudou de atitude e lhe perguntou em voz baixa:

— Você acha que há perigo?

— Perigo de quê? Você hoje está esquisita.

— Perigo no mar, perigo para barcos.

Depois, vendo aumentar o espanto de Nica, Iolanda explicou, hesitante:

— Deve haver remadores na baía. Em dia feriado saem muitos barcos, e algum pode virar.

Fez-se então luz no espírito de Nica. Era de fato possível que os barcos esportivos, que houvessem saído antes de mudar o tempo, pudessem ter dificuldades em recolher e até perigo grave. Nica lembrou-se, sentindo uma preocupação súbita por sua própria conta, de que Fernando era afeiçoado ao remo e que podia, por um acaso, estar aproveitando o feriado para remar. Resolveu não adiar até mais tarde o telefonema que pretendia dar a Amália, anunciando sua volta. Assim se tranquilizaria logo, sabendo o que Fernando estava fazendo naquela tarde.

Arrebentou um trovão tão próximo e violento que as meninas estremeceram e fizeram ambas o sinal da cruz. Iolanda ficou pálida. Nica olhou-a penalizada, espantada de descobrir que, na sua ausência, a irmã criara um caso, que ela ignorava por completo, com um remador. E o caso não era de brincadeira, senão Iolanda não estaria assim, com a fisionomia transtornada e esses grandes olhos, que olhavam sem ver, fixos e mostrando a angústia do pensamento que a afligia.

— Você sabe de alguém que saiu de barco hoje? — perguntou Nica, com tom de pena.

Iolanda hesitou um instante, depois respondeu, procurando disfarçar.

— Sei de Fernando.

— Fernando? — repetiu Nica. — Que Fernando?

Não podia ser Fernando Gaveiro! Ou seria?... Iolanda respondeu, corando ligeiramente.

— Fernando mesmo. Gaveiro.

Nica, procurando esconder a surpresa que sentia, perguntou:

— Como é que você sabe que ele foi remar? E que tem você com isso?

— Nada, mas ontem de tarde, no tênis, eu o ouvi dizer que hoje ia sair de barco com uma turma e que iam atravessar a baía.

Atravessar a baía! Então poderia haver mesmo perigo. Tudo dependia de onde estivessem no momento em que o tempo mudou. Se estivessem em frente da barra, no lugar da correnteza, talvez o perigo fosse grande. Esses barcos de esporte não eram feitos para resistir a mar forte.

O susto que Nica poderia sentir diante da situação de Fernando desaparecia em face do problema que surgia, manifesto na aflição de Iolanda. E que estaria Fernando fazendo, na véspera, no clube de tênis onde Iolanda costumava jogar? Nica sabia que ele não se interessava por tênis.

— Que é que Fernando estava fazendo no clube? — perguntou à irmã. — Ele não é sócio e tem trabalho de tarde.

— Acho que ele entrou para sócio. Ele tem ido sempre lá ultimamente. Agora está de férias.

— Mas ele não joga tênis.

— Não joga, mas assiste.

Era impossível não compreender que, se Fernando se fizera sócio do clube e se ia sempre, nas tardes em que Iolanda jogava, só podia ser por causa dela, só podia ser porque houvera um seguimento à admiração evidente de Fernando por Iolanda desde aquela manhã na praia em que a vira pela primeira vez. E, da parte de Iolanda, devia haver, para explicar a emoção em que estava, um sentimento que, embora recente, já era profundo.

Enquanto o significado das respostas de Iolanda ia surgindo terrivelmente claro para Nica, as duas ficaram se olhando sem palavras. Nica fixou a irmã primeiro com incredulidade, horrorizada, e depois com um surto crescente de indignação. Iolanda olhava-a com um ar de expectativa medrosa.

De repente, Nica, levantando os braços, deu um passo em direção à cama onde a irmã estava sentada. Ficou tão perto de Iolanda e com as mãos tão próximas dos ombros dela que parecia que ia segurá-la, sacudi-la.

Conteve-se, porém, depois daquele único passo e daquele movimento de levantar os braços. De vermelha, que ficara ao primeiro choque, fizera-se pálida, como Iolanda. Com uma voz forte, mas surda, que parecia um eco dos trovões mais remotos, Nica pôs em palavras sua descoberta.

— Vocês estão apaixonados um pelo outro — disse.

Iolanda respondeu, choramingando:

— Não, Nica, não! Eu não tive culpa nenhuma. No princípio eu o tratei bem, mas foi só por sua causa, só por sua causa. Mas, desde que percebi que ele estava mudando para mim, não quis saber de nada. Até deixei de falar com ele.

Nica afastou-se. Agora, de um pouco mais longe, via melhor a irmã, via o rosto de Iolanda banhado em lágrimas. Acreditava no que ela dizia, mas a severidade da sua expressão e de sua voz não diminuíra.

— Mas você está apaixonada por ele, senão você não estaria neste estado de aflição.

Iolanda atirou-se então sobre a cama e começou a soluçar, deitada de bruços, escondendo o rosto.

Essa atitude desesperada de Iolanda acabou de desarmar Nica. Ficou olhando para a irmã, sacudida pelos movimentos convulsos do choro. O ódio, que surgira nela, a princípio voltado contra Iolanda, transformou-se num rancor surdo, sem objeto preciso, numa sensação esmagadora de humilhação e desarvoramento. Ela, que nunca tivera inveja de ninguém e sempre se orgulhara da beleza de Iolanda, sentia-se ferida, sem saber como, nem por quê, e atordoada como se houvesse sido atropelada e não pudesse dizer onde fora o choque.

Mas tinha agora certeza de que Iolanda não fora desleal com ela. Apesar das aparências, isso de tirar namorado de irmã era coisa que não podia acontecer na família delas.

Continuou olhando para a irmã alguns instantes, sem lhe ver o rosto, ainda escondido, sem saber o que dizer nem fazer, consciente apenas da necessidade de se dominar, de conseguir uma espécie de calma, para depois resolver o que tivesse de resolver. Os soluços de Iolanda começavam a abrandar. Antes que ela levantasse a cabeça, Nica se afastou. Foi até a janela e ali ficou, de costas, voltada para fora, vendo a chuva que caía com a mesma violência, esperando que se lhe acalmasse o bater do coração e que passasse o afluxo de cólera, de sangue, a zumbir-lhe na cabeça. Ouvia os grandes soluços de Iolanda fazerem-se sempre mais fracos, até pararem inteiramente.

Quando Nica, enfim, se voltou, sentindo-se já mais senhora de si, viu que Iolanda retomara sua posição anterior e estava outra vez sentada na cama. Continuava com o mesmo olhar, alheio a tudo, a mesma expressão preocupada. Apertava as mãos uma contra a outra e fazia estalar as juntas dos dedos. Não viu Nica voltar-se nem se aproximar. Não tinha consciência da presença da irmã no quarto nem da situação que se criara entre elas, tão forte era sua preocupação.

Nica observou-a um instante para certificar-se de que essa atitude não era fingida. Iolanda esquecera-a realmente. Não tinha um pensamento que não fosse pelo perigo que corria Fernando.

Nica teve vontade de repreendê-la, de ralhar com ela, de dizer: "Isto não é melodrama!". Mas viu que, além de inútil, seria injusto. Iolanda não estava representando. Seus grandes olhos negros pareciam haver afundado de repente.

Era outra Iolanda, essa, uma Iolanda que Nica não conhecia. *Está apaixonada!*, pensou Nica, *e que paixão!* A descoberta horrorizou-a. Como viera assim tão depressa, esse sentimento de que ela nunca julgara Iolanda capaz? Iolanda, sempre tão tranquila, tão independente.

A chuva e o vento aumentavam sempre. O pensamento de Nica voltou para o perigo de Fernando. Não era tempo para barco ao mar. Temporal pior ela não vira. Nem mais súbito.

Ocorreu-lhe que seria fácil saber se realmente o barco havia saído e se Fernando afinal estava no mar. Era só telefonar para o Clube de Regatas e perguntar. Mas para quê? Só se fosse por causa de Iolanda. Esse Fernando, que Iolanda amava e por quem se afligia, não era mais dela, Nica. Não era mais o Fernando das manhãs de dezembro, na praia ensolarada, que não tirava os olhos dela, que não queria olhar para o verde mar, aquele bonito Fernando, forte e esguio, com os dentes brilhando contra a pele tisnada.

De repente ocorreu-lhe que Iolanda já devia ter tido também a ideia de perguntar para o clube e já sabia que ele saíra de fato. Lembrou-se de que, enquanto estivera arrumando o quarto, antes de perceber que o tempo mudara, Iolanda chegara ao telefone. Esse telefonema devia se ligar à mudança de tempo e ao passeio de Fernando. Nica perguntou com o mesmo tom inquisitorial com que lhe falara antes:

— Você telefonou para o Clube de Regatas?

Iolanda fez um sinal afirmativo com a cabeça e logo depois, como se precisasse, ela, do apoio e do consolo de Nica na aflição em que estava, acrescentou, num quase gemido:

— O empregado do Clube disse que saíram mesmo, que deviam estar longe de terra quando o tempo mudou, mas que todos eram bons nadadores.

Calou. Retomou aquele olhar fixo que não tinha consciência de nada que estava em redor dela. Depois, ajoelhou-se e começou a rezar o terço.

Nica voltou para seu quarto e forçou-se a continuar a arrumação interrompida. Quando passava em frente à porta, via Iolanda, no quarto dela, rezando ainda e, depois de acabar o terço, sentada outra vez na cama, na mesma posição, sempre com o mesmo olhar de susto, esperando.

Quando Nica acabou a arrumação e não achou mais nada para ocupá-la, ali, para obrigá-la a mexer e fazer alguma coisa, fosse o que fosse, saiu do quarto e, vendo Iolanda sempre na mesma imobilidade ansiosa, achou que a irmã precisava de um calmante. Foi então ao armário de remédios. Voltou com um vidrinho, mediu uma colher e disse a Iolanda:

— Toma. Você está muito nervosa. Precisa de um calmante.

Iolanda ingeriu automaticamente a droga.

— Você também tomou? — perguntou.

— Eu, não. Nunca tomo calmantes. Não preciso. E não é hoje que vou tomar.

O quarto de Iolanda não era como o dela, Nica, em que cada objeto estava sempre em seu lugar. Ali reinava habitualmente a desordem. Nica tropeçou sobre um sapato e começou a resmungar, dando vazão a seu mau humor.

— Não se pode entrar aqui sem pisar em alguma coisa!

Apanhou o sapato e guardou-o com o companheiro. Arrumou depois, em posição reta, os objetos sobre a penteadeira. Limpou o pente da irmã, retirando-lhe os cabelos e fazendo com eles um rolinho asseado, enquanto continuava a resmungar e a ralhar.

— Nem Geninha, que é pequena, deixa o pente desse jeito em cima da mesa. Porcaria!

Ficou repetindo em surdina "porcaria", achando a vida toda uma porcaria.

Iolanda não respondia, não se desculpava, não lhe prestava atenção.

Estava mais despenteada que de costume. E faltava-lhe, com o desmazelo que sempre irritava Nica, um botão na frente da blusa. Nica disse:

— A última vez que você pôs essa blusa, já estava faltando esse botão. Você por que não coseu? Tira, que eu coso agora.

Procurava alguma coisa que fazer. Não era como Iolanda, para ficar pensando. Nica não podia ficar parada, precisava de movimento, sempre que tinha um choque ou um susto. Em momentos de perturbação, sentia ainda maior necessidade de ocupar-se. Encontrou o botão da blusa numa bandejinha, sobre a penteadeira. O quarto estava tão sombrio, com o tempo escuro, que ela precisou aproximar-se da janela para conseguir enfiar a agulha. Mas a chuva já diminuíra. O vento cessara.

Iolanda estava com preguiça de tirar a blusa. Para fazê-lo foi preciso Nica ordenar outra vez:

— Anda! Tira!

Coseu ali mesmo o botão, sentada perto da cama da irmã. Tinha a cabeça cheia de interrogações e ansiedade. Olhava de vez em quando para Iolanda, mas Iolanda continuava calada, sem disposição para explicar nada do que Nica precisava tanto saber, precisava tanto, tanto saber.

Em todo caso, o mal estava feito. Nada podia desfazer o que já acontecera. Não adiantava conversar a respeito. O necessário era só aceitar os fatos, acostumar-se com a ideia deles.

Acabou de coser o botão solidamente. Arrematou bem a linha. Fazia tudo com gestos mais fortes que de costume, fortes demais, desacertados mesmo.

— Pronto! — disse. — Este não cai mais. Botão que eu coso é para sempre. Anda, enfia a blusa. Um desmazelo, pelo menos, está corrigido.

Não achando mais em que se ocupar ali, levantou-se para voltar ao seu quarto. No momento em que passava junto ao telefone, no corredor, a campainha retiniu. Ela respondeu. Ouviu a voz de Fernando.

— Aqui é o tenente Gaveiro. Para avisar que o meu barco entrou a salvamento. Quem perguntou daí?

Iolanda saíra correndo do quarto ao som da campainha. Estivera aguardando secretamente essa chamada e, agora, muito pálida, ofegante, chegou tarde.

Ao ouvir a voz de Fernando, o rosto de Nica tivera uma ligeira contração, como de dor. Torceram-se-lhe os músculos da boca num breve espasmo. Seus olhos, frios e desdenhosos, viam Iolanda chegar, constrangida, apressada. Nica estendeu-lhe o fone.

— Pode falar — disse. — É ele mesmo.

Mas Iolanda recuou, horrorizada:

— Ele mesmo! Eu não queria que ele soubesse. Eu só pedi ao empregado do clube para me avisar quando o barco entrasse. Não foi recado para ele. Eu só queria saber.

Não pretendia realmente falar. Recusava tomar o fone.

— Agora você tem que falar — disse Nica em tom peremptório.

Largou o aparelho e afastou-se. Iolanda, ainda hesitante, tomou o fone.

— Daqui, ninguém chamou — disse. — Deve ter sido alguma brincadeira.

Desligou, sem querer ouvir a resposta. Correu atrás de Nica, para explicar outra vez.

— Não era para o empregado dar o número a ele. Era para o empregado mesmo me dar notícia.

Estava quase chorando, olhando para a irmã, como se lhe pedisse perdão, porque agora, passada a ansiedade a respeito de Fernando, podia pensar em Nica e no caso entre elas.

Nica respondeu, com o mesmo olhar frio, severo, mas sem ódio nem paixão.

— Você pode telefonar a ele quanto quiser, pode fazer o que quiser, a mim é que este caso não interessa mais.

Afastou-se alguns passos. Depois parou e voltou-se de novo para Iolanda.

— Por mim, repito, não precisa se incomodar, mas, por você mesma, evite esse sujeito. Tome meu conselho. Você viu o que ele fez comigo. Já conheço os processos dele. Namorar e abandonar. E em Petrópolis contaram-me outros casos parecidos. Lá, eu não acreditei, mas agora não duvido mais. Ele é perigoso! Você está avisada, Iolanda. Agora faça o que entender.

Entrou no quarto. Bateu a porta. Só saiu novamente à hora do jantar.

X

Nica chegou atrasada à mesa de família, e com cara de quem chorara. Evitou Iolanda, que também tinha os olhos vermelhos, mas não lhe mostrou ressentimento. E, para deixar claro que não a culpava de nada, dirigiu-lhe uma ou duas vezes a palavra.

Deitou-se cedo, mas não para dormir. Pensou muito em Iolanda. Encontrava um derivativo à própria dor, no pensamento da decepção que fatalmente aguardava a irmã, na pena que queria sentir de Iolanda, enfeitiçada, ela também, por um sujeito que só a faria sofrer.

Seu próprio caso estava acabado, mas o de Iolanda começava. Se Iolanda não abrisse os olhos, se não vencesse sua inclinação perigosa por Fernando, seria vítima, por sua vez, da inconstância dele. E sofreria, talvez, mais ainda que ela, Nica, mais ainda, porque não tinha a mesma fibra de resistência.

Em Petrópolis, Nica ouvira realmente contar dois casos de moças que estiveram apaixonadas por Fernando e esperançosas de que ele fosse casar com elas. Lá, esses casos não a haviam impressionado. Fernando era uma conquista difícil, mas, por isso mesmo, mais honrosa para a jovem que finalmente o conseguisse prender e levar ao casamento. Segundo Amália, todas o perseguiam. Nica sabia, desde o tempo do colégio, que Fernando era bonito e, por Amália, que agradava às mulheres.

"Você não imagina como elas correm atrás dele", dissera uma vez Amália, conversando com Nica. "Casadas e solteiras.

As casadas são piores. Acho que uma das coisas que agradou a ele em você é que nunca correu atrás dele."

Agora Nica via de outro modo as conquistas de Fernando. Agora o conhecia. Ele não passava de um conquistador banal para quem toda mulher era uma presa possível. Não acreditava que ele tivesse qualquer sentimento por Iolanda. Iolanda era, sem dúvida, muito bonita, mas um dos casos que lhe contaram em Petrópolis era também com uma moça muito bonita. E Fernando abandonara-a de um momento para outro, como fizera com ela, como faria com Iolanda. Se ele algum dia casasse, faria provavelmente um casamento vantajoso. Escolheria uma moça com pai rico ou poderoso, capaz de ajudá-lo na sua ambição. Esse era o juízo que Nica fazia agora dele. Gostaria de dizer-lhe umas verdades à cara e dar-lhe uns conselhos que ele precisava ouvir e que nunca ouvira até hoje, porque vivera sempre cercado de adulações femininas, a começar pela mãe, que o idolatrava, e por Amália, que não lhe via defeitos.

Ela, Nica, não teria medo de lhe falar francamente, não teria receio de ser a primeira a lhe dizer essas coisas. Mesmo que ele não aprendesse e não se emendasse, pelo menos certamente se envergonharia.

Nica imaginava frases para dizer-lhe, frases cheias de coragem e desdém, frases tão necessárias e tão justas que a sufocavam, por não poderem ser ditas. Mastigava-as sozinha, na cama, onde hoje lhe faltava o sono, que tinha sempre tão bom. Faziam-lhe mal, faziam-lhe, só a ela, mal. Enchiam-na de ódio. Ferviam-lhe no cérebro, na solidão da noite, uma após outra — frases exatas e justiceiras, frases de indignação e aviso, frases que lhe afastavam o sono para ainda mais longe, frases que lhe envenenavam a alma e que só o tempo poderia apagar ou recalcar na sua consciência.

Dormiu, enfim, de um sono inquieto e sobressaltado. E, quando acordou, dia claro, pareceu-lhe urgente a necessidade de esclarecer Iolanda, mais uma vez, de impedi-la de sofrer mais ou por mais tempo.

Levantou-se, enfiou um roupão e saiu do quarto, à procura da irmã. Começou a repetir-lhe o conselho que lhe dera na véspera, a exprobar a inconstância de Fernando. Iolanda, porém, esquivou-se logo à conversa, aliás, sem mau humor, quase como se pedisse desculpas. "Não quero falar nisso", disse, envergonhada, mas com firmeza. Nica compreendeu que seria inútil insistir. Iolanda não se sentia à vontade para falar de Fernando com ela.

Nica procurou ocupar-se muito todo aquele dia, para distrair-se dos próprios pensamentos. Aprontou-se cedo. Encheu as primeiras horas com afazeres caseiros e em seguida foi à costureira. Logo depois do almoço saiu outra vez, indo para a casa de uma amiga, em Copacabana, que a esperava e prometera ensinar-lhe um novo ponto de tricô. Passou ali a tarde, procurando fugir do ambiente de casa, da consciência do que acontecera. Custou a aprender o ponto. Faltava-lhe a habitual facilidade, a habitual destreza dos dedos.

Quando, finalmente, de regresso à casa, no fim da tarde, Nica esperava o ônibus na praia de Copacabana, viu de repente, no terraço de uma sorveteria, Fernando em pessoa. Estava sozinho. Tinha um copo de refresco na mesa diante dele e, na mão, o jornal da tarde.

Pareceu a Nica que era o destino que o entregava assim em suas mãos, para que ela defendesse a tranquilidade de Iolanda. Algumas das frases que lhe haviam acudido de noite ressurgiram-lhe em tropel no pensamento.

Ao vê-lo assim inesperadamente, e em circunstâncias tão favoráveis para ela, como se ela mesma as tivesse ordenado, Nica sentiu um grande abalo, mas nem sombra de hesitação. Pensou: *É por Iolanda que faço isso.*

Se algum dos raros transeuntes naquela hora tranquila, de tarde feia, visse o modo com que, ao ver Fernando, e sem hesitar, aquela jovem subiu ao terraço, dirigindo-se diretamente à mesa dele, pensaria que aqueles dois tinham encontro combinado.

Não havia quase fregueses no terraço. Em torno de Fernando todas as mesas estavam vagas. Tudo pareceu a Nica feito de encomenda. O único senão que lhe ocorreu foi que ela estava com um vestido velho e não consultara o espelho desde muito tempo. *Com que cara estou?*, pensou. Mas esse pensamento passou como um relâmpago.

Fernando só a viu quando ela já estava quase ao seu lado. Não demonstrou, ao vê-la, prazer nem constrangimento, apenas uma ligeira surpresa. Pôs de lado o jornal e levantou-se para saudá-la.

— Então já chegou de Petrópolis, Nica? — perguntou.

Ela não respondeu. Ficou olhando para ele, sem prestar atenção ao que dizia, presa só ao propósito que formara de falar-lhe sobre Iolanda.

— Vi-o por acaso, Fernando, mas tenho um assunto muito sério a discutir com você.

— Então, sente-se. Vamos conversar. Que é que você quer tomar? Sorvete? Guaraná?

— Nada. Não quero tomar nada.

Sentindo que estava ligeiramente ofegante, procurou controlar a respiração, ajuntar fôlego antes de começar a falar. Nesse intervalo olhou para Fernando e procurou vê-lo com olhos imparciais, como o estranho em que se tornara para ela, um estranho que não teria mais papel nenhum em sua vida. Procurou tirar-lhe deliberadamente a auréola de fascinação com que ela mesma o investira. Assim destituído, Fernando parecia um rapaz qualquer, sentado banalmente numa sorveteria para tomar um copo de refresco, ao fim de um dia trabalhoso que lhe roubara a alegria do sorriso e do olhar. Achou-o mais magro ainda. Abatido. Pareceu-lhe que houvesse estado doente ou que carregasse o peso de alguma preocupação séria.

Para que ele não pensasse nem por um momento que ela vinha falar de si mesma, e que o assunto sério que anunciara se referisse a eles dois, ao caso deles, para que ele não a suspeitasse de ter a falta de dignidade de querer consertar uma situação irremediavelmente perdida, Nica, logo que readquiriu a firmeza da voz, avisou:

— Eu quero falar a você sobre Iolanda.

— Recado de Iolanda? — perguntou Fernando, com uma súbita faísca de interesse.

— Não. Não é recado dela. É aviso meu.

Então como se houvesse dado um mergulho e perdido pé, ela sentiu de repente todo o arriscado da missão que se impusera, missão que requeria, em primeiro lugar, uma aparência de autoridade e de absoluto desprendimento. No íntimo, pelo contrário, sentia-se apenas uma menina infeliz diante de uma situação que a transtornara.

Mas não recuou por isso do seu propósito. Vencida a impressão de se encontrar sem apoio moral e conseguindo parecer bem senhora de si, bem alheia aos sonhos do passado, repetiu:

— É aviso meu, unicamente meu. Quero dizer a você somente isto: deixe minha irmã quieta. Siga seu caminho. Há muitas outras famílias em que você pode experimentar seu poder de sedução. Não se especialize na nossa.

Pensou em levantar-se e retirar-se, sem dizer mais nada. Dissera o essencial e viu que suas palavras o surpreenderam profundamente. Mas veio-lhe a tentação de dizer mais, de envergonhá-lo mais e, sobretudo, de responder a um pensamento que ele não exprimira, mas certamente tivera.

— Você pensou que eu viesse lhe dizer outra coisa, não é? Pensou que eu fosse disputar você à minha irmã. Não, não é isso. Entre mim e você tudo está acabado. Eu, de modo nenhum, voltaria ao passado. Mas, agora que conheço você, quero poupar a Iolanda uma desilusão como você já causou a muitas. Por isso repito: deixe Iolanda em paz. Ela é mais trouxa do que eu, e ninguém aproveita com a experiência dos outros.

Recobrara toda a sua segurança ao ver que estava dizendo exatamente o que convinha, e no tom que desejara, falando com compostura e com firmeza, sem perder, nem de longe, a calma, falando sem despeito pessoal e quase sem emoção, como pessoa mais velha, responsável, defendendo interesses alheios. O silêncio dócil de Fernando, a surpresa com que ele escutava, deram-lhe mais calor às palavras, mais confiança no direito que tinha de acusá-lo.

— Você vive a falar em caráter e honestidade, como se fosse o único homem de bem neste mundo, mas precisa pensar menos em você mesmo e mais nos outros e nas outras, no sofrimento que pode causar, e não somente na sua vaidade.

Fernando teve então um movimento de reação, o primeiro. Queimara-se evidentemente com essa referência à vaidade.

— Que sabe você de minha vaidade? — perguntou asperamente. — Quem disse a você que eu era vaidoso?

— Ninguém. Não foi preciso! Então eu não vejo como você é? Diga se não é por vaidade que tem conquistado tantas moças, sem nunca ter tido intenção de casar?

Acrescentou depressa, para mostrar que estava falando de outras e não apenas de si mesma:

— Em Petrópolis, contaram-me ainda dois casos seus que eu ignorava.

Fernando não disfarçou mais a irritação. Negou com violência.

— Quem contou mentiu. Você não é capaz de citar nomes.

— A Mariazinha... Sei ou não sei?

— Sabe mal. A Mariazinha está casada e feliz, e eu nunca tive nada com ela.

— É verdade que ela se consolou, e fez muito bem. Mas a Iracema? Esta diz que não se casa com ninguém.

— Pois que não case! E que tem você com isso? Tudo isso são invenções de meninas, que não têm nada que fazer senão esperar casamento.

Nica corou, percebendo que se excedera. Tomara um direito que ele nunca lhe permitira. Esperou um momento e conseguiu continuar com voz desapegada.

— Então deixemos as outras. De fato, não tenho nada com elas, mas tenho com Iolanda. Com Iolanda, tenho, e por isso repito meu aviso. Siga seu caminho, Fernando. Deixe minha irmã sossegada.

— Sua irmã não precisa de ninguém para defendê-la — disse Fernando. — Ela sabe me guardar a distância, a mil léguas de distância. Você não precisava se incomodar com avisos inúteis.

Nica recolheu mais essas palavras como o último toque de uma conversa inteiramente satisfatória. Iolanda, pobre, fora mesmo escrupulosamente leal com ela. E Fernando nunca saberia do sentimento que ele lhe inspirara, ignoraria sempre o abalo nervoso que Iolanda tivera só ao pensar que corria perigo no mar.

Dessa vez não hesitou mais. Levantou-se dizendo:

— Adeus, Fernando.

Esse adeus, a que ela procurou dar uma inflexão severa, saiu apenas melancólico, traindo-lhe a emoção que a despedida definitiva lhe causava. Acreditava que nunca mais fosse falar com Fernando, que nunca mais eles tivessem motivos para se procurarem e que não poderiam se encontrar no futuro, nem como namorados que foram, nem como amigos que não poderiam mais ser. Depois da reação de melancolia, o rancor ferveu-lhe outra vez, quase como se fosse ódio.

— Iolanda fez muito bem guardá-lo a distância — respondeu. — Nossa família não tem nem fortuna nem influência para esperar prender um rapaz tão ambicioso como você.

Essa frase, cuja verdade não pusera em dúvida, fora uma das que mais lhe bateram no cérebro, de noite. Agora, externada em voz clara e firme, pareceu-lhe de repente dura demais e sem bastante fundamento de justiça.

Teve um momento de susto, ao ver a cólera fazer subir o sangue ao rosto de Fernando, do pescoço até a raiz dos cabelos. Mas ele se conteve antes de responder:

— Isso que você acaba de dizer. Nica, eu talvez nunca lhe perdoasse em circunstâncias normais, mas acho que não devo me ofender, hoje, com nada que me disser, porque vejo bem qual é a causa do seu ódio contra mim. Eu não me engano. Sei que não está defendendo sua irmã coisa nenhuma. Está é desabafando, por sua própria conta. Esse seu sermão não passa de uma comédia.

Comédia! Comédia, esse aviso tão justo e necessário feito só no interesse de Iolanda. Os olhos de Nica encheram-se d'água diante dessa injustiça de Fernando, uma injustiça que lhe pareceu insuportável. Mas, quase no mesmo instante, antes que ela pudesse protestar, Nica compreendeu que Fernando falara a verdade. E a verdade lhe pareceu mais insuportável ainda do que seria a injustiça. Julgara-se, até então, nessa entrevista que ninguém lhe encomendara, um porta-voz da família, como se falasse em nome de todos, defendendo a tranquilidade da irmã. Mas agora essa ilusão esvaiu-se, como fumaça, diante da única e irredutível verdade. O seu sermão fora realmente um desabafo pessoal. Mentira a si mesma quando julgara estar falando em prol de Iolanda. Viera à mesa de Fernando não para defender a irmã, mas para que ela mesma tivesse a derradeira confirmação de que entre eles dois, entre ele e ela, tudo acabara para sempre.

Ficou de pé, ainda um instante, com esforço. Sua vontade era sair correndo, era fugir. Voltou-se para o lado do mar, para que Fernando não lhe visse no rosto a humilhação que sentia, o desavoramento em que ele a pusera. Seu moral estava como um farrapo. Precisava levantá-lo, mas não conseguiu. Ficou olhando para fora, com os olhos baixos, acompanhando o movimento de um jornal velho na sarjeta, jornal rasgado e sujo, esvoaçando ao vento.

Fernando falou outra vez, com tom quase amigo:

— A essas pequenas que você falou, Nica, eu nunca dei motivo nenhum para pensarem que eu poderia casar com elas. Foi tudo imaginação delas. Meu único remorso é com você mesma. Com você, o caso foi outro, mas minha intenção foi boa. Acreditei que entre nós houvesse mesmo amor. Há desses enganos na vida.

Ela sentiu então um bálsamo para sua humilhação. Era como se Fernando lhe houvesse devolvido alguma coisa que ela julgara perdida para sempre, a lembrança daquelas manhãs de dezembro, na praia.

Fernando continuou:

— Mas com Iolanda não há engano. Ela sabe perfeitamente que minha felicidade só depende dela. Só depende dela aceitar casar comigo.

O mundo sofreu para Nica um abalo cósmico. Depois tudo ficou normal, claro, explicado. Não restava mais nada para compreender. Não havia mais nada que dizer. Ela agora ia partir. Mas, antes de partir, uma pergunta que a engasgava saiu-lhe dos lábios quase contra sua vontade.

— Então você já falou com ela?

— Já. E não consigo perder a esperança de que ela acabe aceitando. Estou louco por ela, louco.

Louco por ela. Louco... Nica continuou a ouvir isso, indefinidamente, depois de Fernando calar-se.

— Sente outra vez — pediu Fernando. E Nica obedeceu mecanicamente. Ia agora servir-lhe de confidente! — Para mim — continuou Fernando —, foi logo um caso sério. Desde o primeiro momento em que a vi, na praia. Ela estava com um pijama seu, e, de costas, pensei que fosse você. Quando vi o rosto dela, quando ela se virou, tive um choque que me estarreceu. Era o rosto que aquele corpo pedia, e, ao mesmo tempo, era um rosto que eu parecia ter esperado toda a vida.

Nica reviu, em espírito, a cena a que ele se referira. Viu-a completa, precisa, viva... Nunca a esquecera. Fernando atirando a bola nas costas de Iolanda, e Iolanda virando-se diante do gesto atrevido. O rosto lindo de Iolanda, primeiro zangado, depois sorridente, e o de Fernando, deslumbrado. Ela, Nica, não soubera que era seu próprio destino que se alterava naquele momento.

Ele continuou:

— Se Iolanda resolver casar comigo, tenho certeza de fazê-la feliz. Além de adorá-la, acho que tenho o estofo de um bom marido.

Nica evitava encontrar o olhar de Fernando, que estava protetor, indiferente e, ao mesmo tempo, vagamente penalizado. Aliás, Fernando olhava pouco para ela. Estava alheio a tudo. Tinha o pensamento só em Iolanda.

Nica pensou: *Se eu estivesse com a cara pintada de preto, ele nem reparava.*

Fernando disse ainda, talvez com o intuito de consolá-la, a ela, Nica, do sofrimento que ele mesmo lhe causara:

— Iolanda é uma mulher como a gente só vê uma ou duas vezes na vida. Ninguém pode concorrer com ela.

Nica sentiu que não podia continuar ali, lutando para parecer achar tudo natural e para conter as lágrimas. Lutava obstinadamente contra elas. Abaixava os olhos sobre a toalha da mesa e via turvar-se o quadriculado alegre do padrão.

Precisava partir, antes que Fernando a visse chorar. Levantou-se com um murmúrio de despedida. Mal se afastara e sentiu as lágrimas descerem-lhe pelas faces. Atravessou rapidamente o terraço, passando entre as mesas felizmente vazias. Não quis tirar o lenço da bolsa, porque não queria, embora já estivesse de costas, que Fernando visse esse gesto.

Alcançou a saída, sempre com a cabeça alta, e, quando ia pisar na calçada, viu parar um automóvel. Apearam três homens. Um deles era o ministro Evaristo de Pádua, que ela já havia encontrado várias vezes, desde o dia em que o Rabelo o levara a jantar. Nica não pôde desviar do seu caminho. Era tarde para evitá-lo, para escapar de ser vista por ele e pelos companheiros com lágrimas a escorrer. O Evaristo parou para deixá-la passar e tirou gravemente o chapéu, descobrindo os cabelos gomados que começavam a escassear. Nica cumprimentou com a cabeça.

Vira-o, pela última vez, em Petrópolis no domingo anterior. À saída da missa, ele prendera-a três ou quatro minutos, a trocar banalidades amáveis, enquanto as amigas que a acompanhavam esperavam por ela. Uma delas disse depois: "O homenzinho estava todo derretido com Nica".

Agora encontrava o ministro nessas condições tão diferentes. Afastando-se, apressada, imaginava que ele e os amigos permaneciam parados, a olhá-la curiosamente. Atravessou a avenida. Um ônibus felizmente parava. Nica precipitou-se pela porta do veículo como se mergulhasse dentro de um esconderijo.

XI

O único desejo de Nica, chegando em casa, era não encontrar ninguém, ir diretamente ao seu quarto e ficar só até a hora do jantar. Mas a intimidade que reinava entre as meninas não o permitiu. Cristina ouviu-lhe os passos na escada e saiu ao seu encontro. Começou a dizer-lhe qualquer coisa, mas, vendo a fisionomia perturbada de Nica, assustou-se e interrompeu sua frase.

— Que foi que aconteceu? — perguntou, ansiosa.

Cristina imaginara logo um acidente na família, mas quando Nica tentou seguir até o quarto, respondendo, secamente, que não acontecera nada, ela pareceu adivinhar, mais ou menos, o que sucedera. Deixou Nica passar, sem insistir, com uma expressão penalizada e discreta.

— Eu quero ficar sozinha agora — disse Nica. — Depois falo com você.

Queria mesmo o conselho de Cristina. Cristina estava certamente na confidência de Iolanda. Mais tarde lhe falaria. Agora, não. Quando estivesse mais calma. Apressou o passo, entrou no quarto, fechou a porta e atirou-se em cima da cama, livre afinal para chorar sem testemunha.

Muito mais tarde, quando já vencera a primeira explosão de sua dor, mas não a amargura, Cristina abriu devagarinho a porta do quarto e avisou que ia mandar servir o jantar:

Perguntou com solicitude:

— Você vai descer ou quer que eu traga alguma coisa aqui?

Não havia precedente para Nica não comparecer à mesa. Nunca comera no quarto senão por doença. Não abriria hoje essa exceção. Nem queria que Iolanda lhe avaliasse a perturbação. Já se refizera um rosto quase normal, um rosto de simples dor de cabeça. Respondeu a Cristina:

— Eu desço daqui a pouco. Pode mandar servir.

E desceu com efeito minutos depois. Felizmente não havia visitas. Nem sequer o Rabelo estava à mesa. Viera, mas não ficara para jantar. Nica encontrou-o saindo, no momento em que descia a escada. Rabelo olhou para ela e disse:

— Que cara murcha é essa? Solte uma de suas gargalhadas. Anda! Quero ouvir!

— Hoje não posso, não, Rabelo. Estou com dor de cabeça.

— Você com dor de cabeça? — estranhou ele.

Nica sentia a observação, preocupada, mas discreta, de Cristina. Subiu cedo e, logo depois, ouviu os passos de Cristina, subindo também. Então chamou:

— Cristina, entre aqui! — Depois, disse: — Feche a porta. — E perguntou: — Você sabia que Fernando está apaixonado por Iolanda?

Viu logo que sim, que Cristina sabia, mas que não queria dizer nem sim, nem não. Estava com pena de confirmar a má notícia. Estava com uma pena imensa de Nica.

— Não vale a pena querer negar, Cristina — disse Nica. — Eu soube de tudo por ele mesmo.

Cristina pareceu então mais penalizada ainda. Seu rosto sereno de madona ficou parecido com o da Virgem Dolorosa.

Nica insistiu:

— Estou pedindo a você, como um favor, que me diga tudo o que sabe sobre isso.

Cristina teve que obedecer.

— Iolanda me contou tudo desde o princípio. Ela, pobrezinha, ficou sem saber o que fazer, e tem sofrido muito com isso. Nunca foi desleal com você, mas é uma situação penosa para todos nós.

— Eu sei que a culpa não foi dela — disse Nica. — Foi uma coisa que aconteceu, e não tem mais remédio. Quero que você lhe dê um recado meu. Diga-lhe que não tenho queixa dela e que ela pode resolver o caso como se eu não existisse. Para Fernando, eu não existo mesmo, portanto...

Cristina chegou-se à irmã e esboçou um gesto consolador de carinho. Quis passar-lhe a mão sobre os cabelos, mas Nica retirou bruscamente a cabeça. Disse:

— Até amanhã. Agora vou dormir.

Aprontou-se tristemente para deitar-se, cuidou dos dentes, fez a habitual limpeza da pele. Não omitiu nada. Parecia que mudar os seus hábitos seria sinal de fraqueza. Encurtou apenas um pouco os exercícios de ginástica. Começou-os e interrompeu-os.

Por fim, ajoelhou-se para rezar. Procurou alguma coisa diferente, outras palavras que não fossem a oração formal de todas as noites. Mas não sabia o que pedir, não sabia o que desejar. Ficou mesmo no padre-nosso.

Passou horas acordada, revivendo a cena toda daquela tarde, revivendo o sofrimento e o desânimo, e avaliando as consequências futuras. Não podia tardar muito o noivado de Fernando com Iolanda. Que surpresa para os amigos! "Mas ele era o namorado de Nica", diriam. Para as pessoas que lhe queriam bem, a ela, Nica, seria um motivo de pena e tristeza. Para a maioria, porém, para os indiferentes, e até para algumas de suas chamadas amigas, o pequeno drama de família, a reviravolta de Fernando, não faria senão dar mais interesse e mais sabor à notícia, já interessante, do noivado de uma jovem com tanta fama de beleza. Nica imaginava o que diriam, as tagarelices, os comentários deprimentes para ela. Umas diriam: "Eu sempre disse que a primeira a casar seria Iolanda". Outras se escandalizariam: "Mas o mesmo rapaz! Como é possível! Irmãs tão amigas!". E de todo lado: "Você já soube? Você já soube? Não é com Nica, é com Iolanda".

Todos diriam que era um bonito casal. E ela, Nica, não teria mais nada com Fernando ser, ou não ser, bonito. Agora seu papel era alhear-se. Era não se deixar mais comover com nada daquilo que antes a atraíra em Fernando, fazer-se indiferente a seu sorriso, à sua voz, àquele porte de cabeça de Lúcifer em sua glória.

Teria que se acostumar a ver Fernando sempre em casa, noivo e marido de Iolanda, e a ouvir a vida inteira os dois nomes unidos na boca de todos: "Hoje Fernando e Iolanda vêm jantar". Sempre, e a todo propósito: "Fernando e Iolanda". Nunca "Fernando e Nica".

Não queria, porém, que ninguém tivesse pena dela. Queria que esquecessem o mais depressa possível o caso com ela... Mas isso não era possível. Não o esqueceriam... Não era história que morresse. Venceria o tempo. Quando todos — ela, Iolanda e Fernando — já tivessem cabelos brancos, alguém havia sempre, para lembrar, com cuidado de que ela, Nica, não ouvisse: "Primeiro ele ia casar com a outra irmã. As duas gostavam dele. Ele preferiu Iolanda, a mais bonita". E isso teria sempre um ar de novidade. Nunca a história teria cheiro de mofo.

Nica só adormeceu de madrugada. E acordou para um dia novo, com a preocupação de atravessá-lo do modo mais normal possível, não deixando que ninguém tivesse pena dela. Tratou, com repetidas doses de bicarbonato, de um certo mal-estar de fígado, com que acordara. Ao contrário da véspera, faltava-lhe energia para fazer qualquer coisa. Quase pela primeira vez na vida, sentia-se cansada. Estava amarela e com fundas olheiras.

Só deixou o quarto na hora do almoço. Conhecendo a rapidez com que, na família, se comunicavam notícias, não se admirou de ver a aflição calada com que Álvaro olhava para ela. Sofrimento das filhas era dele igualmente. Nica sentiu-lhe o olhar triste, sempre sobre ela, e uma tendência a abraçá-la cada vez que ela passava a seu alcance. Cristina contou-lhe que Álvaro, além do choque, tivera uma surpresa completa. Tão cedo não se acostumaria com a ideia. Disse a Cristina que nunca concordaria que Iolanda se casasse com "esse ordinário", que nunca daria seu consentimento.

Iolanda foi ao clube de tênis à tarde, como de costume. Nica tinha certeza de que lá ela encontraria Fernando, e talvez tudo se resolvesse entre eles. Quando Iolanda voltou, já ao escurecer, foi procurar Nica no seu quarto. Não falou, não contou nada, mas abraçou a irmã estreitamente, escondendo, no abraço, o rosto, ligeiramente envergonhado, mas inundado de alegria. Depois disse:

— Nunca pensei que uma coisa dessas pudesse acontecer entre duas irmãs que se querem como nós nos queremos. Mas você sabe, Nica, o verdadeiro amor faz a gente passar por cima de tudo... Nunca pensei! — repetiu.

— Não pense mais. Era o destino.

Iolanda pediu ainda:

— Você explica a Álvaro, sim? Cristina disse que ele está muito zangado.

— Explico. Eu falo com Álvaro.

Já que resolvera fazê-lo, falou naquela mesma noite com o pai. Esforçou-se em conservar um tom perfeitamente normal. Depois, enquanto lhe retirava o braço, que Álvaro lhe pusera em redor da cintura, com a atitude de pêsames que ela queria combater, disse:

— É assim mesmo, Álvaro. A gente precisa tomar a vida como ela é. Aconteceu, pronto... É de Iolanda que Fernando gosta. Comigo foi fósforo que não pegou. Depois que viu Iolanda, nunca mais olhou para mim.

— Mas ela é sua irmã!

— Eu sei, mas aconteceu assim. Console-se, meu pai.

XII

Ao deitar-se naquela segunda noite depois da entrevista com Fernando, Nica sentiu alívio de mais um dia ter passado. Dormiu a noite toda e, ao acordar, teve consciência de se encontrar, de novo, em plena posse de seu habitual bem-estar.

Iolanda estava falando ao telefone. Talvez fosse com o toque do telefone que ela, Nica, acordara. Iolanda falava num murmúrio, evidentemente com Fernando. Quando deixou o aparelho, foi ao quarto de Cristina, vizinho do de Nica. Nica ouviu-a falar com Cristina. Percebeu uma frase apenas do colóquio. Foi quando Iolanda disse: "Ele tem muita pressa de vir falar com Álvaro". Percebeu também que Cristina relutava. Cristina e Álvaro estavam querendo adiar o pedido oficial por causa de Nica.

Mas de que adiantaria adiar, se tinha mesmo que vir por fim? Nica sentiu-se bem acordada. Sentou na cama. Procurou os chinelos. Desceu para tomar seu chuveiro frio de todo dia — era o melhor tônico que conhecia. Tomava-o sempre embaixo, porque, naquela velha casa sem conforto, não havia um bom chuveiro em cima.

Este novo dia seria melhor, pensou. Felizmente ela era uma mulher de energia e tinha uma saúde de ferro. O banho tonificou-a. Pareceu-lhe até que o chuveiro, operando como um milagre, lhe aliviava até o peso moral, que até então quase a esmagara. O choque da água fria sobre o corpo quente produziu-lhe um despertar de energia, arrancou-a do estado letárgico de uma dor absorvente. Ela mesma surpreendeu-se de ver como lhe passara o abatimento físico e como se sentia cheia de vitalidade. Era como se recuperasse sua mocidade.

Precisava reagir, aproveitar esse bem-estar para vencer a tristeza. Urgia que Fernando, quando viesse à casa, um dia breve, não a visse triste. Ela não era mulher que mostrasse tristeza ao se ver desprezada. Nunca! Nem a ele, nem a Iolanda, nem a ninguém, nem hoje, nem nunca, ela mostraria tristeza. Ela, Nica, não seria uma tia triste para os filhos de Iolanda e Fernando.

A ideia dos filhos de Iolanda, ideia que não lhe viera antes, trouxe-lhe de repente um novo calor de lágrimas aos olhos. Os meninos seriam bonitos, parecidos com Fernando. Via-os, já grandezinhos, garotos de talhe alto e fino e de porte garboso como o pai.

Prolongou o banho até terminar o assalto de emoção que esse pensamento lhe trouxera. Naquele dia de fim de verão, a água, passado o primeiro momento, não era verdadeiramente fria, era só repousante e revigorante.

Fernando costumava dizer que a vida era uma só. Tinha razão. Ela não ia perder a sua em queixumes. Não era mulher de lamúrias, de ficar parada olhando para trás. Era uma mulher prática, mulher de ação, uma dessas pessoas que não aceitam a derrota. Faria sua vida. Casaria. Casaria agora com o primeiro que se apresentasse, contanto que não lhe fosse repugnante, e que também não fosse um fraco, como Álvaro.

Não procuraria amor. O sentimento que ela tivera por Fernando, o amor ardente e puro de sua primeira mocidade, não podia repetir-se. Agora olharia para todos os homens sob o aspecto das vantagens matrimoniais que apresentassem.

Essa ideia chegou-lhe com um ar de surpresa, de novidade, como uma aventura. Nunca antes considerara essa hipótese de casar com qualquer um. Era muito moça, não tinha pressa, e sempre tivera desdém pelas mocinhas loucas por achar marido, encantadas de serem pedidas. Quando conheceu Fernando, felicitou-se de ter sido assim, de ter tido essa dignidade no modo de esperar o amor, sem lhe querer aceitar imitações baratas.

Agora tudo mudara. Lembrou-se de que entre seus pares de dança em Petrópolis havia um médico, recém-formado, feioso, mas inteligente e que parecia disposto a deixar-se prender por ela. Ela, naturalmente, não lhe dera importância. Lembrou-se depois de que o ministro da Indústria também tinha certa tendência a fazer-lhe a corte. Mas esse devia ser um solteirão inveterado.

Revivera, num pensamento envergonhado, o seu último encontro com Evaristo, na antevéspera, ao sair da sorveteria. Pouca sorte, aquele encontro! Que vergonha, aquelas lágrimas em público! Não pensara mais naquele rápido contratempo. O incidente ficou perdido no desespero do seu rompimento definitivo com Fernando. Mas que teria o Evaristo pensado de suas lágrimas? Que disseram seus companheiros? E como devia estar feia, em lágrimas, diferente das outras vezes em que ele a vira sempre no auge da alegria.

Ainda em Petrópolis, num jantar dançante, em que Nica se divertira muito e dançara sem parar disputada pelos pares, notou que o olhar do ministro a acompanhava. O Evaristo estava num grupo de gente sisuda. Ela, entre companheiros alegres de sua idade. Passando perto dele, ela sorriu-lhe, com uma brejeirice de mulher faceira e cortejada daqui e dali.

Não vira o ministro dançar. Não devia ter jeito para isso. Ela, pelo contrário, brilhava sempre dançando. Álvaro, que fora professor de dança das filhas, havia sido, em seu tempo, um dos melhores dançarinos do Rio, e Nica, mais que as outras filhas, lhe herdara o senso do ritmo, a graça dos movimentos.

Nica pensou: *Senhora de ministro, na minha idade, não seria nada mau*. Mas logo veio-lhe a reação: *Não, o Evaristo não serve. Creio que me repugna*. Não tinha absoluta certeza de que o Evaristo lhe repugnasse, como marido. Em todo caso, aquele jovem médico era um candidato muito mais provável.

Acabou o banho, com pena. Nunca tomara um chuveiro tão demorado. Revitalizara todas as suas forças físicas, todo o seu equilíbrio.

Quando deixou o banheiro, enfiada num velho roupão felpudo que fora de Álvaro, com a saboneteira na mão e a toalha sobre o braço, não esperava naquela hora encontrar ninguém de fora. Nem estava uma figura que se apresentasse, com os apetrechos de banho na mão e aquele velho roupão, enorme para ela. Acabava de tirar a touca de borracha que usara no chuveiro e ainda não se olhara no espelho desde que acordara.

Mas, apenas saíra do banheiro, deparou com o Rabelo no *hall*. Rabelo passava às vezes de manhã, para pegar Álvaro, a caminho da cidade, mas sempre esperava no carro. Hoje descera, provavelmente para dar um telefonema.

Nica, vendo que não tinha outro remédio senão fazer boa cara ao inevitável, disse, brincando:

— Então, isso são horas de entrar pelas casas sem avisar e achar a gente deste jeito!

— Estou esperando o Álvaro. E você, deste jeito, como diz, está muito bonita.

Nica ia protestar, mas viu pelos olhos do Rabelo que ele falava a verdade, que ela devia estar com a pele boa e os olhos a brilharem.

— Ainda não me olhei no espelho hoje. Não sei com que cara estou — disse Nica.

— Pois pode adotar esse penteado, que lhe assenta muito. Há dois dias que você anda abatida. Hoje está bem-disposta outra vez.

Ela deu dois passos até o espelho e viu que realmente o penteado, que não podia ser chamado penteado, lhe assentava muito. Sem ruge, seus lábios e suas faces estavam frescos e corados. O elogio de Rabelo era merecido, mas, para não mostrar satisfação, Nica procurou um senão.

— Estou com o nariz brilhando — disse. — Esfreguei sabão à beça.

— Não sei o que você chama nariz brilhante. Não entendo essa linguagem de faceirice. Só vejo que está cheia de viço. Sabe que está ficando uma mulher perigosa?

Ela parou e sorriu para o Rabelo, aliás menos para ele do que para a imagem confusa e mista do médico de Petrópolis, do ministro Evaristo ou de outro qualquer pretendente, sobre o qual ela pudesse exercer esse encanto de mulher perigosa.

No rosto de Rabelo, passou uma sombra de surpresa, e Nica viu logo que era por causa do modo pelo qual ela sorrira, da qualidade desse sorriso, que não era nem de seu hábito, nem de sua educação. Fez-se logo séria, pensando: *Gentes, estou virando sapeca. E logo com quem!*

Rabelo disse:

— Sabe o que eu diria se o tenente estivesse aqui agora? Eu lhe diria que você está precisando de um beijo na boca.

— Bobagem!

À menção do nome de Fernando, o rosto de Nica obscurecera-se. Repetiu, quase com mau humor:

— Bobagem. E que tenente é esse? Eu não tenho nada com tenente nenhum.

Rabelo olhou-a, perplexo. Nica, ajuntando toda a sua coragem, disse:

— Se você está se referindo ao Fernando Gaveiro, essa história não é comigo... é com Iolanda. Creio que estão quase noivos.

Dera a notícia horrorosa! E dera-a o melhor possível. Falara em tom desprendido, como se ela não se importasse com Fernando, como se não houvesse sido namorada dele. Preparara o terreno para a bomba do noivado.

Rabelo franziu a testa, como se não gostasse do que ouvira. Ela viu perfeitamente que não o enganara em nada, que Rabelo, longe de acreditar no desapego que ela representara tão bem, ficara perfeitamente a par de tudo que ela não contara. Olhou-a em silêncio e com olhar severo, uma severidade que não era para ela, mas para Fernando, ou para Iolanda, ou para quem a fizera sofrer. Rabelo era do partido dela, totalmente e contra todos.

De repente, sob o efeito desse olhar, Nica sentiu-se perto de romper em lágrimas e de se expandir — mais perto do que estivera diante de qualquer pessoa, mesmo Álvaro e Cristina, nos primeiros momentos. Conteve-se, porém. Virou a cabeça para esconder a emoção. Esperou que parasse o ligeiro picotar que sentia nos olhos. Depois, voltou-se outra vez para Rabelo e disse:

— Não precisa ter pena de mim.

Rabelo tomou uma voz jovial, animadora.

— Pena de você! Essa é boa! Então eu lá podia ter pena de você! Uma menina que terá os apaixonados que quiser, que, por um que perca, encontrará vinte.

Ela não conseguiu logo voltar ao natural, dominar a emoção. Rabelo, trocando o tom de ostensivo consolo pelo de simples amizade sincera, continuou:

— Egoisticamente, estou contente que seja Iolanda a primeira a casar. Gosto muito de vocês todas, mas você é a que me faria mais falta nesta casa.

Álvaro apareceu nesse momento, pedindo desculpas pelo atraso. Quando iam saindo, Nica chamou:

— Rabelo, você precisa trazer outra vez o ministro da Indústria para jantar aqui.

Rabelo voltou-se. Estranhou.

— Trazer o ministro da Indústria? Por quê?

— Por nada. Porque estive com ele duas vezes em Petrópolis. Pode dizer que é recado meu.

— Está bem. Eu falo.

Falou naquela mesma tarde, e, à noite, ao chegar em casa dos Galhardo, disse a Nica que seu recado estava dado, que convidara o Evaristo para dali a três dias.

— Ele ficou contente que só vendo — acrescentou Rabelo.

E deu a Nica um daqueles olhares penetrantes que pareciam torná-lo ciente de tudo.

XIII

A possibilidade de o Evaristo transformar-se em seu pretendente firmou-se no pensamento de Nica, depois do que o Rabelo lhe dissera sobre o contentamento que ele tivera com o convite. Isso confirmava a impressão que ela trouxera de Petrópolis.

O jovem médico, com quem ela dançara ali, telefonou-lhe na véspera do jantar. Nica prometeu-lhe ir a um jogo de futebol no domingo seguinte. Mas o Evaristo tinha vantagens sobre o moço. Com o Evaristo, parecia-lhe que ninguém, talvez nem mesmo os mais próximos, talvez nem o próprio Fernando, pensaria que ela casava por despeito. Aos olhos do mundo, ele era um partido brilhante. Nem velho era, levando em conta a posição.

No dia do jantar, depois de vestir-se e preparar-se com mais que o habitual cuidado, Nica não pôde ter dúvida de que estava muitíssimo elegante, fresca, atraente. Tencionava ser amável com o Evaristo, bastante amável, mas não demais. Ainda era cedo para mostrar interesse especial pela sua pessoa.

Quando o ministro entrou, Nica observou-o como se o visse pela primeira vez. Seria esse seu futuro marido?

Ela era mais alta que ele. Ao dar-lhe a mão, Nica mediu com os olhos a diferença, aliás muito pequena. Procurou resolver se os seus dentes, brancos demais, seriam falsos. Não o achou propriamente feio. Para ela, que apreciava o talento, a fisionomia de um homem inteligente tinha sempre algum interesse.

O Evaristo, chegando-se logo a ela e apertando-lhe a mão, disse:

— Seu convite cativou-me. Foi mesmo seu?

— Foi, sim. O Rabelo não lhe disse?

— Disse, mas eu queria a confirmação.

E, ao ouvir a confirmação, inteira e sorridente, um sorriso satisfeito fixou-se no rosto do ministro, como se dali não fosse mais sair, como se a mola, que abrira esse sorriso, quebrasse para o fechar.

Vendo essa transformação na sua fisionomia, sempre um tanto reservada, sem espontaneidade, cara mesmo de político habilidoso e prudente, Nica teve vontade de rir. Nunca pensou que o plano que formara seria tão fácil assim. Nem que alguém pudesse emprestar tanta importância a um convite para jantar. Na casa deles, convidar era coisa corrente, banal. A hospitalidade era o regime em que fora criada.

— Eu desejei muito voltar aqui — disse o ministro —, desde o nosso primeiro encontro.

Nica viu que a iniciativa que ela pretendia tomar, a estratégia de conquista que ela planejara, tomara-a ele. Mostrava essa intenção indisfarçadamente, no modo de olhar para ela, no tom secreto em que falava.

E ela continuou a olhá-lo objetivamente, já agora vendo-o pelos olhos coletivos de todas as relações, a quem este seria talvez o noivo que ela ia apresentar em breve — os olhos de Fernando, os das amigas de sua idade e o da gente mais velha, sobretudo dos que tinham respeito pelas posições.

Ela mesma só sentia, diante dessa conquista inesperada, uma satisfação em que não entrava sentimento, uma satisfação impessoal de vaidade. Ficou lisonjeada de inspirar um sentimento, que parecia sincero, a esse homem que já vencera na vida e que julgava ter muito a lhe oferecer.

No jantar o Evaristo foi, como da primeira vez em que viera, seu vizinho de mesa. Ela cuidara discretamente que assim fosse. O ministro não lhe fez nenhuma declaração aberta, apenas dois ou três elogios banais, mas seus olhos ardentes transmitiam-lhe recados muito diferentes das mensagens românticas e dos namoricos de adolescentes que, o caso de Fernando à parte, constituíam sua única experiência.

A cada momento, crescia sua certeza de que este não era um pretendente hipotético, mas um pretendente muito possível, cada vez mais provável. O ministro falou dos poucos encontros com ela em Petrópolis, mas não se referiu ao mais recente, ao de Copacabana, à entrada da sorveteria. Compreendera que aquele momento de descalabro devia ser esquecido. Era um homem de tato, e Nica sentiu-lhe gratidão por isso.

Acabado o jantar, quando Nica, servindo o café, procurou Rabelo, estendendo-lhe a xícara que preparara para ele, a seu gosto, Rabelo perguntou:

— Então, Nica? Está tudo correndo segundo os planos?

Ela fez-se ingenuamente de desentendida.

— Que planos?

Rabelo sorriu largamente.

— Se você não sabe, como hei eu de saber?

Tomou da xícara e afastou-se.

Depois do jantar, Nica fez sala a diversas pessoas, e o Evaristo conversou demoradamente com homens da política e de negócios, inclusive o Rabelo. Não tiveram ocasião de conversar a sós. Pareceu a Nica que era melhor assim. Preferia que as coisas não corressem com rapidez excessiva. O Evaristo sabia o que fazia. Não era um menino nem um louco. Tinha critério suficiente para compreender que o momento da declaração não devia ser apressado demais. Mas seu olhar acompanhou-a toda a noite, onde ela estivesse. Quando se despediu, ele murmurou ternamente:

— Posso voltar depois de amanhã? Amanhã, infelizmente, não posso. Tenho que ir à noite ao Palácio, mas depois de amanhã, se me permite, estarei aqui. Preciso muito falar-lhe.

Ela disse "Eu permito" com uma aquiescência entendida e sorridente. Sentia-se revestida, aos olhos apaixonados do Evaristo, de uma irresistível auréola de encanto.

Estavam claramente de acordo. No sábado, o Evaristo viria depois do jantar, e então lhe falaria, então lhe diria que a amava desde o primeiro dia, então lhe pediria que casasse com ele, e ela responderia aceitando.

O ministro repetiu "Até sábado!". Era míope e, para vê-la melhor, nessa despedida que lhe deixava saudades bem aparentes, aproximou seu rosto do dela. Nica teve uma impressão igual à que teria se lhe atirassem no rosto uma baforada de fumo ordinário. Positivamente, esse homem não lhe agradava. O instinto quase a levou a recuar um passo diante da súbita proximidade daquele rosto morenaço. Venceu logo o refugo involuntário. O Evaristo nem o percebeu. Nica continuou a sorrir para ele, pensando: *Tem que ser este mesmo!*

XIV

No dia marcado para a outra visita do Evaristo, Nica acordou com a sensação de que tinha alguma coisa urgente para resolver. Era o seu caso com o ministro. A urgência crescera ainda porque, na véspera, Álvaro finalmente consentira em que Fernando viesse à casa. E ele era esperado também naquela noite, para falar com Álvaro, pedir-lhe a mão de Iolanda.

Nica confiava que o noivado de Iolanda não seria a única novidade — que ela também, antes de se retirarem todos, depois que o ministro lhe tivesse falado, antes, sobretudo, de sair Fernando, poderia murmurar uma confidência às irmãs e à tia Chiquinha. Quanto mais cedo toda a gente soubesse, melhor.

A surpresa seria geral. E todos pensariam o que ela queria que todos pensassem, especialmente Fernando, isto é, que seu caso com o Evaristo já viera quase resolvido de Petrópolis, bem separado, portanto, do romance de Iolanda, anterior a ele até — um caso sem ligação nenhuma com o abandono de Fernando, um noivado que passara por fases e progressos graduais, com algumas raízes no passado, não a planta de crescimento súbito, da noite para o dia, que realmente fora para ela.

A família adivinharia parte da verdade, mas os amigos, não. Só ao Rabelo, Nica receava não poder enganar. Rabelo, já tendo farejado sua trama com o Evaristo, ia notar, de agora em diante, o que se passasse entre ela e o ministro. Aparentemente atento às cartas e às fichas, com o charuto na boca, Rabelo ficaria ciente de tudo e talvez percebesse, até de longe, o momento preciso de seu "sim" ao Evaristo. Rabelo, porém, nunca a deixaria mal. Era um amigo com quem ela podia contar.

Cedo, naquele dia, chegou em casa uma cesta, toda de lírios e orquídeas brancas. Ao vê-la entrar, mal passando pela porta, de tão grande que era, Nica pensou que fosse de Fernando para Iolanda — uma loucura de Fernando, porque o preço só podia ser extravagante para as posses dele. A cesta, porém, vinha endereçada a ela, Nica. Abriu a pequena sobrecarta e encontrou o cartão do Evaristo.

Álvaro, quando soube de quem era, achou uma explicação que Nica não desmentiu. A cesta era com certeza de parabéns para Iolanda, mas o Evaristo confundira os nomes das meninas.

— Mandou para agradecer nosso jantar — disse Álvaro.

Toda aquela tarde a cesta ficou na sala, visível de todo lado, dando ao ambiente um ar festivo de noivado. Quando Rabelo chegou, antes do jantar, perguntou logo a Nica, que foi a primeira pessoa que ele encontrou:

— Do noivo?

— Não. Fernando não poderia pagar uma cesta destas. Não é para Iolanda, é para mim.

Rabelo olhou para ela, depois para a cesta, como se essa informação lhe causasse um pequeno choque.

— Do Evaristo? — adivinhou.

— Sim. Do Evaristo — respondeu Nica. E acrescentou, em tom de gracejo: — Você não disse que por um pretendente que eu perdesse eu ganharia dez? Pois está aí. E não é nada mau.

Ficaram os dois olhando para a cesta, como se olhassem para o próprio pretendente, representado por aquele monumento florido.

— Pobre Evaristo! — suspirou o Rabelo. — Então já chegou a esse ponto?

— Pobre, por quê? Ora, essa!

Mas, depois desse protesto, Nica, olhando para a cesta, sentiu de repente vergonha do jogo que estava fazendo com o sentimento dele, um sentimento muito digno, e até nobre, porque só um amor desinteressado podia aproximar um homem como ele de uma menina sem fortuna e filha de um pai bastante desmoralizado.

— Não é preciso ninguém ter pena dele — disse Nica. — Se eu decidir casar com ele, ele não será infeliz. Cumprirei bem o meu dever.

— Tudo isso é muito bom, Nica, e eu acredito... Mas isto que você está planejando chama-se casar por despeito. Por que não espera um pouco? Outros candidatos não lhe faltarão. Você não viu a facilidade com que perturbou o Evaristo? Espere um mais moço. Você será mais feliz.

Ela ia responder que não acreditava mais em felicidade. Não chegou a fazê-lo porque essas palavras iam roçar na ferida que ela resolvera esquecer, mas que não começara ainda a sarar.

— Eu também não serei infeliz — respondeu. — Sou uma mulher prática. O que passou passou. Eu nunca seria bastante idiota para desperdiçar minha vida, lastimando-me do que não foi, mas poderia ter sido.

— Então você não o acha velho? — insistiu Rabelo.

— Que importa? Eu não gosto de rapazolas. Acho-os insignificantes. Não sabem conversar, como os mais velhos. Quer que eu lhe faça um suco, Rabelo?

— Ora, se quero!

— Foi você que estragou para mim a conversa dos moços.

— Oh! Nica! Oh!

Rabelo ficara ainda mais lisonjeado do que ela esperava. Ele ia dizer mais alguma coisa, mas Álvaro entrou e interrompeu sua frase. O jantar foi tranquilo, só os de casa, o Rabelo e tia Chiquinha. O interesse da noite, para a família Galhardo, ia ser depois do jantar. Concentrava-se na visita de Fernando e, para Nica, na do Evaristo.

Fernando chegou cedo. Nica temera esse primeiro encontro com ele depois da cena da sorveteria, esse primeiro choque de ver Fernando noivo da irmã. Todo o dia, a perspectiva daquele momento enervara-a. Mas tudo correu de um modo bastante natural. "Como vai, Fernando?" "Muito bem obrigado, Nica. Prazer em vê-la."

Enquanto as mãos rapidamente se estreitavam, nessa curta saudação, o olhar de Fernando recompensou-a do cuidado com que ela se preparara e se enfeitara para aquela noite, tanto para ele como para o Evaristo.

Viu que Fernando a olhou com surpresa, comparando-a, talvez, com aquela criatura deprimida, humilhada e provavelmente feia que ele vira por último no terraço da sorveteria. Era isso mesmo que ela queria, apagar definitivamente de sua lembrança aquela imagem e aparecer-lhe como era antes, e como seria agora cada vez mais, uma mulher com fé na vida e nela mesma. Queria que, por mais rápido que fosse o olhar que ele lhe desse, Fernando não deixasse de perceber sua independência total, que a visse florescente e consolada, alheia a tudo que ele pudesse ser ou fazer, porque ele só existiria para ela agora por meio de Iolanda.

O ministro também chegou cedo, pouco depois de Fernando. Aproximou-se, com ar solene e confiante. Trazia, no olhar e no modo, a declaração tão à mostra, como se fosse um embrulho que carregasse debaixo do braço.

Nica viu que chegara o momento decisivo, o momento de dar-lhe o sim. Sentiu uma espécie de pânico à perspectiva de resolver logo o caso e de permitir a esse estranho as expansões de um noivo. Já sentia agora suficiente certeza de que o Evaristo falaria quando ela quisesse, de que agora só dependia dela anunciar-se, naquela mesma noite, a notícia, não de um, mas de dois noivados, na casa de Álvaro. No dia seguinte, a dupla notícia faria tilintar muitos telefones, de amiguinhas e relações. Não havia pressa. O Evaristo podia esperar um pouco mais.

Nica olhou em redor, procurando um pretexto para escapulir dali, daquele canto de sala, onde ele, por acaso, a encontrara sozinha. Seu propósito de aceitá-lo para marido não se alterava, mas sabia que quando se visse presa, por uma promessa irrevogável, a esse homem que não significava nada para ela, sentiria um imenso vazio.

Rabelo apareceu, de repente, junto deles, para falar com o Evaristo. Nica teve a impressão de que ele os interrompia assim, de propósito, e que o assunto que encontrara não passava de um pretexto. Mas agradeceu-lhe interiormente e escapuliu logo dali para ocupar-se de seus deveres de dona de casa. Aproveitou esses minutos mais de liberdade, demonstrando um zelo desnecessário pelas visitas que ali estavam.

Não lhe foi difícil evitar o Evaristo, porque a ele também não faltava quem quisesse prender-lhe a atenção, quem quisesse cumprimentar o ministro ou conversar com ele. Nica instalou-se ao lado de tia Chiquinha, de quem era a sobrinha preferida, e esforçou-se alegremente em deixar, desde já, a velha bem certa de que o noivado de Iolanda não a entristecera de modo nenhum.

Depois de algum tempo, percebeu que o Evaristo, olhando-a à distância, começava a mostrar-se surpreso e contrariado. Ela estava prolongando demais esse jogo. Então Nica se levantou, a contragosto, da cadeira ao lado da tia e dirigiu-se sozinha para a varanda. Esperava que o Evaristo a seguisse logo, mas na varanda encontrou o Rabelo.

— Pense bem, Nica — disse. — Veja o que você está fazendo.

— Já pensei, muito obrigada. Sei perfeitamente o que quero. Não é da conta de mais ninguém.

— Então, se você sabe, por que está fugindo dele, menina?

— Quem disse que estou fugindo dele?

— Ninguém. Eu tenho observado seus movimentos.

— Você está muito indiscreto. Olhe que ele já vem. Logo que ele sacudir aqueles dois aduladores que lhe interceptaram o caminho, ele aparece aqui.

O Rabelo não mostrou vontade de se afastar. Nem Nica que ele fosse embora. Sentia a presença ali do velho amigo, como uma ligação com todo aquele ambiente da velha casa que lhe custava deixar por uma vida nova, com todo aquele passado de que já tinha saudades.

— Desista, Nica — aconselhou Rabelo. — No fim será melhor para ambos.

— Não. Quem sabe da minha vida sou eu. E isto se resolve hoje mesmo.

O Rabelo ia dizer alguma coisa. Chegou a abrir a boca, depois decidiu calar. Nica viu que o ministro já se aproximava da varanda. Percebera sua saída estratégica e estava já quase livre da conversa importuna de dois industriais, amigos de Álvaro.

— Fique mais um pouquinho, Rabelo — pediu Nica.

Outra vez o Rabelo quis dizer-lhe alguma coisa, outra vez hesitou. Ele procurava parecer natural, mas não estava. Afinal, disse:

— Não resolva nada hoje, Nica. Pode aparecer outra solução. Às vezes os melhores negócios fazem-se à última hora.

Ela ficou estarrecida ao ouvi-lo, porque a ideia que lhe veio, o sentido que lhe pareceram ter essas palavras de Rabelo, a expressão do seu olhar ao dizê-las, era que, se ela não se apressasse em aceitar o Evaristo, poderia casar com ele, Rabelo. Depois de lhe atravessar o cérebro, como uma luz, esse pensamento retirou-se diante do raciocínio. Era até absurdo ela pensar isso! A ideia de Rabelo não podia ser essa. Ele haveria de rir. O Rabelo nunca se casaria e, se casasse, não seria com uma delas, que ele considerava como sobrinhas.

Rabelo repetiu, insistindo:

— Às vezes os melhores negócios aparecem à última hora.

O Evaristo, já desvencilhado dos importunos, chegou à varanda. Conversaram alguns instantes os três. Nica precisou fazer um esforço para prestar atenção e responder adequadamente ao que ouvia. Agora, parecia-lhe que Rabelo vira o sentido que ela dera às suas palavras misteriosas e que ele não desmentia sua interpretação.

Mas logo alguém veio chamá-lo para o jogo. Os parceiros já esperavam. Rabelo foi jogar.

O Evaristo, então, com um suspiro de alívio de a encontrar afinal só, olhando-a através do pincenê, com olhos que a desejavam e a adoravam, murmurou:

— Nica! Enfim!

XV

O Evaristo já fizera o gesto de tomar-lhe a mão. Tinha o ar ansioso e resoluto dos momentos importantes da vida. Aproximara o rosto do dela, para vê-la melhor, com aquele seu característico movimento de míope. Estava visivelmente emocionado, e sua emoção contrastava com a calma de Nica — distante dele espiritualmente como se os corpos não estivessem no mesmo planeta. O ministro tinha prontas e ensaiadas as palavras que pretendia lhe dizer. De tanto esperar a ocasião, essas palavras até já o pareciam estar sufocando.

Cristina apareceu à porta da varanda.

— Nica, acabou a água mineral do bar. Quando puder, arranje umas garrafas.

Seguiu, apressada. O alívio de Nica foi como se a irmã lhe houvesse atirado um salva-vidas. Disse ao ministro:

— Preciso cuidar disso agora. Deve haver gente com sede. Me desculpe um momento.

— Agora, não. Não é hora de pensar nisso.

— Eu vou e volto logo — disse Nica.

Falou em tom de promessa, para que ele a deixasse partir, em tom firme e tranquilizador, a fim de não aumentar o distúrbio que ele mostrava, contrariedade de não ser ouvido logo, de ser interrompido por um motivo tão trivial. Mas ela não tinha a mínima intenção de voltar.

Deixou-o. Foi à copa e retirou de um armário uma dúzia de garrafas, que colocou na geladeira. Da geladeira retirou duas que ainda havia. Depois, em vez de voltar logo para o rebuliço das visitas, chegou à janela da copa e, com os braços apoiados no peitoril, ficou contemplando a escuridão do jardim e pondo ordem nas suas ideias.

Tinha o cérebro em fogo. Seria possível que seu destino fosse casar com o Rabelo, que ela sempre considerara um confidente quase paternal, uma espécie de tio? Se não compreendera tudo errado, a situação era esta — ela, Nica Galhardo, uma menina obscura, filha de Álvaro Galhardo, demitido da carreira diplomática a bem do serviço público, estava sendo requestada, ao mesmo tempo, por dois homens muito importantes. Que surpresa no mundo financeiro, se soubessem que, neste momento, enquanto ela se refugiara na copa, os dois estavam à espera de sua resposta!

Quer ela tivesse aceitado o Evaristo, como quase acontecera, quer ficasse agora noiva do Rabelo (se tudo não fosse um absurdo engano dela), o comentário de muita gente seria: "Que menina interesseira!". E, sendo o Rabelo, por ser mais velho, talvez se escandalizassem mais do que se fosse o Evaristo. Talvez acrescentassem: "Nica tem estômago!". Mas, afinal, ela sempre sentira uma atração pelo Rabelo. Não era como as outras irmãs, que não seriam, nenhuma delas — Nica tinha certeza disso — capazes de casar com ele.

A ideia, porém, lhe sorriu. Ela não considerava o Rabelo velho, porque nele a idade era secundária. Ele era o Rabelo, e não tinha outra idade. E não era tão velho que ela não preferisse sua companhia à de muita gente moça. Eram poucos, muito poucos, os rapazes que podiam concorrer com ele no interesse que inspirava a Nica, mesmo como camarada. Quase todos os seus conhecidos moços lhe pareciam, comparados com Rabelo, banais e insignificantes.

A janela onde Nica se apoiara dava para os fundos da casa. Não havia luz nenhuma no jardim, senão a que procedia dessa mesma janela. Nica via estrelas, brilhando por entre os galhos de um velho sapotizeiro, de sua especial e velha amizade.

Nunca achara impossível que Rabelo casasse um dia; não, decerto, com uma moça como ela, mas com pessoa mais próxima de sua idade, uma viúva, talvez. De vez em quando, alguém brincava com Rabelo a respeito de casamento. Ele sorria como se fosse desnecessário negar. Ela mesma brincara, uma vez ou outra. Lembrava-se de uma ocasião em que Rabelo respondera: "Você quer que eu case? Para se ver livre de mim, não é? Para eu virar visita de cerimônia nesta casa e deixar de amolar vocês a todas as horas, não é?".

Dias antes, também ouvira Rabelo dizer: "Daqui a pouco vocês estão todas casadas, os passarinhos abandonam o ninho", e uma das outras perguntara:

— Você por que não casa também, Rabelo? Com uma viúva bonita?

Ele respondeu, contrariado:

— Viúva por quê? Ora essa! É melhor que minha viúva case com outro.

Correra uma vez com bastante insistência que Rabelo ia desposar uma senhora da sociedade paulista, viúva rica e viajada. A notícia parecia tão segura que os Galhardo acreditaram. Quando Rabelo voltou de uma de suas habituais viagens a São Paulo, Álvaro lhe falou nisso, perguntando se era certo. O que Rabelo disse era destinado unicamente aos ouvidos de Álvaro. Não notou que Nica estava perto. "É mentira", disse. "Eu não caso mais, mas, se algum dia eu me casasse, não seria assim. Eu haveria de me pagar o que houvesse de mais moço e de mais bonito!"

Nica, ouvindo, ficara horrorizada. Repetira logo a frase às irmãs, exclamando: "Velho nojento!", e as outras compartilharam sua indignação.

Que bonita lhe parecia a noite, com as estrelas por trás do sapotizeiro. A brisa fresca do Corcovado refrescava seu rosto esfogueado. Teria ela entendido bem as palavras de Rabelo? E depois o seu olhar?

Afinal, voltou para a sala. Rabelo estava instalado à mesa de jogo, como se dali não pretendesse mais sair. O Evaristo, porém, percebeu logo a volta dela e veio ao seu encontro.

Não tinha mais a confiança exterior com que chegara. Estava sentido com ela, abatido com a longa espera pelo bel-prazer de Nica, mas ela viu que continuava na resolução de declarar seu amor. Murmurou com um tom de queixa:

— Por que tão esquiva? Só para fazer a gente sofrer?

— Sofrer? Por tão pouco? Não! Agora vou dizer adeus a tia Chiquinha que está saindo. Volto já.

Não voltou. Depois da saída de tia Chiquinha, recomeçou a se ocupar das visitas, despedindo-se de algumas que já saíam, atendendo a outras que ficavam. Passava de uma pessoa para outra, evitando o infeliz Evaristo, de modo que já não o podia deixar em dúvidas, respondendo com um olhar francamente desentendido às suas tentativas cada vez mais desanimadas.

Afinal, ele despediu-se, dizendo:

— Não foi para isso que esperei até agora. Nunca imaginei tanta crueldade!

No aperto de mão que trocaram, na silenciosa e curta despedida, ficou claramente assente entre eles que ele não voltaria mais, não pensaria em voltar. O Evaristo partiu, sem desconfiar que estivera ali como um comparsa, servindo, à revelia, para aproximar Rabelo de Nica.

Nica viu-o sair. Depois, voltando-se para a sala, viu a cesta de flores que ficara, enorme e rica, fazendo o mesmo vistão para os outros, mas sem nenhum significado mais. E viu Rabelo na mesa habitual de bacará, no lugar de sempre, sentado com os parceiros cotidianos, mastigando o mesmo charuto e olhando para as cartas, e não para ela, o Rabelo que ela conhecera toda a vida naquele cenário. Pareceu a Nica que tudo fora um sonho, que tudo continuaria entre eles como antes, que Rabelo não pensava em perder sua independência.

Saíram todos, aos poucos. Até Fernando já se despedira. Ele e Iolanda estiveram toda a noite num canto da sala, alheios a tudo que não fosse eles mesmos. Agora Iolanda já subia a escada, com Cristina, conversando. Não restava mais ninguém, senão os da mesa de Rabelo, e, ali também, o jogo estava para terminar. Faziam as contas. Levantaram-se, e todos, menos Rabelo, se dirigiram para a saída. Álvaro os acompanhou. O Rabelo, então, chegou-se a Nica, tomou-lhe o braço.

— Menina, que fez você do Evaristo?
— Foi embora zangado. Não volta mais.
— Pobre Evaristo! Foi para isso que o convocou! E você está contente?

Viam, pelo arco da sala, Álvaro, conversando, junto à porta com os últimos visitantes. Essa conversa final de Álvaro podia acabar a qualquer instante sem mais aviso. Nica respondeu:

— Não sei ainda. Não sei se estou contente ou não. Você não me disse ainda qual é o negócio da última hora.

Rabelo deu uma gargalhada e levantou a mão dela até os lábios. Na outra mão, ele segurava um copo de uísque, ainda meio cheio.

— Diga você o que pensa que é — revidou Rabelo.
— Eu, não! Por que eu? Você é quem deve acabar o que principiou.

Rabelo tomou uma expressão grave, deixando ver, afinal, que sentia mais do que queria mostrar. Respondeu:

— Deve ser você, e não eu, menina, porque eu sou muito velho.

Desfez-se para Nica a última dúvida que lhe restava sobre as intenções do Rabelo. Sentiu um abalo, como se o mundo em que vivera houvesse sofrido um terremoto. Depois, mudadas as posições, pareceu-lhe que ela retomava pé, num mundo diferente, mas amigo, melhor talvez. O coração batia-lhe com força.

Respondeu a Rabelo.

— Você não é velho, não. E eu quero, sim.

Pareceu-lhe que isso acontecera, isso em que ela nunca pensara, e que antes dessa noite ela teria julgado impossível, era o que ela sempre soubera que ia acontecer, era uma coisa resolvida de muito, de sempre, e que não trazia nenhuma surpresa. Agora ela compreendia o significado da admiração que tinha por ele e a qualidade da atração que sempre existira entre eles.

Saía agora o último dos parceiros de Rabelo. Álvaro começou a fechar as portas que davam sobre a varanda, menos uma, pela qual, daí a pouco, sairia Rabelo. Os ferrolhos estalavam, um por um. Depois das portas, Álvaro começou a fechar as janelas da frente. Era sempre a família que fechava a casa, à noite, ou ele ou as meninas, mas o controle era dele. Atravessou a sala onde estava Nica. Olhou para o conteúdo do copo de Rabelo, como a calcular a demora que ainda teria, mas não que quisesse apressar a saída do amigo. Passou em seguida para a salinha, onde Rabelo costumava dar audiências. Ouviu-se o ferrolho de mais aquela janela.

Restava a Nica ainda uma dúvida, um único motivo para hesitação. Pensou na amante do Rabelo, a Lola. Nunca mostrara a Rabelo saber da existência dessa mulher, mas agora achou que não podia proceder, deixando esse caso em suspenso.

— E a Lola? — perguntou.

Rabelo riu. Com sentido nos passos de Álvaro, que se aproximava de novo, ele deu a Nica o primeiro beijo rápido. Depois disse:

— A velha Lola foi um episódio em minha vida, um pouco longo, mas sem outra importância. Voltará para a Europa, bem consolada. Não será difícil suavizar-lhe a partida.

Mostrou, no bolso do paletó, a ponta do caderno de cheques. Então, com os olhos a brilharem, Nica disse:

— Rabelo, quem teria pensado, nesses anos todos, que você ia acabar casando com uma de nós!

Ele respondeu:

— Eu nunca perdi tempo pensando em coisas inúteis, mas também nunca na vida deixei de aproveitar uma boa oportunidade.

Álvaro voltou. Começou a falar sobre um sujeito que saíra, mas Rabelo interrompeu-o:

— Álvaro, esta menina tem uma notícia para você, uma grande surpresa. Ela está querendo casar.

Álvaro voltou-se para Nica no auge do espanto. A princípio, duvidou. Pensou que fosse brincadeira do Rabelo, mas viu que a fisionomia da filha denotava realmente um acontecimento grave e feliz. Álvaro retomou, no mesmo instante, seu papel de pai, vigilante e severo.

— Que história de casar é esta, Nica? Com quem? Como é que eu não soube de nada?

Ela continuou a sorrir, calada, e o Rabelo disse:

— Com o Evaristo! Imagine, Álvaro, que o Evaristo está querendo casar com esta menina. Você que acha? Que ela casa por ambição, não é? Por interesse?

Nica tomou o braço de Rabelo.

— Não é com Evaristo, nada. É com este homem aqui que eu resolvi casar.

Álvaro olhou severamente de um para outro.

— Quem está maluco aqui? Sou eu ou são vocês?

Mas, sem que ninguém lhe respondesse, reconheceu que Nica dissera a simples verdade. Não gostou. Seu olhar, habitualmente vacilante, fez-se firme, varonil, fixando-se, contrariado, em Rabelo, como se ele, Álvaro, julgasse uma ofensa Rabelo pensar nessa menina para mulher. Além disso, sentia-se desconsiderado por lhe comunicarem assim uma resolução dessa importância, e sobre a qual ele não fora previamente consultado.

Em vez de sua habitual expressão insinuante, de aquiescência, de quem concorda para agradar, Álvaro sustentava o olhar de Rabelo como seu igual, e não como se estivesse a seu serviço. Nica sentiu um momento de orgulho desse pai novo. Achou-o até mais bonito com essa maior firmeza dos traços.

Rabelo continuou, com uma mescla de emoção e humorismo:

— Se alguém disser a você que Nica casa comigo por despeito ou por interesse, você pode responder que, longe de me queixar, eu sei muito bem que só mesmo por despeito ou por interesse é que uma menina como ela poderia casar comigo, e que eu considero que fiz um negócio da China.

Bateu afetuosamente no ombro de Álvaro.

— E todos sabem que eu entendo de negócios da China!

Álvaro não sorriu. Não estava disposto no momento a rir de nenhuma brincadeira de Rabelo. De repente, lançou-lhe uma pergunta indignada:

— E a Lola?

Rabelo respondeu:

— Já disse a Nica que a Lola é uma turista que deixa o Brasil. Eu não quero mais turismo em minha vida... Sou um homem que sempre morou em hotel. Agora quero ter casa.

A CASA DE RABELO

I

Dividiram-se, depois do jantar, os hóspedes dos Rabelo. Enquanto as mulheres acompanhavam Nica para ver a casa, quatro maridos se agruparam em redor de Rabelo para ouvi-lo falar de sua nova companhia. Era o assunto financeiro do dia. Os jornais acabavam de anunciar, com grandes manchetes, o vasto programa da Companhia de Mineração e Transporte — extração de minério, construção de estradas e portos para seu transporte, parte em bruto, e parte em aço, saindo das usinas da companhia.

Nica, em oito anos de casada, já havia mostrado tantas vezes a casa a visitas curiosas de tudo ver, que os gestos de abrir as portas, numa ordem determinada, e as palavras de explicação sobre alguma preciosidade artística de sua predileção, ou algum novo progresso mecânico, tudo já se havia tornado para ela um ritual quase automático.

O prazer, porém, que sentia ao ouvir as exclamações de surpresa e de admiração, este não variava. Vinha-lhe o mesmo calorzinho de contentamento ao recolher os comentários. Confirmava-se-lhe a certeza de que aquele ambiente seu, aquele quadro que a cercava, era de fato excepcional. Também não lhe era desagradável notar que, à admiração de suas visitas, se misturava, alguma vez, um laivozinho de inveja, disfarçado em sorrisos e elogios, e que cada mulher se imaginava no lugar dela, dona de uma casa assim.

Mas as visitas, voltando para a sala onde conversavam os homens, não deixavam de sentir, sobretudo as moças de sua idade, que havia compensações na vida e que elas não eram, como Nica, casadas com homens mais idosos.

Na consideração de que Nica via o marido sempre cercado, havia só uma coisa que a irritava. Era ver como mulheres, moças e bonitas, diziam ao Rabelo "sim, senhor, não, senhor", falando-lhe com evidente respeito. A entrada dele numa sala fazia às vezes calar o chilrear inconsequente da gente jovem que Nica e sua hospitalidade atraíam para casa.

Rabelo, nesses oito anos, havia envelhecido sensivelmente. Tinha o passo mais pesado, os cabelos mais brancos, as bochechas mais caídas em torno da boca enérgica. Nica, no entanto, achava que os anos e um certo poupar de movimentos, uma certa diminuição da atividade física, em vez de fazê-lo parecer alquebrado, acentuavam um quê de majestade que ela sempre vira nele. Nica pensava: *O Rabelo está envelhecendo como um leão.*

Nunca ele confessava cansaço. Trabalhava como sempre, e ultimamente mais que nunca. Essa nova companhia, já popularizada pelas iniciais, a M. e T., era um empreendimento titânico, o maior de sua carreira.

Raramente, agora, acompanhava Nica em reuniões mundanas. Preferia ficar em casa, mas mandava que ela fosse. "Vá distrair-se", dizia. "Você é moça." Mostrava, porém, o interesse de sempre por tudo que a ocupasse ou preocupasse, desde um caso de costureira até uma dúvida entre convites a fazer.

Recebiam muito. Figuras importantes da sociedade, que outrora desdenhavam ir à casa de Álvaro, agora faziam baixezas por um convite de Nica. Ela tomava essas reviravoltas com humorismo. Gostava de ter a casa cheia. Tinha a hospitalidade no sangue. A assistência às suas recepções era grande e mudava muito, porque, além da gente do Rio, traziam-lhe diplomatas, turistas, ricaços de São Paulo, industriais americanos e muitos adventícios da política e das finanças.

Quando Nica e as amigas voltaram para a sala, formaram, em vez de se reunirem ao grupo que fumava, outro grupo, em separado, e começaram a discutir assuntos femininos.

Nica teria preferido ouvir falar sobre a companhia. Procurava, embora estivesse de costas e não muito próxima do outro grupo, ouvir o que podia da conversa dos homens. Respondia aqui, escutava lá.

Rabelo dizia:

— O essencial era atacar em conjunto os três problemas, o da extração e o da indústria metalúrgica, juntamente com o do transporte e da exportação. Se não se resolvessem todos de uma vez, não se resolveria nenhum com economia.

Respondeu o presidente de um banco:

— Para considerá-los em conjunto era necessário um vulto de capital em que ninguém no Brasil, a não ser o senhor mesmo, podia sonhar. Os orçamentos das nossas companhias são de criança ainda. O Brasil não está economicamente adulto.

— Agora ficará — disse o Rabelo. — A M. e T. é sua maioridade.

Parecia a Nica que Rabelo trabalhava demais para um homem de sua idade. O ritmo dos negócios não lhe permitia descansar. Conduzia-o, pelo convívio, a responsabilidades cada vez maiores. Tinha estado mais preocupado. Quase não se lhe ouvia mais aquela frequente gargalhada dos tempos do Flamengo. Ultimamente só Nica lhe arrancava às vezes um daqueles bons risos sonoros. Nica achava que ele precisava de descanso, pelo menos uma estação de águas antes de iniciar os trabalhos da nova companhia. Naquela mesma tarde, havia-lhe proposto uma curta viagem de repouso.

Rabelo respondera:

— Neste momento é impossível me afastar. Tudo está indo muito bem, mas com a condição de não afrouxar. Nos próximos meses precisaremos de pequenas leis especiais, de novas desapropriações de terras para a estrada de ferro. Isso é mais importante para mim do que minha saúde.

Estava valente como sempre, apesar dos anos. Dizia que a vida, com regimes e descanso, não valeria a pena viver.

O velho casarão do Flamengo não existia mais. Erguia-se ali um grande edifício novo, igual aos vizinhos. Tudo estava mudado para a família Galhardo. Tia Chiquinha havia morrido, deixando uma pequena independência para as sobrinhas. Álvaro estava relativamente moço, mais seco, porém bem conservado. Casara todas as filhas. A última a sair de casa fora Cristina. O casamento dela, a mais velha das quatro, era ainda notícia recente. Até Geninha fora antes. Já estava parecendo que Cristina ia ficar para tia quando, afinal, casou com João Mário, seu namorado de toda a vida. A mãe dele, Dona Eufrásia, havia falecido. Geninha casara muito cedo, cedo demais, ao ver de Álvaro. Mal acabara o colégio, inventou, como dizia o pai, de casar com um diplomata. Álvaro não se consolava, além de perder a caçula, de vê-la ir viver quase sempre longe, onde a carreira do marido os conduzisse.

Álvaro morava num pequeno apartamento que já ocupava com Cristina antes de ela casar. Ia todos os dias visitar as filhas e os netinhos, que adorava, dois de Iolanda e o de Geninha, muito pequenino ainda, e que o ia deixar agora. O genro diplomata servira dois anos no Rio, no Itamarati, e estava agora com viagem marcada para um novo posto no Oriente.

Nica não tinha filhos. O menino que ela perdera teria agora seis anos, a idade do Fernandinho. Ela e Iolanda, que casara uns seis meses depois dela, haviam esperado, juntas, a primeira maternidade. Haviam-se ocupado juntas dos dois enxovaizinhos e recebido, como presente de tia Chiquinha, dois lindos berços iguais. Nos planos de Nica, seu primogênito era homem e tinha o talento e o dinamismo de Rabelo. Queria que se chamasse Nestor, como o pai. Apesar de achar muito feio o nome, Nica dizia que ninguém tiraria ao pequeno a glória de ser Nestor Rabelo Filho.

Veio a criança, homem, como esperava, grande e bem constituído, mas morreu ao nascer e, por pouco, a mãe não morreu também. Nica soube depois que nunca teria outro filho.

Chegou a hora de Iolanda. A princípio, Nica, ainda muito mal consolada, vendo o recém-nascido, do mesmo peso que o dela, forte também, mas vivo, deitado no bercinho igual, só sentiu tristeza e muita indiferença pelo filhinho de Iolanda. Não imaginou o lugar que Fernandinho viria a ocupar no seu caminho, na sua vida.

Ela foi a madrinha do menino. Em vez de consultar Cristina, que, por ser mais velha, parecia estar naturalmente indicada, Iolanda quis que fosse Nica, na esperança de que ela encontrasse distração e consolo ocupando-se com o afilhado e tomando-lhe conta.

O menino, dia a dia, foi motivo para Nica de uma intimidade no lar de Iolanda como ela, por causa de Fernando, nunca julgara que fosse possível. Com sua competência e iniciativa, ela tornou-se a auxiliar providencial e o guia de Iolanda em tudo que dizia respeito ao pequeno. Iolanda consultava-a sobre tudo, como se Nica fosse mãe de muitos filhos.

As doenças passageiras de Fernandinho preocupavam a tia tanto quanto a mãe. Nica tornou-se entendida em puericultura só de acompanhar-lhe os progressos e os sintomas e de lhes procurar as explicações, em vários livros médicos para jovens mães.

Fernandinho cresceu forte, bonito, fino, muito parecido com o pai, com o mesmo olhar dominador de Fernando, o mesmo porte airoso da cabeça, o mesmo modo prosa de falar. Nica acreditava querê-lo como se fosse o Nestorzinho, com um afeto inteiramente diferente do que sentia pela sua irmãzinha, Maria Iolanda, dois anos mais moça, ou pelo gordo bebê de Geninha. Com o passar do tempo, chegou a confundi-lo perfeitamente com o filho que não vivera. Não imaginava o Nestorzinho senão igual em tudo ao Fernandinho, desempenado e garboso como ele, e com toda essa vivacidade que fazia o menino de Iolanda antes parecer filho do que sobrinho.

II

No dia seguinte, nas corridas, dia de Grande Prêmio, Nica encontrou seu velho admirador, Evaristo de Pádua. Nunca mais o vira, desde a noite do seu noivado. O Evaristo, aliás, estivera fora do Rio, alguns anos no governo de seu estado e, depois, numa importante missão diplomática. Sua carreira política não sofrera eclipse. Voltava agora da Europa, novamente como membro do governo, em outra pasta, a do Interior. Continuava solteiro.

Encontrando-o no prado, Nica teve um momento de dúvida sobre se ele lhe guardara rancor e como lhe falaria. Seria pena que ele se mostrasse ressentido porque o ministro do Interior era uma relação necessária a Rabelo. Mas a dúvida desfez-se logo. O Evaristo apenas reconheceu Nica, aproximou-se como se tivesse alegria em vê-la.

— Permita que a cumprimente, Madame Rabelo. Ainda se lembra de mim?

— Evaristo! Então eu iria me esquecer de um amigo tão ilustre. Como vai? Depois desta ausência tão longa?

Ela também sentiu verdadeiro prazer ao vê-lo. Despertaram-se-lhe de repente memórias do passado, saudades do casarão do Flamengo, sobretudo da varanda com a trepadeira de jasmim.

Reconheceu-lhe bem a voz. Era uma voz sonora e pausada, feita para discursos. Falando com ela, suave como antigamente, untuosa e confidencial. Ela reconheceu também esse tom íntimo e lembrou-se da ligeira repugnância que lhe inspirava, naquele tempo.

O Evaristo fazia-lhe elogios, num murmúrio, como se nada fosse mais fácil para ele do que falar, do que emendar frases.

— A senhora está admirável. Nesses oito anos, sua beleza se firmou. Eu acompanhava nas revistas mundanas as notícias das toaletes e das recepções da encantadora Madame Rabelo. E, no meu desterro, sentia ainda maior nostalgia do Rio, desta cidade incomparável.

Nica atravessava lentamente o gramado em direção à pista. Em vez da tribuna, preferia assistir às corridas de baixo, ao ar livre.

Chamava a atenção, mesmo dos que não a conheciam, dos que não a cumprimentavam, nem a ela, nem ao Evaristo, que caminhava ao seu lado, dos que não diziam: "Aquele é o ministro Evaristo de Pádua" ou "Aquela é a mulher do Nestor Rabelo". Olhavam para ela, embora não fosse das mais bonitas, por um encanto qualquer na sua fisionomia e por ser tão bem-feita de corpo. As outras mulheres olhavam para o vestido e para o imenso chapéu, cuja fita verde combinava com o estampado do traje e com a cor da enorme esmeralda presa ao ombro numa joia simples.

Às vezes, Nica parava para falar com um e outro. Depois o Evaristo lhe retomava de novo a atenção. Encontraram Fernando. Nica apresentou-o.

— Este é meu cunhado, Major Fernando Gaveiro. É marido de Iolanda. Lembra-se de todas nós?

— Muito bem, mas da senhora sobretudo. Ainda não tive o prazer de ver suas irmãs, mas vi agora mesmo seu pai na tribuna. Ele não mudou.

— É, meu pai está bem. Não parece avô de três netos, quase quatro.

O quarto seria de Cristina, que estava de esperanças.

— A senhora tem filhos? — perguntou o Evaristo.

— Eu, não.

Seu rosto anuviou-se. Dirigiu-se depois a Fernando.

— Pensei que você e Iolanda fossem aparecer lá em casa ontem à noite para festejarmos a incorporação da nova companhia. Tivemos bastante gente em casa.

— Naturalmente — disse Fernando —, e, com certeza, o champanhe correu aos rios.

Nica percebeu no tom do cunhado, e nessa referência ao champanhe, a reprovação que Fernando mostrava pelos gastos suntuários e a vida ostentosa dos Rabelo. Continuava sempre com suas ideias esquerdistas.

Para não turvar o ambiente de família, Nica raramente mostrava perceber. Respondeu, brincando:

— Servimos champanhe, sim, para festejar a M. e T., mas não notei que corresse aos rios.

— Em todo caso, parabéns pela incorporação — disse ele. — Nova vitória de seu marido. Você deve estar exultante.

— Estou como estaria Iolanda com uma vitória sua.

Restava entre eles muita coisa da atração que os aproximara outrora. Nica continuava sensível ao magnetismo dos olhos negros de Fernando. Continuava a achá-lo bonito. Estava um pouco menos magro que em solteiro. Acentuaram-se-lhe as olheiras escuras e as entradas do cabelo.

Fernando também mostrava preocupar-se com Nica, ainda que muitas vezes fosse só para aborrecê-la, com uma alfinetada ou uma pilhéria irritante.

— Como vão os trotes pelo telefone? — perguntou, falando em tom de brincadeira, mas sabendo que o assunto não era agradável à cunhada.

Tratava-se de uma inimiga anônima de Nica que, de longe em longe, a chamava ao telefone e dizia frases cruéis. Esses ataques vinham em geral depois de alguma reunião em que Nica brilhara. Não havia dúvida de que era alguém de sua roda. Os telefonemas eram uma manifestação concreta da inveja feminina que Nica despertava, a muitos títulos, e não podia deixar de despertar. A tática da mulher era chamar muito raramente, e, depois de atrair Nica ao telefone, mandando-lhe o nome de uma pessoa íntima, lançar, entre os dentes cerrados, o desaforo que preparara.

Nica respondeu a Fernando, franzindo ligeiramente o sobrolho.

— Felizmente, a mulher parece que desistiu.

Fernando, meio arrependido, procurou assunto mais feliz. Elogiou o chapéu de Nica.

Nica gostou, porque o chapéu era realmente bonito e porque os elogios que lhe fazia Fernando eram sempre sinceros. Sentia o interesse com que ele a observava, embora ele o procurasse disfarçar com críticas frequentes ou com palavras de ironia. Às vezes, depois de uma dessas críticas, que a feriam, Nica pensava: *Quem não quis casar comigo foi ele, mas às vezes parece que o despeitado é ele.*

O Evaristo apoiou com calor o elogio ao chapéu. Acrescentou:

— Toda a toalete está fazendo sensação.

Fernando disse:

— E está sendo muito estudada pela assistência feminina. Minha ilustre cunhada está lhes servindo de manequim.

— Eu sou bom manequim — concordou ela. — Para fazer valer bem a toalete é preciso ser como eu, nem feia, nem bonita. Iolanda, por exemplo, é bonita demais. Olham para a cara dela em vez de ver o vestido.

— Iolanda não tem mais corpo para manequim — retorquiu Fernando. — Está um pouco gorda.

— Está, mas antigamente nós éramos iguaizinhas.

E com aquele instinto imprudente de mexer numa ferida quase sarada, Nica acrescentou:

— Você até nos confundiu uma vez, Fernando. Lembra-se?

Ele não respondeu que se lembrava, mas disse:

— Vocês só eram iguais quando estavam paradas. Iolanda nunca teve sua graça de movimentos nem sua desenvoltura. Aliás — continuou Fernando —, minha mulher não tem toaletes para exibir.

Fernando tinha a falta de gosto de referir-se amiúde à sua pobreza. Falava como se ela constituísse um merecimento, como se fosse resultante de sua própria escolha e sinal de independência. As dificuldades da vida eram-lhe, porém, evidentemente, um constante motivo de pequenas irritações.

A opulência do casal Rabelo irritava-o também. Comparecia às festas de Nica sempre com sua linha impecável de quem nunca se diverte senão relativamente. Nica sentia nele um elemento hostil, embora o visse conversar, dançar e beber como os outros.

Do Rabelo, Fernando claramente não gostava. Rabelo despertava seu espírito de contradição. Com ele, Fernando fazia-se pouco amável, firmando-se na sua pose de homem rude, de homem fechado em si, falando pouco, mas esse pouco com coragem e sem rancor. Nica tinha certeza de que a hostilidade que ele sempre manifestara pelo Rabelo aumentara ainda depois do casamento dela.

— Não fomos ontem à sua casa — disse Fernando — porque Iolanda cismou que Fernandinho estava febril e não quis deixá-lo.

Nica interessou-se logo, vivamente.

— E estava mesmo?

— Não. Amanheceu ótimo. Iolanda está ali. Já nos viu.

Iolanda, com efeito, aproximava-se. Estava uma linda e tranquila matrona.

Ressoou o sinal da saída de um páreo. Nica, para ver melhor, pulou em cima de uma cadeira com a ligeireza de uma primeira bailarina. A saia esvoaçou-lhe em torno das pernas torneadas. Iolanda, para subir em outra cadeira, valeu-se da mão do marido. Fernando disse:

— Você não é capaz de pular como Nica.

Ela respondeu, sorrindo placidamente:

— Que me importa? Meus dois filhos valem bem os quilos que ganhei.

Depois de acabado o páreo, Nica ouviu Fernando perguntar a um jovem advogado com quem conversava perto:

— Você esteve ontem no Palácio Rabelo? Dizem que o champanhe correu aos rios.

Nica teve que morder os lábios para não explodir. Virou-se e dirigiu-se ao advogado:

— É sabido que o major, meu ilustre cunhado, não gosta de gastos nem de vinhos.

Fernando, embora visse Nica esfogueada de contrariedade, não se retratou.

— Sinto muito, Nica, mas não posso calar meu modo de pensar só porque tenho parentes capitalistas. Sempre fui contra essas coisas. Essas festas de milionários me lembram a decadência de um regime.

Nica não conhecia ninguém que tivesse a coragem de ser tão mal-educado em tom de simples franqueza como tinha Fernando. E o pior era ver como Iolanda acreditava sempre na sinceridade dele.

Iolanda, quando Fernando falava, qualquer que fosse o assunto, admirava visivelmente o marido, a elevação de suas vistas, a coragem de suas atitudes.

Iolanda era incapaz de falar três minutos sem introduzir o nome de Fernando. Repetia, com convicção, frases que ele dissera, opiniões que ele externara. Não lhe encontrava defeitos. Não desejava nada na vida além da continuação da felicidade que lhe coubera. Para ela, o universo inteiro limitava-se ao marido e aos filhos. Tudo girava em torno dos seus três entes queridos e da relação que pessoas ou acontecimentos pudessem ter com eles. Nem lhe ocorreria sentir descontentamento pela modéstia de seu lar, porque Fernando era, por teoria, contra a riqueza e o luxo.

Nunca Iolanda comparava seu padrão de vida com o de Nica. No entanto a diferença de condições havia aparecido, grande, desde o duplo noivado. Faltou então a Nica a auréola da visível felicidade que embelezava ainda mais Iolanda, mas Iolanda, por outro lado, não tivera presentes como os seus. Admirou, sem sombra de inveja, a barata esportiva que Nica, nos primeiros dias de noivado, ganhou e a qual aprendeu a guiar em poucas lições, as joias que recebeu, além dos mil desejos realizados pelo Rabelo com a magia dos contos de fada.

Das irmãs, Iolanda era a única a quem o marido não permitia aproveitar da liberalidade de Nica. As outras duas passaram, depois do casamento de Nica, a vestir-se, em grande parte, com o que transbordava dos armários dela, sem lhe fazer a menor falta.

Certa vez, pouco depois do nascimento de Fernandinho, Iolanda, jantando em casa dos Rabelo, ficou penalizada de não poder, por falta de um vestido adequado, aceitar o convite de Nica para irem, naquela mesma noite, ao Teatro Municipal, numa estreia de bailados.

Com um tímido olhar para o marido, Iolanda mesma propôs:

— Só se você me emprestasse um vestido seu para o espetáculo, Nica.

— Qual é que você quer? — respondeu Nica prontamente. — Não precisa ser emprestado. Pode ficar com ele. — E, lembrando-se logo de um dos mais bonitos, cuja cor lhe parecia assentar bem em Iolanda, sugeriu: — Quer aquele azul forte, bordado a ouro, da Marie-Emilie?

— Aquele que você usou no *Réveillon* do Ano-bom? — perguntou Fernando.

— É, sim, aquele mesmo — respondeu Nica, animada com a lembrança do êxito do vestido, dos elogios que recebera, inclusive do próprio Fernando. Era um dos seus vestidos preferidos, mas privava-se dele com prazer para Iolanda.

— Aquele é muito bonito — disse Fernando —, mas minha mulher não usa restos.

Esse princípio ficou desde então estabelecido. Fernando também não gostava de presentes, senão em ocasiões como aniversários. E não queria que fossem de alto preço. Mesmo com Fernandinho não lhe agradava que Nica, na sua generosidade, fosse além do direito que lhe reconhecia como madrinha. Uma das frases prediletas de Fernando era: "Não quero dever favores a ninguém".

III

Geninha e o marido tiveram um bota-fora cheio de amigos. No cais, o fotógrafo de uma revista mundana pediu para formarem um grupo em torno do jovem casal. Geninha ficara ao centro, segurando uma braçada de flores que alguém acabara de lhe oferecer. Era das irmãs a mais parecida com Nica. Tinha muito de sua vivacidade e da sua decisão. O Evaristo havia se colocado numa ponta do grupo, mas o fotógrafo não permitiu que ficasse ali.

— Mais para o centro, Senhor Ministro, por favor.

O Evaristo, obedecendo, ficou entre Geninha e Nica. Ao lado de Nica, ele, aliás, era visto constantemente nas reuniões em que a encontrava. Murmurou, ao tomar a nova posição:

— Até nas revistas ilustradas! Por toda parte, sou exibido como urso amestrado. Por favor, tenha a mão leve na corrente! Sinto a argola no nariz.

— Deixe de bobagem, Evaristo.

Para Nica era um jogo aceitar essa corte pública de um ministro em evidência, cuja amizade era leal ao Rabelo. Tratava-o como a um velho amigo, chamando-o "Evaristo" e "você", com desembaraço de mulher moderna e festejada, mas ele, com o formalismo antiquado de que não sabia, ou não queria, desvencilhar-se, dizia-lhe "Madame Rabelo".

Cedo, nessa nova fase de amizade, o Evaristo referira-se ao tempo, já distante, em que a conhecera solteira. Dissera-lhe:

— Na primeira noite em que fui em casa de seu pai, pensei: "Hei de casar com essa menina". Mas não fui bastante rápido com minha corte. O Rabelo passou-me a perna.

À medida que se aproximava a hora da saída do navio, os amigos iam-se retirando aos poucos, inclusive o Evaristo. Os viajantes subiram para bordo. Poucas pessoas permaneciam ainda no cais, acenando para eles. O navio largava as amarras. Cristina, que criara Geninha desde pequenina, com carinho maternal, chorava.

Geninha fazia largos gestos com os braços, porém sua voz, mesmo com as duas mãos em volta da boca, já não chegava àqueles que a olhavam de baixo. O espaço entre o navio e o cais ia se alargando, mas Álvaro e as filhas ficavam a postos, enquanto ainda podiam se comunicar com os olhos. Geninha alternadamente sorria para os seus e enxugava as lágrimas com o lenço.

Quando, afinal, a família Galhardo se retirava, Iolanda, caminhando ao lado de Nica, em direção da saída, disse à irmã:

— Nica, eu sei que é só por causa dos negócios de Rabelo que você é tão amável com o Evaristo, mas deve saber que estão começando a falar e comentando a assiduidade dele junto a você.

Nica lembrou-se, ao ouvir esse aviso, do último telefonema de sua perseguidora anônima. Ficara enfurecida. Fora chamada a falar com o Senhor Ministro do Interior e não adivinhou que era uma cilada da sujeita. Quando Nica atendeu, dizendo alegremente: "Alô, Evaristo, como vai?", ouviu do outro lado a voz odiada dizer: "Não é ele. Sou eu. Quá-quá-quá!".

O simulacro de riso, desagradável e quase insultuoso, prolongou-se até ela desligar.

— Que me importa que falem? — respondeu Nica a Iolanda. — Quem me conhece não acredita, e o Evaristo é o primeiro a saber que a corte, se corte é, que ele me faz não tem futuro nenhum.

No entanto, Nica ficara contrariada de saber que mesmo estranhos estivessem interpretando mal sua amizade inocente com o Evaristo.

— Eu sei — continuou Iolanda — que você não liga a ele, mas Fernando acha que o modo de ele olhar para você é insolente e que todo mundo vê que ele tem paixão por você.

À menção de Fernando, Nica compreendera de repente quem inspirara a Iolanda esse aviso que, normalmente, não teria ocorrido à irmã.

— Logo vi! — exclamou Nica, principiando a pegar fogo. — Logo vi que uma ideia tão cretina não ia partir de você. Foi Fernando quem inventou isso, não foi?

Iolanda, já meio arrependida de ter falado, teve que confessar que sim.

— Foi, mas a intenção dele é a melhor possível. E é muito natural que ele tenha amizade a minhas irmãs e se interesse por elas.

— Você acha? Pois eu dispenso essa espécie de interesse. E ele já deveria conhecer bastante nossa família para saber que não somos mulheres de quem se fale nem que precisem de conselhos nesses assuntos.

Fernando caminhava diante delas com Cristina e João Mário. Nica via-o de costas e às vezes de perfil. Olhava-o de longe com irritação, enquanto continuava a externar seu aborrecimento para os ouvidos de Iolanda.

— E logo onde foi ele ver o perigo? No Evaristo! Um homem com quem não casei porque não quis, um homem que não soube me agradar. E velho, além do mais!

— Velho, não tanto — objetou Iolanda. — O Rabelo é mais velho.

Nica ficou outra vez vermelha de contrariedade. Essa contrariedade armou-se primeiro contra Iolanda, mas logo se virou contra ela mesma por ter falado imprudentemente da idade do Evaristo, esquecendo que ela tinha telhado de vidro.

Respondeu em tom de defesa:

— Nunca achei o Rabelo velho. Nunca me arrependi de ter casado com ele. Nunca encontrei na vida generosidade como a dele. Generosidade completa, não só de dinheiro, mas de espírito, de compreensão, de coração.

Ia acrescentando: "Pode dizer isto a Fernando", mas viu que seria descabido. Iolanda, compreendendo que mexera em casa de marimbondos, mudou de assunto.

Álvaro alcançou-as perto da saída. Estivera acenando com o lenço para o mar até não poder mais distinguir a figura da filha na amurada do navio. Agora enxugava discretamente uma lágrima para Geninha. Perguntou a Nica:

— Você quer me dar condução até a cidade? E levar esta caixa para mim? Logo mais eu pego em sua casa.

Nica concordou e tomou a caixa que o pai lhe estendia. Reconheceu o formato de uma marca de cigarros de grande luxo, de que Álvaro sempre se fornecia nos bares dos navios ingleses. Era do tamanho grande, das maiores.

— Tem direitos de alfândega a pagar? — perguntou Nica.

— Não. O bar estando aberto, não fazem questão.

Mas o guarda da barreira dos visitantes, que vira Álvaro entregar a caixa à filha, parou-os dizendo:

— Esta caixa não pode sair.

Nica fez logo um movimento em direção ao armazém alfandegário, onde poderia pagar os direitos. Álvaro, porém, susteve-a.

— Nós saímos por aqui mesmo — disse-lhe, ligeiramente nervoso.

E explicou ao funcionário:

— São cigarros que esta senhora comprou agora no bar. É a senhora do banqueiro Rabelo, minha filha.

O homem olhou rapidamente para Nica e disse, como a desculpar-se:

— Tenho ordem de não deixar este senhor passar com embrulho nenhum. Mas se é da senhora...

Vexada, Nica entendeu perfeitamente que não era a primeira vez que Álvaro procurava esquivar-se a esse pequeno tributo. Apesar da dispensa que o funcionário parecia disposto a lhe conceder, pensando que a caixa fosse dela, Nica hesitou ainda em passar. Álvaro quase a empurrou para a frente, dizendo:

— Vamos, vamos! Já há fila esperando atrás de nós.

Estavam realmente impedindo a saída. Nica passou, levando ainda a caixa de cigarros. Álvaro na rua, procurou justificar-se com ela.

— Cigarros comprados assim no bar nunca pagaram nada. Isso é só implicância comigo.

— Pois eu não gostei nada dessa história, Álvaro. E você não tinha necessidade nenhuma de dizer quem eu era, de meter o nome de Rabelo nisso. Foi por isso que o homem nos deixou sair. O Rabelo ficaria aborrecido.

— Não conte a ele.

— Não vou contar, naturalmente.

Depois de se ver na rua, esperando que o carro de Nica se aproximasse, Álvaro fez um movimento para tomar a caixa das mãos da filha. Nica não o permitiu. Ocorreu-lhe agora que a caixa era pesada demais para cigarros e que, talvez, em vez de fumo, com direitos leves a pagar, ela contivesse alguma coisa de mais rigor na alfândega.

O nervosismo que ela notara em Álvaro diante do funcionário, e que passara logo, acentuou-se subitamente quando ela disse:

— Não, Álvaro. Eu mesma quero abrir esta caixa. Depois do que aconteceu, vamos tirar isto a limpo.

— Tirar a limpo o quê? Você quer examinar a caixa? Pois então examine. São cigarros mesmo. Cada vez que esse navio toca no porto, o barman me reserva uma caixa desta marca.

Logo que o carro se pôs em movimento, Nica desfez o invólucro. Sentia vexame e remorso da suspeita que lhe viera, da investigação que começara e que estava resolvida a levar a cabo. Evitou olhar para o rosto do pai, mas viu que tremiam muito as mãos de Álvaro, as mãos finas e bem tratadas, nas quais apareciam, na pele alva, pequenas manchas escuras de idade. Retirado o papel, Nica reconheceu a caixa ouro e violeta, da marca que Álvaro lhe anunciou. Levantou a tampa e seu alívio cresceu ao ver que realmente estava cheia de cigarros. Mas não acabara ainda de esclarecer o caso. Álvaro perguntou:

— Viu? Está satisfeita?

Fez um movimento um pouco precipitado para tomar a caixa, Nica, porém, não o permitiu. Começou a retirar os cigarros. Álvaro esperou, acompanhando-lhe os gestos com uma calma fingida, uma volta à atitude de falsa desenvoltura que ostentara perante o funcionário, mas que não poderia iludir a filha, que bem o conhecia. A caixa era de quinhentos cigarros. Tinha dois tabuleiros. Nica retirou o de cima, depois o segundo. Chegando ao fundo retirou ainda alguns cigarros, descobrindo o papelão branco do forro. Fez força sobre este, com a unha, e encontrou algo de duro embaixo. A caixa tinha mesmo fundo duplo como ela receava. Nica olhou para o pai e viu que seus olhos confessavam. Os olhos só. A voz negava. Álvaro perguntou, com uma aparência de surpresa:

— Que é? Há mais alguma coisa que você queira ver?

Nica fez, no fundo falso, um rasgão maior. Descobriu então uma série de minúsculos embrulhinhos de papel de seda forrando a caixa. As dimensões desses embrulhinhos encaixavam-se para encher o espaço todo. Nica retirou e abriu um deles. Apareceu um pequenino relógio de senhora, uma linda joia, delicadamente incrustada com pedras preciosas. Examinou-o bem e viu, pelo nome do fabricante, que a máquina era digna do rico exterior. Apalpando outro embrulho, certificou-se de que o fundo da caixa estava inteiramente cheio de relógios, com direitos pesados a pagar, se houvessem entrado pela alfândega.

Ficaram, pai e filha, um momento em silêncio. Álvaro desviava os olhos dos de Nica, visivelmente aflito e constrangido. Ela murmurou, como se não pudesse acreditar, "Contrabandista", pronunciando a palavra baixinho, para que Daniel, o chofer, não a ouvisse e não percebesse o que se passava no fundo do carro. Contrabandista! Era uma nova e humilhante palavra para acrescentar ao juízo que já fazia do Álvaro. Contrabandista era quase o mesmo que ladrão, era outra fase da desonestidade que sempre conhecera em Álvaro. Nica teve a impressão de que voltara ao tempo de menina solteira, quando estava mais intimamente ligada às misérias do pai.

O eco da palavra, murmurada, parecia ainda encher o carro todo, como se lhe voltasse de todo lado, naquele pequeno espaço. Era isso mesmo. Contrabandista... contrab...

Ouviu a voz do pai. Álvaro agora se perjurava.

— Eu não sabia, Nica. Juro que não sabia. Tenho um amigo importador de relógios da Suíça. Eu às vezes trago a esse amigo cigarros de bordo, mas não sabia que ele fazia isto. Pensei que ele recebesse a mercadoria direito, pela alfândega. Isto foi uma traição que ele me fez.

Tinha para mentir a facilidade de sempre, como se a filha pudesse ainda acreditar na sua palavra. Nica fez-lhe um sinal que calasse, lembrando-lhe a presença de Daniel no volante. Ela, também, era obrigada a calar por causa dele. Nem sequer podia dizer que não acreditava no que Álvaro estava contando, que a ela não adiantava ele mentir. Afinal, encontrou um jeito. Inventou um pseudônimo. Disse ao Álvaro:

— Ninguém nunca acredita no que diz o Silva. É inútil ele pregar mentira, porque não inspira confiança a ninguém.

Álvaro imediatamente compreendeu, baixou a cabeça.

— O Silva não presta mesmo — disse. — O Silva é um pobre-diabo.

Parecia um menino pilhado em falta, um pobre menino, resolvido a não chorar, a fazer boa cara, engolindo a vergonha de se ver descoberto. Era a atitude que, nos momentos de culpa, lhe vinha naturalmente diante das filhas, mesmo quando elas eram mocinhas, como se fosse ele o filho, recebendo pito e esperando ansioso o momento do perdão, da reconciliação, do abraço. Nica olhou para esse menino-velho, com muita ruga à luz do sol, mas com olhos que se conservavam bonitos e límpidos como os de uma criança e sem servilismo na sua expressão de súplica. Ela, para poder conservar a fisionomia severa, e fugir à sedução que Álvaro conservava ainda, capaz de desarmar uma filha que o amava, teve que desviar o olhar para fora, para o movimento da rua. No fundo, fizesse o pai o que fizesse, ela não podia sentir por ele senão a afeição que lhe tivera desde pequenina, que ele bem merecera a ela e às irmãs, servindo-lhes de pai e mãe, com uma solicitude constante. E, como tantas vezes acontecera, veio a Nica uma conformidade com o que Álvaro era e que seria sempre, que não podia deixar de ser, até o fim da vida. Perdoou-lhe mais uma vez, como lhe perdoara em tantas outras ocasiões, como sempre também lhe perdoaram as irmãs, e como ele antes disso se fizera perdoar por todos os que lhe queriam bem.

Nica recompôs a caixa como estava. Quando acabou, Álvaro estendeu-lhe a mão, para tomá-la.

— Não, Álvaro — disse.

Pô-la fora do alcance das mãos do pai, passando-a para o outro lado.

Álvaro, que já via o perigo passado, perguntou com novo surto de aflição:

— Para fazer o que com ela?

— Não sei ainda. Não resolvi, mas creio que ela irá para o fundo do mar.

Álvaro, ouvindo, tomou-se de verdadeiro pânico. Pôs a cabeça entre as mãos, quase chorando, esquecendo por completo a presença do chofer.

— Nica, estes relógios não são meus, e o pessoal a quem pertencem não é de brincadeiras.

Ela lembrou-lhe outra vez, com um gesto, que tomasse cuidado por causa do Daniel. Então Álvaro passou a falar em francês.

— Se esta caixa sumir, este pessoal se vinga. No mínimo, posso ser denunciado e preso.

Denunciado e preso! Nica, diante disso, viu-se de mãos atadas. Não poderia saber se o que Álvaro dizia era verdade ou não, mas sabia que não podia aceitar o risco de uma desmoralização pública ou de uma vingança direta. Álvaro cortara-lhe com essas palavras todo meio de ação. Não precisava dizer mais nada. Era só ele esperar que ela lhe desse a caixa.

Nica entregou-a, falando, ela também em francês, como nos tempos de sua infância em Paris, em que o francês era a outra língua da casa.

— Tome, e nunca mais me fale nisso. Vou ver se esqueço mais esta vergonha. Graças a Deus que não sou mais solteira, que tenho Rabelo por apoio.

Álvaro encolheu-se visivelmente sob o golpe dessas palavras. Nica viu-lhe uma mágoa nos olhos, mas logo depois viu a cobiça com que Álvaro contemplou a caixa ao apossar-se dela, a quase alegria com que a sobraçou.

— Para aí, Daniel — ordenou ele. — Vou descer nesta esquina.

Olhou outra vez para Nica e, com um ar inquieto e humilde, pediu, suplicou:

— Você não conta nada às outras, sim?

Nica respondeu com um sinal negativo da cabeça. Não diria mesmo nada às irmãs. Para quê? Ouviu o suspiro de alívio de Álvaro, tranquilizado.

— Então, adeus — disse Álvaro.

Deu um rápido beijo na filha e apeou. Ela viu-o desaparecer, lépido, no meio dos transeuntes.

IV

A camareira francesa de Nica estava a fazer-lhe as unhas. Essa Louise era um tesouro. Até em manicure era perita. Nica, com as mãos imobilizadas, impedida de ler o jornal, aberto diante dela sobre a mesa, deparou com um título que lhe pareceu divertido, "O Rato-Mestre".

De súbito, o olhar errante de Nica caiu sobre o nome de Rabelo no corpo do artigo. Agarrou então a folha e pôs-se sofregamente a ler, esquecida de tudo mais, enquanto Louise gemia.

— O verniz, Madame!

Era odioso o artigo. Nica, agora, em vez de achar-lhe mais qualquer coisa de divertido, só lhe via a insolência e a vulgaridade.

Logo que terminou, pulou da cadeira. Chamando, "Rabelo! Rabelo!", correu para a peça vizinha, onde o marido estava sentado tranquilamente, diante de uma mesinha com sua refeição matinal.

— Um artigo horrível contra você! — explodiu Nica.

Rabelo continuou a espalhar geleia de laranja sobre uma fatia de pão torrado. Não fez o menor movimento para tomar o jornal que Nica lhe estendia nem para os óculos que estavam sobre a mesa, ao alcance de sua mão.

— Eu já estava esperando por isso — disse. — As coisas estavam indo bem demais. Não podia continuar assim.

— Mas como este você não podia esperar — disse Nica. — Chama você de ladrão.

Rabelo levou a torrada à boca, ainda sem olhar para o jornal. Olhava só para Nica, como se a reação dela, a expressão do seu rosto, indignado e comovido, o interessasse muito mais do que o artigo, como se sua satisfação em olhar para ela fosse maior do que era sua curiosidade em ler o ataque contra ele.

— Já fui chamado de ladrão muitas vezes, minha filha. Leia alto para mim, por favor, para meu café não esfriar.

Nica começou, custando a firmar a voz.

— O chefe da quadrilha, que, pela milésima vez, está com os dentes no queijo, o Rato-Mestre, o nobre Patriarca dos Ratos, foi ontem recebido pelo presidente da República. Já havia sido repetidamente recebido nos últimos dias em audiências ministeriais e conferências em gabinetes. As notícias sobre sua nova empresa têm despertado natural interesse, mas têm sido apresentadas sob um aspecto exclusivamente patriótico, omitindo-se inteiramente de mencionar as vantagens que figurões como o Sr. Nestor Rabelo auferirão, pessoalmente, da organização que acabam de lançar com a bênção do governo...

Nica parou, engasgada. Não podia mais continuar. Rabelo então tomou o jornal e leu rapidamente até o fim, enquanto Nica, em pé, atrás dele, lia também, para si, com os braços apoiados no espaldar da cadeira de Rabelo. Nessa segunda leitura, passada a agitação do primeiro choque, ela entendia melhor o que lia.

Achou mais revoltante ainda a malevolência e a má-fé daquele artigo. Era propositadamente omitida a parte de Rabelo na solução dos problemas principais, que a M. e T. resolveria com facilidade. Constava daquele contrato histórico como de uma concorrência comum, e como se a Rabelo fossem concedidos favores especiais de que outros eram igualmente merecedores. Ignorava, ou fingia ignorar, seus serviços passados, sua extraordinária visão, o significado nacional das suas iniciativas.

O artigo continuava:

"A questão das grandes soluções do Brasil, exploradas sempre pelos mesmos particulares, revolta cada vez mais os espíritos esclarecidos, a cujo ver o progresso inevitável do

Brasil não precisa enriquecer protegidos. Este último negócio que aparece, esta Companhia de Mineração e Transportes, cujo só título indica o quanto abrange, é dos melhores que o Sr. Nestor Rabelo, ou qualquer outro, já fizeram nesta terra tão explorada de Santa Cruz. Está talhado à medida para a cobiça desse grupo poderoso a quem já coube tanta fatia gorda.

"Anunciado como já foi, o resultado da concorrência, vencida sem disputante pela nova companhia, falta agora apenas o decreto final em benefício dos milionários, seus diretores. Com este fim à vista, a quadrilha vitoriosa vem apertando ultimamente o cerco junto às autoridades competentes. Felizmente, para suster o trabalho dos espertalhões, hão de se levantar os brados de brasileiros sinceros, apontando o perigo à frente. E a *Folha Matutina*, que sempre defendeu os interesses da coletividade, e não dos indivíduos, quer lançar, e aqui lança, o primeiro grito de 'Pega ladrão'."

Rabelo, terminado o artigo, pôs o jornal sobre a mesa. Os braços de Nica, saindo pelas amplas mangas do penhoar, envolveram-no pelas costas. Ele sentiu junto ao rosto a frescura da face dela apoiada na sua, mas não via a expressão compungida da esposa, vibrando da vontade de consolá-lo da injustiça que lhe faziam.

Rabelo recomeçou calmamente a espalhar geleia em outra torrada.

— Não me espanta — disse — que o primeiro ataque venha da *Folha*. E este artigo é do próprio Anastácio. O título está bem nas suas cordas.

O Anastácio, proprietário da *Folha Matutina*, era um jornalista talentoso, mas venal. Frequentava a casa deles.

— Parece-me, à primeira vista, uma chantagem — disse Rabelo. — Eu nunca dei nada ao Anastácio. Também é possível que isso lhe tenha sido encomendado, que já esteja chegando dinheiro de algum lado para pôr uma pedra no meu sapato.

— Para quê? — perguntou Nica, inquieta. — Com que fim?

— Não sei ainda, mesmo porque o negócio como vai ser feito não pode interessar a mais ninguém. Não há capital no Brasil bastante grande. Se há alguém interessado em pôr uma pedra no meu sapato, só pode ser com a ideia de executar o plano por partes em vez de por inteiro. Podem querer que se divida o negócio entre diversas companhias. Aí desapareceriam as vantagens e a economia que a M. e T. representa.

— Você não vai responder por outro jornal?

— Não, filha. Seria entrar no jogo deles. O jornal do Anastácio não tem autoridade. Você não se incomode. O negócio se fará.

Para consolá-la, deu-lhe pormenores que ela ainda não conhecia sobre a confiança nos meios norte-americanos e citou-lhe um jornal financeiro, de Nova York, da maior autoridade, dizendo que as ações seriam cobertas muitas vezes no momento mesmo de serem lançadas.

Nica já conhecia bem o lado vitorioso da nova Companhia, ouvira numerosas opiniões como essa. Verificara até por sua própria experiência o interesse despertado em todos os meios pela M. e T. Não encontrara, nem imaginara que existisse, animosidade de qualquer espécie. Toda a gente lhe pedia informações. Todos queriam comprar títulos da Companhia. O interesse era de todas as classes. Ainda na véspera, o porteiro de um dos hotéis Palaces e, depois, o cabeleireiro francês que a penteava lhe haviam ambos comunicado sua intenção de empregar economias nesse negócio que parecia destinado a enriquecer a todos.

A camareira apareceu à porta.

— Dona Cristina está chamando Madame no telefone.

— Vou falar e volto já — disse Nica ao Rabelo.

Foi tranquila, sem se lembrar mais da sua desafeta anônima, que desde muito tempo não a chamava. Mas, em vez da voz de Cristina, ouviu a fala sacudida, de dentes cerrados, que ela já conhecia bem.

— Já leu a *Folha Matutina*?

Nica bateu o telefone e voltou furiosa para perto do marido.

— Não foi Cristina, não. Foi aquela sujeita, perguntando se li o artigo. É claro que havia de fazer isso. Eu nem posso mais ir ao telefone.

A camareira, pesarosa por não ter adivinhado a traição, dizia:

— A voz era mesmo diferente da de Dona Cristina. Eu devia ter adivinhado.

Louise, culpando-se, por excesso de escrúpulo, repetia baixo, para si, *"J'aurais dû deviner"* [Eu devia ter adivinhado]. Na sua preocupação de servir bem, a francesa contrariava-se sempre muito com qualquer contratempo no serviço de Nica, como se tudo fosse responsabilidade sua.

Seu serviço era, em geral, impecável. No esforço que fazia para isso, não entrava, porém, amizade nem a Nica, nem à casa, nem à terra que a acolhera. Era apenas uma mercenária competente, defendendo o melhor que podia um emprego no qual era regiamente paga. Viera para o Brasil como se viesse para o exílio. Deixara a França por ter brigado irremediavelmente com a nora e com o filho.

Louise quase nunca sorria. A única expressão do seu rosto era a faísca dos olhos pretos, agudamente inteligentes, atentos para adivinhar cada desejo da patroa antes de ser exprimido. Magra e seca, vestida sempre de preto, era um modelo de asseio severo. Não havia um só cabelo fora do lugar nos bandós que começavam a grisalhar. Seus movimentos eram absolutamente silenciosos, seu tom de voz apenas bastante alto para ser ouvido, sem que se lhe perdesse uma palavra.

Falava, aliás, pouco, e nunca de si mesma. Uma só vez, Louise se expandira com Nica sobre algumas das brigas e desgraças que a fizeram deixar sua pátria para acabar a vida em terra estranha e casa alheia. Não lhe restava agora outro interesse na vida senão o de fazer crescer o pequeno pecúlio que, como boa francesa, acumulava para os anos de inverno.

V

Era aniversário de Iolanda. Nica chegou na casa da irmã antes do almoço. As crianças correram para recebê-la. Fernandinho agarrou-se-lhe ao pescoço, gritando: "Chegou! Chegou!".

Maria Iolanda perguntou logo, observando-lhe as mãos vazias:

— Você não trouxe presente para mamãe?

Nica abriu a bolsa, respondendo alegremente:

— Aqui está o presente de mamãe. Pode entregar a ela.

A menina teve um olhar de decepção para o tamanho da caixinha. Correu, porém, a levá-la à mãe.

Eram dois pequenos clipes de brilhantes, com uma pedra maior no centro. Nica fizera-se uma festa de preparar esta surpresa para Iolanda, que adorava joias e não tinha quase nenhuma. A única preocupação de Nica, desde que encomendara os clipes, era a possibilidade de Fernando não gostar. Ela dispunha, porém, de um excelente argumento para refutar qualquer objeção que ele pudesse levantar.

— Estas pedras eram de nossa mãe — informou Nica a Iolanda, enquanto esta abria a caixa. — Meu presente é só a reforma.

Na hora de sair de casa, Nica, procurando todos os meios de diminuir a importância da dádiva, encontrara mais um. Transferira os clipes, do estojo de veludo em que chegaram do joalheiro, para uma modesta caixinha de papelão, com um elástico em volta.

Iolanda agradeceu com efusão. Prendeu logo os clipes ao vestido e contemplou-lhes o efeito no espelho, de um lado e de outro, mudando de posição, contente como uma criança.

— Que joia de mamãe era? — perguntou.

— Os dois brilhantes maiores eram daquela pulseirinha de ouro que eu quase nunca usava.

— E as outras pedras de que joia são?

Nica hesitou.

— As outras valem pouco, são pedrinhas à toa, cacos de brilhantes. E a armação não é platina, é só de ouro branco.

Quando, pouco depois, Fernando chegou em casa para almoçar, Iolanda correu ao seu encontro, apontando para a joia que trazia ao ombro. Os clipes davam ao vestido escuro um ar de festa.

Iolanda, a exemplo de Nica, procurou imediatamente diminuir o valor do presente, anunciando a procedência.

— Nica mandou tirar estes brilhantes de uma joia de mamãe e reformar para mim. Que tal?

— Muito bonitos — disse Fernando —, mas talvez um pouco ostentosos para o nosso modo de vida.

Nica protestou.

— Deixa disso, Fernando. Iolanda é moça e bonita e as joias lhe ficam bem.

— Eu nunca tive uma joia moderna — disse Iolanda, procurando arrancar a aprovação do marido com um olhar tão suplicante e tão carinhoso que Fernando a beijou, dizendo:

— Pobrezinha!

Nica ia falar, mas Iolanda fez-lhe sinal que calasse, que deixasse o caso entregue a ela. Parecia contente de ficar com os clipes.

Fernandinho almoçou à mesa, enquanto a pequena Maria Iolanda foi dormir. O menino tinha muito que contar à madrinha sobre o jardim de infância e os novos companheiros. Repetia-lhe frases que ouvira e que julgava espirituosas, entremeando-as com deliciosas gargalhadas encachoeiradas. Nica prestava pouca atenção às palavras pueris, mas saboreava a frescura do seu riso e, com os olhos, acompanhava cada gesto, cada expressão do menino, sorvendo a alegria dessa vidazinha de criança.

Vendo-o sentado em frente, ao lado do pai, olhando de um para outro, Nica notava mais uma vez a parecença que existia entre eles. Eram os mesmos olhos, a mesma linha fina de nariz e de queixo, o mesmo porte altivo de cabeça sobre o pescoço flexível.

No meio do almoço, Fernando disse:

— Então, Nica? O Rabelo hoje levou descompostura do jornal?

Não seria ele se não se referisse prontamente ao assunto mais desagradável para ela, ao artigo da *Folha Matutina*. E falava como se o ataque fosse a última pilhéria do momento. Iolanda cortou-lhe a palavra.

— Fiquei indignada, Nica, mas nem você, nem Rabelo devem dar a menor importância a um jornal tão desmoralizado.

— Não damos mesmo — disse Nica. — Pelo menos Rabelo não dá. Eu, no primeiro momento, liguei muito, mas depois vi que não tem importância.

Mudando deliberadamente o rumo da conversa, Nica virou-se para Fernandinho:

— Vamos ao circo quinta-feira, Fernandinho?

Reservava uma tarde por semana para sair com o afilhado e proporcionar-lhe o passeio que quisesse.

— Vamos, sim! — exclamou o menino. — Onde é?

Mas Fernando continuou no mesmo assunto.

— Não sei se não ligar, como você diz, é bom. O Anastácio realmente é um sujeito muito ordinário, dos mais ordinários, e todo mundo sabe disso, mas o que ele disse hoje, em linguagem dele, linguagem baixa, é que não é justo que os favores do governo fiquem sempre no mesmo grupinho. E neste ponto não faltará quem lhe dê razão.

— Fernando! — advertiu Iolanda, enquanto Nica protestava, irritada:

— Não se trata de favores. O Rabelo nunca pleiteou favores. Ele não se fez à custa de favores do governo. Pelo contrário. Tudo que ele realizou até hoje foi útil ao país. E a Companhia de Mineração e Transporte será o maior benefício de todos.

— Não há dúvida — respondeu Fernando, em tom de quem não se retratava nem cedia. — Seu marido prestou grandes serviços, mas também não se empobreceu prestando-os. E, neste negócio de agora, você sabe quanto ele deve ganhar? Você calcula ao menos?

Ela ficou um momento sem resposta, e Fernando continuou:

— Há muita gente boa, não gente da laia do Anastácio, gente de boa-fé que pensa que a enorme extensão de terras que foi concedida a M. e T. para a abertura da estrada poderia ser aproveitada pelo próprio governo. É um lucro seguro de que o governo abre mão em favor de particulares, uma verdadeira capitania que é dada à M. e T., de mão beijada, como os Reis de Portugal davam aqui a seus amigos. Desculpe eu falar com essa franqueza, mas julgo que esconder a verdade aos amigos seja o pior modo de servi-los.

Iolanda acompanhava com ansiedade as palavras do marido, receosa do caminho que ele tomara, mas achou que acabou bem. Ela teve um quase sorriso de alívio ao ouvir-lhe a desculpa final. Quanto a Nica, procurou dominar-se, mas não pôde esconder o ódio que sentia e que lhe saía pelos olhos. Fernando gracejou:

— Não me morda, querida cunhada! Você está com cara de felina brava. Aliás, a expressão não lhe vai nada mal.

— Chega, Fernando — suplicou Iolanda. — Nica sabe perfeitamente que o Rabelo tem inimigos. Não precisa aborrecê-la com isso.

— Pois bem, eu calo. Eu não tenho interesse nenhum em dizer isto a Nica. Ela é que tem interesse em saber, para não ficar na ilusão de que os inimigos de Rabelo são tão fáceis de destruir como pulgas.

Comeram em silêncio durante algum tempo. Nica olhou para Fernandinho, que parecia assustado com a discussão da gente grande, e procurou sorrir-lhe tranquilizadoramente. Estava agora preocupada com a insinuação de que havia coisas que ela e Rabelo ignoravam, mas que deveriam saber. Quais seriam os adversários ou os perigos que poderiam surgir? Precisava saber mais para repetir ao marido. Afinal, não resistiu. Vencida pela necessidade de ouvir o que talvez fosse do interesse de Rabelo, perguntou, com toda a calma:

— Essas pessoas de bem, a quem você se referiu, e que são contra a M. e T., pode-se saber quem são?

— Pode-se. Por que não? As que eu conheço não escondem de forma nenhuma seu modo de pensar. Eu estava pensando principalmente em alguns colegas meus, do Exército, com quem eu estive conversando noutro dia e que são, como eu, anticapitalistas. Aliás, alguns deles são contra a M. e T. por motivos militares. Acham que um monopólio tão vasto sobre estradas, portos e fábricas, em mãos de particulares, e com ações vendidas no exterior, é prejudicial ao segredo militar e seria um perigo em caso de guerra. Você pode dizer isso a seu marido. É uma informação útil e segura.

Bem esticado, militarizado de corpo, com uma expressão de honestidade consciente no rosto, Fernando parecia achar-se formoso, exteriormente e de alma. Um homem íntegro, num mundo de carcomidos.

— Pode até lhe dizer — continuou — que noutro dia, num grupo só de oficiais, um deles estava dizendo que devíamos fazer um abaixo-assinado ao ministro da Guerra, pedindo para o governo encampar a Companhia.

Nica sentiu-se ficar outra vez carmesim. Procurou não se exaltar demais, mas não o conseguiu. Protestou com violência:

— Encampar a Companhia seria um roubo, roubo das ideias e do trabalho de Rabelo.

— Roubo é uma palavra a estudar neste caso. De todo modo, seu marido ficaria com a glória de ter imaginado e criado uma organização colossal.

— Colossal será, de qualquer modo — retrucou Nica.

Fernando tomou aquele ar de reserva e sapiência que tanto irritava a Nica.

— Gosto de ver como você sabe defender seu marido. Entra imediatamente em liça como uma fera. Foi bom ele encontrar uma mulher resoluta para ajudá-lo, porque ele não é mais o homem que foi.

Ela protestou em tom de desafio.

— O Rabelo é o que sempre foi e vale muitos moços, em tudo. — Repetiu em tom de desafio: — Em tudo.

Olhou para Fernando de soslaio, para ver o que não queria ver, e sabia que veria — um sorriso levemente irônico no rosto do cunhado. Ele disfarçou virando-se para o filho, com uma admoestação.

— Fernandinho, segura o garfo direito.

Fernando era severo na educação do menino. Fernandinho era-lhe dedicado, mas temia-o. Acudiu à observação com um sobressalto:

— Sim, papai!

Nica, controlando bem a voz, perguntou:

— Você, nessa conversa com seus colegas, defendeu a Companhia, não é, Fernando?

Fernando não respondeu. Era evidente pela sua fisionomia que ele se julgava com direito de ter, e de exprimir, as opiniões que quisesse. Veio a Nica, pela primeira vez, uma dúvida sobre se Fernando seria capaz de qualquer hostilidade maior contra Rabelo. Já seria ato de hostilidade não defender o cunhado quando estranhos o atacavam e até propunham medidas hostis. Já seria faltar a um dever de parentesco.

Esperou um instante pela resposta que não veio. Continuaram a comer. Fernandinho invadiu o silêncio, recomeçando a contar histórias do colégio.

O almoço terminou sem que se mencionasse mais o nome de Rabelo. Depois do café, Fernando despediu-se para voltar ao trabalho.

— Desculpe se a aborreci demais, Nica. É preciso tomar-me como sou: um homem rude que diz o que pensa. E perdoe-me dizer-lhe ainda outra coisa de que não vai gostar. Essa joia que você trouxe para Iolanda é bonita demais. Aborrece-me que ela receba presentes como eu não lhe posso dar. Espero que você compreenda meu ponto de vista e não tome essa recusa como sendo falta de apreço pelo presente ou de amizade por você.

Não consultou Iolanda, nem com um olhar. Ela ainda tinha os clipes no ombro, contente de usá-los, mas o regime do casal era ele decidir tudo. Iolanda fez silenciosamente o sacrifício da joia. Nica, porém, insistiu ainda com Fernando:

— Os brilhantes eram de mamãe, Fernando. São, portanto, de Iolanda também.

— Iolanda já teve a parte dela nas joias de sua mãe. Um dia, se eu chegar a ter dinheiro, vocês duas trocarão bonitos presentes. Antes, não.

— Iolanda é submissa demais — disse Nica.

— Demais, não. Iolanda é como deve ser. Só uma esposa submissa e sem modernismo, como ela, poderia ter-me feito feliz.

Nica teve a impressão de que isso era para ela.

Iolanda protestou, de boa-fé:

— Qual submissa! É porque combinamos bem.

— Não. É porque você gosta de mim.

Beijou-a. Virou-se de novo para a cunhada.

— Adeus, Nica. Espero que os jornais não continuem a pôr pedrinhas no sapato de seu marido. — Da porta, voltou-se ainda. Pilheriou: — E como vai nosso amigo Evaristo? Sempre apaixonado?

Saiu, deixando Nica furiosa. Ela mal tivera tempo de se virar entre as suas últimas alfinetadas.

Fernandinho perguntou:

— Mamãe, por que papai não quis que você ficasse com os clipes?

Iolanda afagou a cabeça do filho, sorrindo-lhe ternamente. Parecia satisfeita com o que sucedera.

— Porque papai gosta muito de mamãe, filhinho, e não quer que ela ganhe presentes mais bonitos que os dele.

— Que idílio! — sibilou Nica em tom amargo.

— Mamãe, que é idílio? — perguntou Fernandinho.

Ninguém lhe respondeu. Iolanda disse:

— Você precisa desculpar Fernando, Nica. Ele é assim mesmo, como ele diz, rude, mas sincero.

Nica não disse nada, porque não adiantaria dizer o que pensava. Rude, sim. Invejoso e vaidoso, também. Mas não sincero. Contrariava o que os outros diziam, procurando sempre ficar bem, sobressair. "Um homem rude, que diz o que pensa!" Iolanda aceitava essa definição, aceitava tudo o que o marido dizia, porque só pensava por ele. Outrora, Nica também aceitara muita opinião apenas sob a influência dos seus bonitos olhos. Agora, já conhecia melhor a Fernando.

— Mas você não gostou dos clipes, mamãe? — insistiu Fernandinho.

— Gostei muito, filhinho. São lindos. Mas gostei mais de fazer a vontade de papai.

Iolanda, diante do espelho, ainda com os clipes ao ombro, despedia-se, com os olhos, da joia que não chegara a ser sua, mas que lhe custava tirar. Olhava-a outra vez sob diferentes ângulos e, afinal, com um suspiro, desprendeu os clipes do vestido, pô-los na caixinha, contemplou-os melancolicamente, no seu ninho de algodão, e afinal fechou a caixa e entregou-a à irmã.

— Fernando não fez isso por mal, Nica. Tem grande amizade a você, mas ele é esquisito para certas coisas. Você sabe como ele é.

— Não — disse Nica. — Não sabia! A este ponto confesso que não imaginava. Foi uma surpresa para mim. Aliás — acrescentou, com azedume —, acho incoerente essa atitude dele, mesmo porque este relógio-pulseira que você está usando, e que é uma joia muito cara, foi também um presente de Rabelo no dia em que você fez dezessete anos.

Iolanda olhou para o relógio de platina, que usava sempre e que lhe marcava as horas com a fidelidade de um cronômetro perfeito.

— É verdade, mas eu ainda era solteira. Álvaro deixava. Fernando é diferente.

— Este relógio não vale menos que meus clipes — insistiu Nica.

Dizia agora "meus clipes" com amargura. Dia aziago! Primeiro, o imundo artigo da *Folha*, depois esse almoço desagradável, e, por fim, a recusa do seu presente.

VI

Ao fim de alguns dias, a *Folha* voltou ao ataque, com um artigo em que argumentos fracos se alternavam com ataques pessoais a Rabelo, exagerando sua fortuna e seus gastos.

Seus gastos!... Nica lembrou-se da simplicidade da vida de Rabelo, quando era solteiro, vivendo anos num hotel modesto e num quarto com mobília como ela hoje só colocaria em quartos de empregados. Sentiu-se a principal merecedora dessa acusação especiosa da *Folha*. Fora ela quem mudara o padrão de vida do Rabelo, fazendo que sua riqueza bem ganha pudesse, às vezes, parecer afronta aos pobres e aos anticapitalistas. Era ela, e não o marido, quem tinha apego a esta instalação, a esta casa em que viviam, a estas vastas salas, abrindo sobre um jardim suspenso. Rabelo apenas aceitava o que ela determinava e pagava o que ela gastava. E isso sem estar sempre de acordo com suas decisões. Quando, por exemplo, ela obrigara o chofer, Daniel, que já servia Rabelo em solteiro, a andar fardado e aos gestos rituais de etiqueta, que o patrão nunca reclamara dele, Rabelo ficou visivelmente do lado de Daniel, que, a princípio, se ressentiu à ordem da patroa.

A *Folha* gabou-se de estar recebendo apoio de "todo lado na campanha contra a concessão pleiteada pela M. e T. Nosso brado encontrou eco na nação inteira!".

O mundo em que Nica vivia pareceu-lhe de repente povoado de inimigos emboscados. De traidores. O toque de telefone, as cartas que o correio trazia sugeriam-lhe imediatamente possibilidades hostis. Agora só atendia ao telefone depois de fazer verificar a autenticidade da chamada.

Imaginava uma diferença qualquer no modo com que as pessoas que encontrava falavam agora da concessão.

Rabelo lhe dizia:

— É assim mesmo. Você ainda é sensível demais. Tudo isso não quer dizer nada. A M. e T. será uma grande coisa para o Brasil e para o meu nome. Deixe falar.

Uma tarde, Fernando, que ultimamente se mostrara discreto e amável, não se referindo às agressões da *Folha* nem à M. e T., disse a Nica que tinha uma notícia a lhe dar.

Encontrara Fernando por acaso quando ele chegava ao edifício onde morava e ela parava também ali, para deixar Fernandinho de volta de um passeio. Não pretendia subir, porque estava atrasada. Entregou Fernandinho ao pai, dizendo:

— Diga a Iolanda que não tenho tempo de subir agora, mas que logo telefono a ela. Fernandinho se divertiu muito, não é, filhinho?

Fernando, então, a retivera, dizendo:

— Foi bom encontrar você, Nica, porque preciso muito falar-lhe. Tenho uma notícia a lhe dar. É só um minuto. Não precisa subir se está com pressa. Quero apenas comunicar a você que amanhã haverá, no gabinete do ministro da Guerra, a pedido de uns colegas meus, uma reunião para discutirmos os aspectos da M. e T. que se possam relacionar com o Exército. Achei que era do seu interesse saber disso.

— Eu subo com vocês — resolveu logo Nica, dirigindo-se para o elevador. — Quero que me conte isso como foi.

— Não há nada mais que contar. É só isso.

Mas subiram, em silêncio. Nica ficara inquieta. Pareceu-lhe que o cunhado estava pouco à vontade. Fernando abriu com a chave a porta do apartamento e entraram. Encontraram Álvaro na sala, brincando com Maria Iolanda. A pequena, no colo do avô, ria às gargalhadas. Adorava Álvaro, como o adoravam as filhas. Fernandinho também se atirou nos braços dele e, depois, correu para dentro, gritando: "Mamãe! Mamãe! Madrinha está aí".

Nica, depois de ter beijado o pai, virou-se para Fernando e perguntou-lhe:

— Qual é o motivo dessa reunião? Não estou gostando.

— Que reunião? — indagou Álvaro.

Fernando explicou, repetindo o que já dissera a Nica.

— Uma reunião para se discutirem alguns aspectos da Mineração e Transportes que interessam à defesa nacional.

— Mas de quem partiu a ideia? — insistiu Nica.

— Partiu dos nossos militares, de que lhe falei noutro dia. Pediram uma audiência ao ministro para esclarecer certos pontos de interesse militar.

— Eu também não estou gostando nada disso — interpôs Álvaro. — A M. e T. é a menina dos olhos de Rabelo. Precisamos todos zelar por ela.

Pusera Maria Iolanda no chão. Esquecera a netinha na preocupação do que ouvia. A menina ficara a seu lado, agarrada às suas pernas.

Iolanda entrou e, olhando para o grupo, perguntou:

— Que conferência é essa?

Nica retribuiu perfunctoriamente o beijo que a irmã lhe dera.

Fernando respondeu:

— Nica não gostou de saber que vai haver uma reunião no Ministério da Guerra para estudar os aspectos estratégicos da concessão à M. e T. Estou dizendo a ela que não há inconveniente nenhum na discussão desses pontos.

— Há inconveniente, sim — disse Nica.

Quanto mais pensava em haver uma reunião no Ministério da Guerra, para se falar pró e contra Rabelo, e pró e contra a concessão, mais contrariada ficava. Fernando continuou:

— Isto tem mesmo que vir a furo de algum modo. O assunto estava sendo discutido por todo lado. Minha opinião pessoal é que, quando as divergências chegam a este ponto, o melhor é discutir. Não há mais interesse para ninguém, nem para a própria Companhia, em fugir ao debate completo.

— Não, Fernando, você se engana. Rabelo acha que as opiniões de gente como você, que não conhece bem o assunto, só podem produzir confusão, em vez de esclarecer o problema.

Fernando ofendeu-se ao ouvir dizer que ele não entendia do assunto.

— Estou vendo que fiz mal em avisar a você. Foi apenas por dever de lealdade.

— Bom, não vamos brigar, Fernando. Acredito que sua intenção seja amiga. Agradeço-lhe o aviso.

— E você? Vai assistir à tal reunião? — perguntou Álvaro ao genro.

— Penso estar presente, sim — respondeu Fernando, com um perceptível constrangimento.

— Então veja se pode dar um jeito para que isso não seja um entrave para Rabelo.

Fernando silenciou. Nica viu na sua fisionomia que essa introdução do nome de Rabelo não fora feliz. Os únicos interesses que Fernando reconhecia eram os interesses do país. No entanto, ela seguiu no mesmo rumo imprudente que Álvaro.

— Fernando, você ainda não me disse o nome desses seus amigos que hostilizam Rabelo.

— Hostilizam, não. Ninguém hostiliza Rabelo. Você ainda não compreendeu que isso não é caso pessoal.

— Mas quem vai falar, quem vai expor o caso nessa reunião?

— Falará quem quiser. Vai ser um encontro sem formalidade. Não vai ser nenhuma conferência. Cada um poderá expor seus pontos de vista. Eu mesmo talvez diga algumas palavras.

— Nesse caso, acho indispensável que você converse primeiro com Rabelo. Pode ser hoje mesmo.

— Não. Hoje não pode ser. Nem eu vejo necessidade nenhuma de conversar com ele. Se eu disser qualquer coisa, será somente sobre aspectos militares.

Ela quis insistir:

— Mesmo assim acho bom...

— Não. Não é preciso.

— Então, me diga, pelo menos, para eu informar a Rabelo, quais são os pontos militares a que você talvez se refira.

— Se eu disser qualquer coisa será sobre a questão dos portos.

Estavam previstos, na imensa organização da M. e T., portos no fim das linhas especiais para a exportação. Fernando continuou:

— Não pretendo atacar a M. e T. Cuidarei apenas dos problemas da defesa nacional. Mas você não precisa ficar aflita, porque o ministro da Guerra é incondicionalmente a favor da concessão, e é a opinião dele que importa no caso.

— Assim está bem — disse Álvaro. — É mesmo o que importa.

Nica conformou-se, embora inquieta ainda. Resolveu esperar pelo melhor. Lembrou-se dos seus compromissos.

— Está bem. Já vou. Espero que amanhã você me conte tudo como se passou. Telefonarei para aqui na hora do almoço.

Iolanda e Fernando acompanharam-na ambos até o elevador. Iolanda, lembrando-se de que podia encontrar alguém no patamar, alisou os cabelos com a mão. Em casa, andava frequentemente despenteada e descuidada, como em solteira. Mas, com os anos, já não suportava tão bem esse desleixo.

Não desceu. Fernando acompanhou Nica até embaixo. No *hall*, ao despedir-se, ele prendeu alguns instantes a mão dela na sua e, com o modo furtivo que às vezes tinha de lhe mostrar que o sentimento que tivera por ela sobrevivia, disse:

— Não pense nunca que eu seja inimigo seu, Nica. Não sou. Você talvez não tenha maior admirador no mundo do que eu.

VII

Nica telefonou a Fernando no dia seguinte, como anunciara, à hora do almoço. As informações que ele lhe deu sobre a reunião dos militares foram sucintas, muito sem pormenores, mas, ao todo, boas.

— Houve muita falação, mas não se chegou a conclusão nenhuma. Nenhum resultado prático. Eu não disse a você que não se inquietasse, porque o ministro era todo da M. e T.? Foi como eu esperava. O velho ficou irredutível. O general Vilhena, que assistiu à discussão, também elogiou e defendeu a Companhia.

— Quer dizer que foi preciso defender a Companhia? Mas não faz mal. Estou satisfeita. Você me preveniu que os oficiais moços estariam contra nós. Não é surpresa, portanto. Que disseram eles?

Fernando tomou um tom reservado, neutro:

— Houve debate. Cada um externou suas ideias.

— Quem assistiu à reunião? — perguntou Nica, ansiosa por saber mais, saber de tudo. — Quantas pessoas?

— Além dos dois generais, e dos oficiais de gabinete do ministro, só havia o grupo que pediu a audiência. Seis.

— Majores como você? Colegas seus?

— Dois majores e quatro capitães.

Vendo que essa audiência tivera no fundo muito pouca importância, Nica sentiu-se, por conta de Rabelo, em posição superior.

— Espero — disse — que seus amigos se tenham deixado convencer pelos generais, que são mais velhos e entendem mais do assunto.

Pareceu-lhe que, do outro lado do fio, Fernando ficara irritado com seu tom de superioridade.

— Creio que ninguém mudou de opinião — respondeu —, mas não vale a pena insistir neste ponto.

— Você falou afinal?

— Falei, e fiquei muito contente com os aplausos dos meus colegas... Agora Iolanda está me chamando para almoçar. Adeus...

Quando Rabelo chegou em casa, minutos depois, Nica correu ao seu encontro, pensando que quem tinha notícias a dar era ela. Mas Rabelo disse logo:

— Esse nosso cunhado está nos saindo um grande ordinário. Já tive informações completas sobre a reunião no Ministério da Guerra.

— Ordinário? Por quê? — perguntou Nica num sobressalto. — Agora mesmo estive falando com ele. Disse-me que tudo correu bem para nós.

Recordou, porém, imediatamente a reserva com que Fernando respondera às suas perguntas, como ele se retraíra diante do interesse dela, dando respostas lacônicas, ansioso por desligar. Não se mostrava amigo, no modo por que falara com ela. Não tivera uma frase de verdadeira simpatia, de calor, de felicitações.

— Parece que a ideia dessa reunião partiu dele — continuou Rabelo —, ou dele, ou de um dos capitães, um tal Agenor, que é muito amigo dele. Os dois pediram juntos a audiência e hoje apareceram acompanhados de uns moços exaltados, todos pedindo a anulação da concorrência.

Nica ouvia de boca aberta.

— Não sei como não adivinhei! Mas a gente custa a acreditar numa traição dessas dentro da própria família.

— Felizmente — disse Rabelo —, o ministro é um homem do maior bom senso, e por isso o golpe não nos prejudicou, mas Fernando fez o possível. Parece que ele tem muito jeito para falar. Gabou-se de não deixar seu parentesco comigo influir na sua opinião. Teve o topete de dizer que ele tem bastante isenção de ânimo para ser impessoal, olhando apenas para o perigo que correm a pátria e o Exército.

— Hipócrita! Parece que o estou ouvindo. É assim mesmo que ele fala!

— Ele não disse a você que só cuidaria do lado estratégico? Que falaria só como militar? Pois, pelo contrário, repetiu todos os argumentos da *Folha*, sobretudo contra o capital estrangeiro vertido na empresa. O general respondeu que mais da metade do capital era brasileiro e que, aliás, o governo tinha redigido com o maior cuidado os termos da concessão de modo a se garantir completamente. Ele conhece bem o contrato. Mostrou que Fernando estava falando no ar.

— Mas como soube de tudo, assim? — perguntou Nica, intrigada. — E tão depressa!

— Eu tenho amigos em toda parte, minha filha. Um dos oficiais de gabinete é meu velho conhecido, o Maia. Somos amigos desde que ele foi fiscal do governo na construção da Estrada de Ferro Sacramento. O Maia achou que eu devia saber dessa manobra contra a M. e T. e veio logo ao Banco contar-me tudo. Para o Fernando e os amigos a reunião foi um fracasso. O ministro os recebeu só para fazer vontade. Pensou que se tratasse só de uns pruridos de zelo sobre a questão dos portos e de possíveis segredos militares. E quis esclarecer bem esses pontos. Chamou o general Vilhena para assistir, porque o Vilhena é dos que conhecem a fundo o contrato. Os dois responderam com paciência, paternalmente, aos argumentos dos moços, mas disse-me o Maia que poucos se deixaram convencer. O Agenor perguntou se era exato o que diziam sobre irregularidades na concorrência. O ministro respondeu que nunca ouvira dizer isso, mas que, em todo caso, esse aspecto nada tinha a ver com o Ministério da Guerra e que, na opinião dele, só podia ser calúnia, porque tanto eu, como seu colega da Indústria, responsável pela concorrência, éramos homens acima de qualquer suspeita.

Nica bateu palmas, de contente, e beijou o marido. Estava ofegante de curiosidade e de ressentimento contra Fernando.

— Muito bem! Bem feito! Que mais contou o Maia?

— O tal Agenor falou com violência, mas menos bem que o Fernando. Estava afobado, irritado demais. Veja como a gente arranja inimigos gratuitos nesta vida. Os rapazes acabaram cansando o ministro. Ele despachou-os, disse o Maia, como se fosse um professor de classe, e eles, alunos indisciplinados.

— Fernando sempre teve inveja de você — disse Nica.

Como Rabelo parecesse surpreso, ela continuou:

— Você não sabia? Nunca percebeu? Tem, sim. Ele tem inveja de todos que vencem, mas de você sobretudo. Fernando é muito ambicioso e sofre com as vitórias dos outros. Não sei por que é seu inimigo. Talvez seja porque eu me casei com você...

— Ora essa! — disse Rabelo, surpreso.

VIII

Rabelo telefonara uma tarde do Banco para perguntar a Nica se ela ia estar com Iolanda naquele dia.

— Vou, sim. Por quê? Vamos daqui a pouco ao casamento da filha dos Bustamante.

— Então procure descobrir o que há de verdade numa notícia que acaba de me chegar aos ouvidos. Disseram-me que Fernando está pensando em fazer uma conferência pública repetindo o que disse noutro dia no gabinete do ministro da Guerra.

— Conferência?... Fernando nunca fez conferências! Quem contou isso a você?

— É apenas um consta — respondeu Rabelo. — Você indague.

Nica ficou tão preocupada que perdeu todo o interesse pelo que estava a fazer, pelas providências de casa, que precisava tomar antes de sair, e até pela sua toalete para o casamento. O que antes estivera para ela no primeiro plano do dia passou a segundo, a insignificante.

Foi buscar Iolanda, conforme combinara. Fernando ficara de se encontrar com elas na igreja para irem depois todos juntos à casa da noiva.

Nica resolveu ir no carro pequeno, guiando ela mesma, o que nunca fazia em cerimônias como esta, mas assim estariam mais à vontade para conversar, ela, Iolanda e Fernando.

Nica pensava: *Não brigo com ele. Por causa de Iolanda e de Fernandinho, nunca brigarei com Fernando. Mesmo que pensasse seriamente em fazer essa conferência, não brigaria com ele.*

Quando saíam da igreja, os três, para tomar o carro, cruzaram com o Evaristo. O ministro cumprimentou Nica cerimoniosamente, entre triste e reservado. Não procurou falar-lhe. Até apressou o passo, afastando-se.

Deixara de procurá-la recentemente depois que, num dia de mau humor, se declarara cansado do modo como Nica o tratava, cansado do papel ridículo de ser exibido nos salões como animal de circo.

Dissera audaciosamente:

— Na minha terra não é assim. As moças ou querem, ou não querem. Não praticam essa espécie de tortura que se chama flerte de salão, mesmo porque lá não há salões.

Nica reagiu, imediatamente. Achou depois que o fizera com excessiva severidade. Não levara em conta o sentimento sincero e antigo do Evaristo por ela. Respondera com desdém:

— Você se lisonjeia falando em flerte, Evaristo.

Ele explodira novamente:

— Nem isso admite, hein? Pois olhe, logo que eu apareço em qualquer lugar, uma grã-fina qualquer, das suas amigas, só para me importunar, vai logo perguntando: "Já cumprimentou seu flerte? Olhe ela ali", ou outra frase qualquer a seu respeito.

Fernando, vendo o cumprimento do Evaristo à saída da igreja, notou logo a mudança no seu modo.

— Que é isso, Nica? Seu flerte está amuado com você?

Nica não se dignou responder. Entrou no carro e tomou o volante. Sentaram os três no banco da frente, Iolanda ao meio. Fernando elogiou o chapéu de Nica.

— Era o mais bonito da igreja. E foi um casamento bem chique. Conheço a elegância de um casamento pelos chapéus das convidadas.

O chapéu de Nica, feito de dois amassados de veludo, um rosa e outro verde, sobre os quais esvoaçava uma nuvem de tule, lhe assentava extraordinariamente. Fernando completou seu elogio dizendo:

— Você está muito bonita hoje.

Nica, por uma vez, não estava interessada nisso. Nem sentira o habitual prazer em estrear um chapéu novo. Entrou logo no assunto de sua preocupação.

— Que história é essa de Fernando fazer uma conferência?

Procurou falar em tom natural e conseguiu-o. Aliás, custava ainda em acreditar que aquilo fosse verdade. E agora, no carro, ao lado da irmã e do cunhado, parecia-lhe mais impossível ainda que algo de grave pudesse surgir entre eles. Estavam ali, como sempre estiveram, em boas relações, apesar de rusgas passadas e sem profundidade. Teve quase certeza de que o boato ia ser logo desmentido.

Mas, pela expressão contrafeita de ambos, viu que a notícia tinha fundamento. Quem respondeu foi Iolanda.

— Ele não vai fazer essa conferência, não, Nica! Ele foi convidado, é verdade, mas não aceitará. Já quase me prometeu não aceitar.

Fernando disse:

— Ainda não respondi ao convite, com efeito.

Era evidente que não desejava continuar no assunto. Mas Nica insistiu:

— Você foi convidado por quem?

— Você não sabe? O convite foi da Sociedade Brasileira de Debates.

Nica teve um choque. Não esperava essa resposta. Não pôde esconder sua perturbação. Foi uma grande honra ser convidado a falar em uma das sessões públicas da Sociedade. Sua grande surpresa foi que houvessem convidado a Fernando. Ele não tinha nome à altura da escolha habitual da Sociedade. Quem se teria lembrado de convidá-lo?

Fundada num momento em que não existia Parlamento e em que a imprensa não tinha liberdade, a Sociedade continuava a funcionar, embora as circunstâncias houvessem mudado. Suas sessões continuavam a atrair um público numeroso. Na assistência havia sempre alguns nomes eminentes e muitas senhoras.

— Eu sou sócio desde a fundação da Sociedade — continuou Fernando — e amigo dos diretores. Nunca pensei em falar, mas agora encontrei um assunto que me interessa, que quer você? A organização da indústria metalúrgica na nossa terra me interessa apaixonadamente como brasileiro e como militar.

Para as sessões da Sociedade eram sempre escolhidos assuntos de grande atualidade e sobre os quais existissem divergências de opiniões. À conferência do principal orador, seguiam-se sempre dois ou três discursos, de dez minutos cada um, em que se expunham pontos de vista ligeiramente diferentes, complementares ou divergentes. Nica viu logo que a M. e T. estava, por todos os motivos, bem indicada para objeto de um desses debates, sempre movimentados.

Iolanda interpôs, aflita:

— Estou certa que ele vai recusar, Nica. Ele vai me fazer essa vontade. Você pode ficar tranquila.

Olhava, suplicante, para o marido.

— Iolanda está aborrecida comigo — disse Fernando —, mas já expliquei bem a ela que, se eu fizer esse discurso, eu, de modo nenhum, atacarei seu marido pessoalmente. O que nós queremos, o fim da Sociedade, nunca é atacar. É estudar problemas nacionais e despertar debates em redor deles, de modo a trazer luz às questões que interessam ao Brasil. Queremos que as discussões continuem fora das portas de nossa associação e que sejam proveitosas. Você se lembra do que aconteceu no caso da Continental-Seguros?

Nica lembrava-se muito bem. Em consequência de uma sessão da Sociedade de Debates, uma grande companhia de seguros havia sido obrigada a rever seus estatutos e a reduzir seus lucros em favor dos segurados. Sua diretoria havia sido substituída, homem por homem. Fora a maior vitória da Sociedade de Debates.

Nica avaliou, até os longes, os perigos que se abriam diante de Rabelo e da concessão. Sentiu encherem-se-lhe os olhos d'água, pensando no esforço tão grande e tão patriótico que fizera seu marido. E ele já estava tão envelhecido, tão cansado!

A emoção dominou-a um momento, a ponto de tirar-lhe a segurança no volante. O carro fez um ligeiro desvio. O chofer de outro carro, que vinha atrás, lançou, ao passar por eles, um protesto insolente. Nica achou melhor parar. Felizmente já estavam à vista da casa da noiva, onde principiava a recepção de casamento. Ela encostou o carro junto ao meio-fio, à pequena distância da casa. Viam de longe o movimento em frente ao prédio, os carros que paravam à porta, a gente que descia, as mulheres com toaletes de gala e chapéus de plumas.

Nenhum dos três, porém, fez qualquer movimento para descer.

Iolanda observou ansiosamente a irmã. Quando pararam, tomou-lhe a mão em sinal de solidariedade e olhou para o marido com reprovação.

— Ele não vai fazer esse discurso, não, Nica. Ele não vai me contrariar a esse ponto. É tão raro eu pedir a ele qualquer coisa, que ele não me negará isto. Sou sempre eu quem sigo a vontade dele.

Ninguém disputaria essa afirmação. Fernando beijou de leve o rosto da esposa, como a lhe pedir desculpas.

— Se ele está me avisando — respondeu Nica a Iolanda —, é porque ele já decidiu.

Tinha certeza de que, como sempre, a opinião de Iolanda não influiria no que Fernando resolvesse. Era possível que, dessa vez, Fernando não tivesse com ela tarefa fácil. Mas acabaria vencedor, como sempre, e adorado da esposa.

De repente, ocorreu a Nica que Fernando não fora convidado espontaneamente pela Sociedade. Veio-lhe a convicção de que ele trabalhara para esse convite. Provavelmente explorara, ou fizera explorar, por amigos, o êxito que seu discurso da pequena reunião do Ministério da Guerra alcançara entre os colegas.

Nica sentiu um mal-estar no estômago, uma quase náusea. A conferência se faria. O marido de Iolanda ia falar publicamente contra seu próprio marido. Ia criar um escândalo, um escândalo que seria ao mesmo tempo de família e financeiro. Esse era o propósito evidente de Fernando. Seu cunhadio com Rabelo seria, à falta de um nome conhecido, um meio certo de despertar curiosidade em torno da sua conferência, de encher a sala como nos melhores dias de debates. E, depois, tudo que ele dissesse seria repetido, exagerado e maldosamente interpretado.

Nica já via a cena de antemão. Conhecia a sala. Havia assistido a mais de uma sessão pública. Já imaginava a reação do público: "O cunhado! O próprio cunhado foi quem denunciou. Aquilo é mesmo a maior bandalheira".

— Se ele falar — declarou Iolanda —, eu não irei assistir.

— Pois eu vou — disse Nica.

Via-se já ali. Via-se entrando na sala, simplesmente vestida de escuro, com chapéu discreto, procurando evitar a bisbilhotice da assistência, procurando não atrair atenção. Chegaria cedo, com uma amiga, ou talvez com Álvaro, ou Cristina, se eles quisessem acompanhá-la. Pisaria firme e saberia sorrir serenamente para os conhecidos. Em geral, o saguão ficava cheio, desde o elevador. Olhares convergiriam sobre ela, e talvez corresse um sussurro: "Aquela é a mulher do Rabelo".

Encontraria ali muita cara conhecida, até amigos de Rabelo, que não perderiam esse discurso por coisa nenhuma. Imaginava as frases que esses amigos lhe diriam — que estavam indignados, que era uma chantagem dentro da própria família que o rapaz queria fazer. Assim falariam, talvez, os que conheciam o valor de Rabelo e a imensa utilidade desse seu último empreendimento. Mas talvez a linguagem dos indiferentes, dos mal informados, fosse diferente. Haveria também muita antipatia contra seu marido e contra a M. e T. Haveria amigos de Fernando e leitores da *Folha Matutina*.

Ela ficaria bem no fundo da sala, mas perto de uma porta, para poder, se quisesse, escapar dali. Se quisesse... Não se retiraria, porém, porque, se saísse, quem depois lhe poderia contar tudo? Quem poderia repetir as palavras de Fernando, descrever seus gestos e as reações da assistência como ela as queria conhecer para dar depois conta de tudo a Rabelo?

Sua presença não afetaria Fernando, pelo menos não alteraria nada do que ele pretendesse dizer, não lhe abrandaria uma expressão sequer. Ele tinha tão pouco medo dela quanto ela dele. A tendência de ambos era desafiar-se mutuamente. Na mesa, o conferencista procuraria a cunhada com os olhos, até encontrá-la, no seu canto, perto da porta. Talvez até falasse melhor por causa dela.

Continuavam no carro, parado junto ao passeio, à vista da casa, a cuja entrada já diminuíra a convergência de carros e convidados. Haviam chegado e entrado, quase todos. Nica sentia-se com os nervos mais controlados, porém não disposta a descer, a entrar na casa cheia de gente. Queria voltar o mais depressa possível para o lado de Rabelo, dar-lhe a estranha notícia e apoiar-se na sua força moral.

A escuridão viera de repente. As luzes já estavam acesas. Fernando, tomando o silêncio que caíra entre eles como sinal de que a conversa terminara e que agora iam descer, abriu a porta do carro. Parecia muito calmo. Timbrava em dar a impressão de que não havia nada de extraordinário nessa conferência que ele pensava fazer.

Nica disse:

— Eu não vou descer. Vou para a casa.

— Eu também não quero ir a esta recepção — disse logo Iolanda.

Fernando, sem comentar, fechou outra vez a porta. Nica pôs o carro em movimento e tomou a direção de Copacabana, para deixar em casa a irmã e o cunhado. Passado o túnel, em vez de tomar pelas ruas de dentro, elegeu ir pela praia. Sentia necessidade do ar tônico do mar e da paz do oceano.

Não falaram, até que Fernando, sentindo o ambiente carregado contra ele, disse com um sorriso de desculpa e de apaziguamento:

— Sempre me metendo no que não é da minha conta, não é, Nica? Pois sou assim mesmo. Todo o mal do Brasil é estar cheio de gente medrosa, que não ousa dizer o que pensa e espera que outro fale primeiro. Pois, então, falo eu. Falo não é por querer, é por dever.

Nica olhou-o sem querer responder, para não brigar, para não externar tudo que sentia de rancor. O perfil ligeiramente aquilino de Fernando pareceu-lhe mais bonito do que nunca, visto assim à contraluz, enquadrado na janela do carro. Mas aquele ar de superioridade moral, de superioridade outorgada por ele mesmo, dava a Nica vontade de gritar: "Hipócrita! Hipócrita!".

— Fernando é muito teimoso — disse Iolanda, procurando ainda apaziguar os ânimos. — Eu que o diga! Mas neste ponto, Nica, ele está menos firme do que você imagina. Ele me disse que quer estudar o caso, para depois responder ao convite. Ficou de conversar com um colega logo à noite. Você acredite, Nica, que ninguém deseja mais convencer-se do que ele mesmo. Ele não pode querer mal a você nem ao Rabelo. Fernando procura o dever, mas está sofrendo com isso.

— Eu fiz mal em falar logo disso a Iolanda — continuou Fernando —, porque ela passou a noite em claro, afligindo-se, quando, afinal, é como ela está dizendo. Eu ainda não resolvi definitivamente. Um dos diretores até me disse que eles compreenderiam perfeitamente que eu não quisesse aceitar, por ser parente.

— Naturalmente — disse Nica.

— Naturalmente, não. Divirjo. Eu respondi a ele que, por esse motivo, não. Em guerras é frequente haver parentes, até irmãos, em armas um contra outro. Crenças e opiniões não se governam por parentesco.

— O parentesco vai até lhe ser útil, Fernando — respondeu Nica, com ironia, sem levantar o tom, mas sem conseguir excluir da voz o ódio que sentia. — Muita gente só irá porque você é cunhado do Rabelo.

Fernando perturbou-se.

— Pode dizer isso se quiser, mas quem me acusar de querer me aproveitar de tais motivos engana-se redondamente.

Iolanda interveio, aflita:

— Engana-se, sim, Nica. Fernando só pensa no Brasil, mas o que eu espero e creio é que, neste caso, ele acabe se convencendo de que não deve falar, porque a família também tem direitos. Se Deus quiser, e se eu puder, ele não te fará mal, nem ao Rabelo.

Fernando aparteou:

— Nica deve saber que meus princípios foram toda a vida os mesmos. Eu sempre fui intransigente. Antigamente, ela me dava razão.

A Nica estava custando, cada vez mais, vencer sua emoção, seu amargor. Viu que passavam precisamente diante da sorveteria onde ela tivera com Fernando sua explicação definitiva, seu rompimento de namorados. A vista daquele terraço, onde vira ruir seu grande sonho de mocidade, nunca deixava de lhe causar uma sensação de mal-estar.

— O que lhe posso afirmar — continuou Fernando —, e o que já disse a Iolanda, é que de nenhum modo atacarei o Rabelo. Divirjo da concessão. Nada mais. Dizem por aí que houve irregularidades na concorrência e até que seu marido acompanhou pessoalmente, no Ministério da Indústria, a redação do edital de concorrência, ditou-lhe as condições.

— É mentira — sibilou Nica.

— Mentira ou verdade, com isso não tenho, nem quero ter, nada. Só me interessam as desvantagens da concessão. Foi o que disse a um indivíduo que veio me trazer uma informação contra seu marido, aliás um caso muito antigo. Respondi: "Não quero saber disso. Se ele incorreu nessa culpa, já a resgatou com grandes serviços ao país. E este caso não tem nada com a M. e T". Foi o que respondi.

Nica não conseguiu mais conter sua indignação. Quem era Fernando para falar de Rabelo nesse tom? Ela teve um ímpeto de esbofeteá-lo. Esteve no ponto de soltar a mão direita do volante e levá-la à cara de Fernando, ali mesmo, através de Iolanda. Parou bruscamente o carro, com um guincho de freios, mas não ultimou o gesto. Não levantou a mão.

Ficou pálida e ofegante, com o carro estacionado em plena Avenida Atlântica. Afinal disse apenas, mas em tom ferino:

— Vai muita gente para ouvi-lo, Fernando, mas não se esqueça de que, se você brilhar, como deseja, será tirando proveito do nome de meu marido.

Fernando protestou, rubro de indignação.

— Você está me ofendendo, Nica. Cuidado, que não é assim que consertam as coisas.

— Nica, por favor! — suplicou Iolanda. — Não irrite Fernando. É pior.

— Não sou eu que estou irritando seu marido. Tudo isso que ele está fazendo é porque está irritado com a vida. Vive irritado, porque a vida o decepcionou. Rabelo, pelo contrário, é um vencedor. Não teme a ninguém e pode desprezar a chantagem sob qualquer forma.

A fisionomia de Fernando enchera-se de tal cólera que quase fez medo a Nica.

— Isso de chantagem não é comigo, ou é?

— Nica! Fernando! — implorou Iolanda, sem ser ouvida.

— Você é testemunha, Iolanda — disse Fernando —, que não fui eu quem pus a discussão em terreno pessoal.

Nica, subitamente, sentiu-se só. Até então Iolanda estivera incondicionalmente do seu lado e só pensara em defendê-la. Várias vezes pusera sua mão sobre a de Nica, em sinal de solidariedade. Agora, de repente, retirara-a, como se lhe retirasse também o apoio.

O insulto que Nica lançara fora pesado demais. A palavra chantagem não era para ser dita assim, alto e bom som, em presença de Iolanda. Nica arrependera-se logo, não por mudar de ideia, mas pensando em Iolanda e, mais ainda, em Fernandinho. Só o pensamento do menino a levou a retirar a injúria. Disse, fechando os olhos:

— Não é com você, não, Fernando. Eu não faço esse juízo de você.

Sentiu a mão de Iolanda pousar outra vez sobre a dela, como a lhe agradecer o esforço que fizera.

Pôs de novo o carro em movimento. O rancor que tinha no coração contra Fernando parecia ferver com força redobrada, depois das palavras de paz que ela se obrigara a pronunciar. Seguiram em silêncio absoluto até a porta do prédio em que moravam Iolanda e Fernando. Trocaram-se então "boas-noites" lacônicos, e o casal desceu e entrou em casa. Nica levantou os olhos para a janela do quarto de Fernandinho. Estava acesa. Normalmente, por mais atrasada que ela estivesse, não deixaria de descer do carro. Não chegaria assim até a porta, sem ir, pelo menos um instante, ver o afilhado, ouvir seu grito alegre "madrinha está aí" e levar para casa a lembrança do sorriso que sempre iluminava seu rostinho infantil à vista da tia amada.

IX

Nica encontrou o Rabelo em casa. Já estava à sua mesa de trabalho, na grande sala que chamavam de biblioteca. Logo que ela abriu a porta, ele levantou a cabeça do papel que estava estudando e perguntou com interesse:

— Então é verdade ou não?

Ela começou logo a falar muito rapidamente, com voz trêmula de emoção, contando o que se passara, a conversa que tivera no automóvel. Contava tudo, quase palavra por palavra, e entremeava a relação com comentários pessoais, indignados.

— Coitada de Iolanda, casada com um crápula desses! E convencida de que ele é um homem de bem, que é o maior homem de bem no mundo inteiro.

Rabelo ouviu calado. Quis escutar até o fim, antes de dar opinião. Largou o trabalho, encostou-se na cadeira, e ouviu sem comentário, mas sem tirar os olhos da esposa. Quando ela acabou, disse:

— Isto é capaz de trazer-nos grandes aborrecimentos e muita luta pela frente. A simples demora já está me prestando um desserviço, e isso agora não podia vir em pior momento. Se houver má vontade do alto, acharão meio de encontrar alguma falha no contrato, um pretexto qualquer para anulá-lo.

Nica sentou-se no braço da cadeira e pôs seu braço em volta dos ombros do marido. Agora, vendo-lhe a fisionomia preocupada, mas segura, vendo como ele reagia sem alarde, sem quase um movimento, contra o golpe, sentiu tanto admiração quanto pena pelo muito que o marido já lutara e o muito que teria ainda que lutar.

Chegara quase desnorteada, tremendo de raiva e de ansiedade. Agora no ambiente de casa, vendo e ouvindo o marido, a cena do automóvel distanciou-se, enquanto àquela confusão, àquela irritação, provocada pela odiosidade de Fernando, sucedia um sentimento no qual entrava confiança. Rabelo tomava o primeiro plano na sua preocupação. Apagava-se, aos poucos, a imagem do cunhado, a lembrança daquela voz de falsa superioridade, daquele perfil bonito que lhe concentrara o rancor quando ela o vira, de relance, no momento mais odioso, destacando-se contra a janela do automóvel. Rabelo, mesmo sem animá-la com palavras, transmitia-lhe confiança, como se ela soubesse e não pudesse duvidar de que do seu lado estava sempre a vitória.

Mas era apenas um princípio de confiança. Nica estava longe de se sentir segura. Precisava esclarecer vários pontos. Perguntou ansiosamente:

— Há alguma coisa que possa prejudicar você nessa história, que eu não sei se é verdade, de você ter acompanhado a redação do edital de concorrência?

— Não. Em boa-fé, não há nada que possa me prejudicar. Fiz algumas sugestões técnicas, porque precisaram do meu auxílio. Precisaram porque não havia precedente no Brasil de um edital para um empreendimento desse vulto nem ninguém com a minha experiência para dar esclarecimentos. O pessoal do Ministério da Indústria precisou elucidar alguns pontos. Eu ajudei, mas ninguém pode me acusar por isso, nem tampouco o governo. Não lucrei nada com isso. Aliás, não existe nenhum documento que me possa comprometer. Foi tudo verbal.

Nica disse:

— Se a gente pudesse ainda dar um jeito para ele não fazer esse discurso.

— Isso é sonho, minha filha. Sejamos práticos. Um rapaz dessa ambição não vai atirar fora uma oportunidade dessas, criada por ele mesmo. O discurso se fará, e é provável que Fernando se saia tão bem quanto se saiu da primeira vez. E com um auditório trinta vezes maior. A questão para mim é saber se a repercussão do discurso pode ser bastante grande para atrapalhar a concessão. Um negócio como esse, por mais adiantado que pareça, é sempre incerto enquanto não estiver irrevogável, isto é, garantido pela lei.

— O ministro de Finanças é tão seu amigo.

— Isso não quer dizer nada. É mais amigo dele mesmo. Esses políticos precisam seguir a corrente. Cada um por si. Eu não posso me queixar. Não tenho a consciência tão livre.

Lembrando-se do que dissera Fernando, e de como ela quase o esbofeteara, Nica não gostou de ouvir Rabelo falar assim. Protestou:

— Não fale assim, Rabelo. Você foi sempre um homem honesto.

— Fui, relativamente. Mas não fui no sentido em que hoje entendo honestidade.

Calou um momento e voltou depois a falar na M. e T.

— Mas esse meu plano há de se realizar um dia, mesmo que não seja por mim. Está escrito no futuro do Brasil. Se não for comigo, será com outro, mas a solução do problema não pode ser outra. Será exatamente nas linhas que eu tracei.

Ele falava pausadamente, com segurança. Nica sentia mais confiança ainda nele e vontade de lutar também, ao lado do marido, até a vitória final.

— Não será com outro, não — disse ela. — Será com você mesmo.

— Quando eu era mais moço — continuou Rabelo —, não me incomodava com atrasos, porque podia esperar. Eles vinham sempre... atrasos, dificuldades, empecilhos. Eu dizia: "Se eu não fizer agora, faço mais tarde. Não desisto". Sempre tive muita paciência. Mas agora, na idade a que cheguei, não posso mais contar com o tempo. É um fator de menos que eu tenho do meu lado. Se isso não se fizer agora, não poderei mais fazer, e eu sempre disse que a instalação da metalúrgica no Brasil seria o último esforço de minha carreira.

Nica teve uma súbita ansiedade pela saúde dele. Observou que tinha olheiras e linhas de cansaço no rosto, em volta da boca.

— Você tem sentido alguma coisa ultimamente? — perguntou. — Há seis meses, pelo menos, você não vê médico. Quem sabe se a pressão não subiu?

— Não, estou bem. Não tenho nada, mas tenho idade. Não posso mais adiar minhas realizações. Quando a gente vê que já está velho, apressa-se para acabar o serviço antes da noite. Se eu tiver vida e saúde, tenho certeza de chegar aonde pretendo, certeza relativa, naturalmente, porque nada é certo nesta vida. De projetos, bem encaminhados, quase concluídos, e depois fracassados, a minha vida, e a de todo homem de negócios, está cheia. Por isso mesmo, quanto maior o negócio, e quanto mais perto do fim, maior é a emoção.

Calou outra vez. Nica calou também. Seria inútil negar que estivesse velho. Quando casou, Rabelo lhe parecia ter ainda a mesma idade, o mesmo aspecto que tivera sempre para ela, desde o tempo em que ela era colegial do primeiro ano. Olhava-o com respeito desde então, como ainda hoje, como ainda neste momento, mas menos pela idade do que por aquele passado tão cheio de lutas e realizações que criava uma distância entre eles, que pertencia só a ele, aquele passado de que ela se orgulhava, mas em que não tinha parte nenhuma e não podia conhecer senão pelo que ouvia dizer ou imaginava.

Sentada no braço da cadeira, encostou o rosto no do marido, com uma ternura que mais parecia filial, dizendo:

— Eu nunca achei você velho. Não gosto quando os outros acham. Você vai lutar, agora, vai gostar dessa luta, vai achar bom, como sempre achou, e vai vencer, como sempre venceu. Vai fazer Fernando se esborrachar desse galho verde onde ele está se balançando hoje. Toda aquela farofa vai barato. Ele não é homem para se medir com você, Rabelo. Não tem sua fibra... Nem a minha. Eu até pareço filha sua. Também gosto de lutar.

Animada com esses pensamentos, levantou-se e começou a andar pela sala. Rabelo olhou para ela e disse:

— Escuta. — Seu pensamento tomou outro rumo que ela não esperava. — Quando a gente chega à minha idade — continuou ele —, vê que na vida tudo é mais ou menos repetição. A minha carreira foi uma sucessão de lutas, mais ou menos parecidas com esta que você está vendo agora. Inimigos, traições, obstáculos e, em geral, no fim, remédios para tudo. Mas, desta vez, há para mim um elemento novo, que é você. Primeiro eu trabalhei para minha independência. Criei-me na pobreza. Não tinha nada. Depois trabalhei para meu nome e, ao mesmo tempo, para o Brasil. Agora é para você que estou trabalhando. Tenho com você um compromisso grave que preciso cumprir.

— Compromisso comigo? Qual é?

— Um velho que casa com uma menina, sobretudo quando encontra uma esposa como você tem sido para mim nestes anos, tem para com ela uma dívida sagrada. Quando nos casamos, tomei comigo mesmo o compromisso de dar a você, pelo menos, tudo que o dinheiro pudesse comprar. Até hoje você teve, mas não é com o que lhe dei até hoje que eu julgaria ter pago esta dívida. Quero deixar você garantida, e agora tudo está dependendo dessa concessão para se organizar a M. e T.

— Não fale assim, Rabelo. Eu fico triste. Não é só dinheiro que vale neste mundo. Você me deu seu nome, que eu sempre usarei com orgulho, e, nestes oito anos, você nunca falhou em nada. Foi tudo para mim: marido, amigo, conselheiro, pai.

Ele repetiu com melancolia a última palavra, "Pai", cuja tristeza escapara a Nica. Ela a pronunciara com efusão, com reconhecimento, como as outras.

Rabelo tirou do bolso um charuto. Quando ia acendê-lo, caiu-lhe da mão a caixinha de fósforos. Ao abaixar-se para apanhá-la, tivera um suspiro quase imperceptível. Nica notou que até esse pequeno esforço, de recobrar um objeto no chão, já lhe custava, já era para ele um esforço. Ela sentiu outra vez apreensão pela saúde do marido. Fizera um movimento rápido para apanhar, ela, os fósforos, mas Rabelo já se reerguera com a caixa na mão, já se preparava para riscar um fósforo. Nica compreendeu que o marido já chegara à idade em que ela precisava servi-lo quase como uma filha.

— Meu principal interesse nessa concessão é que, depois de minha morte, você fique com sua fortuna garantida, tanto quanto isso pode ser nos dias de hoje. Nós andamos juntos um bocado na vida, mas não somos da mesma geração. Seu caminho continua, o meu está acabando. E o único meio que me resta de continuar a seu lado é garantindo-lhe, sem condições, a continuação de tudo isso em que você encontrou prazer.

Nica vexou-se de reconhecer, no fundo de si mesma, um grande apego à vida de conforto e ostentação que levara desde seu casamento. Olhou em torno da grande sala, que era nominalmente de Rabelo, mas cujo gosto e cuja inspiração eram unicamente dela, e que era uma das mais bonitas da casa, com uma parede toda forrada de ricas estantes, cheias de livros suntuosamente encadernados. Olhou a si mesma num pequeno espelho antigo, cuja moldura era como uma renda de ouro, e para as joias que usava, guarnecendo o simples vestido de que só entendidos saberiam calcular o preço. Sentiu o aroma do perfume de seu uso, que passava por ser o mais caro do mundo.

Nica sentiu de repente uma repugnância, um cansaço de tudo isso, como se essa casa que, nos menores detalhes, desde a escolha da decoração e dos arranjos, lhe deu tanto prazer montar, governar, conservar, enfeitar, se tornasse subitamente velha, como, passada a novidade, deviam parecer a Fernandinho os brinquedos que mais amara e que agora só lhe causavam tédio.

Voltou-se outra vez para o marido:

— Eu dei valor demais a tudo isso, e hoje que a tendência do mundo é toda contra o luxo excessivo de alguns você não deveria ter essa preocupação comigo.

Rabelo disse:

— Enquanto o mundo for mundo e existir o amor, as mulheres amadas terão o luxo e as fantasias que quiserem e que os homens lhes puderem dar. O mais não passa de teoria bonita.

Depois pediu:

— Sente outra vez, Nica. Não fique assim esvoaçando pelo quarto.

Ela obedeceu, mas não voltou para o braço da cadeira. Sentou-se do outro lado da mesa e da sala. Tinha a fisionomia preocupada, pensando em quanto gastara só para si, só para seu prazer.

Rabelo continuou:

— Eu não pus nenhum dinheiro de lado. Fiz mal. Devia ter pensado no seu futuro, mas em vez disso só procurei a satisfação de lhe dar tudo que você quisesse, para gozar do seu prazer. Aliás, o dinheiro sempre me escorreu entre os dedos.

Ela murmurou:

— Entre os meus também!

— Arrisquei tudo nesta Companhia. Toda a vida fiz assim. Em todos os negócios em que me meti, arrisquei tudo, até a pele. Mas antigamente eu tinha esse direito. Era sozinho. Agora não podia mais. Quem faz isso a vida inteira deve esperar o dia em que perde a partida. Continuei a contar com minha sorte. Ainda não foram postas à venda as ações da M. e T. Ainda não entrou um vintém de capital, e tudo que é meu já está comprometido nela. Os estudos técnicos foram feitos só com a minha garantia pessoal.

Ela interrogou-o com grandes olhos assustados:

— E se não se fizer...?

— Vai-se fazer. Não tenho receio. Eu conheço o meu terreno. Estamos quase no fim, mas se não se fizesse...

— Seria a ruína?

— Sim, a ruína, a falência...

Falência!... Que palavra horrível! Nica já a ouvira muitas vezes, mas nunca tomara, antes, contato com ela. Sobretudo, nunca imaginara essa palavra aplicada a Rabelo.

— Falência? Perderíamos até esta casa?

— A falência significaria a perda de tudo, minha filha. Tenho compromissos muito acima de todas as minhas posses juntas. Teríamos que entregar não só a casa, mas tudo que está dentro dela, isto é, tudo que você não queira sonegar aos credores.

— Eu não sonego nada! Posso trabalhar. Não tenho medo do trabalho e estou pronta para deixar tudo isso se for preciso. Não fiquei escrava desta vida que levo.

Sentiu-se mais livre depois dessa afirmação, afiada para qualquer luta. Era verdade que não tinha medo do trabalho, e o resto também era verdade. Viu que não lhe custaria deixar soçobrar essa riqueza supérflua e trocar seu papel de mulher parasita, ociosa, por outro, em que seria uma mulher de trabalho.

Essa reação foi tão fácil que a surpreendera, a ela própria. Não hesitara. Não fraqueara um só instante. Surpreendera também ao marido. Rabelo levantou-se e foi a ela, com passo elástico, como se houvesse rejuvenescido dez anos, com os olhos a brilharem como se não conhecessem cansaço, com a fala mais rápida e mais vibrante.

— Se você pensa assim, venceremos! — disse, tomando-a nos braços. — Venceríamos de todo modo, mas o desapego é sempre um bom elemento de luta. Muitos homens têm sido derrotados só porque não puderam suportar o pensamento de perder.

— Venceremos — concordou Nica.

X

Nica foi depois ao telefone, para falar com Álvaro, contar-lhe tudo. Sabia que o pai ia ficar empolgado e revoltado, tanto quanto ela mesma e tanto quanto o Rabelo. Álvaro era, depois do marido, seu melhor confidente. Ele continuava acompanhando as filhas, tomando parte nos seus aborrecimentos ou seus prazeres, como se fosse tudo com ele. Qualquer dificuldade maior na vida de uma delas, um problema, ou um susto, às vezes imaginário, pela saúde delas ou dos netos, bastavam para fazer Álvaro passar uma noite em claro.

Para esse caso, que Nica começara a lhe narrar, a comunicação telefônica lhe pareceu logo insuficiente.

— Vou já para aí — disse.

— Então, venha. Íamos jantar agora, mas então esperamos.

— Não. Eu já jantei. Não esperem, não. Mas vou já.

Chegou logo, com efeito, e conversaram até tarde. A indignação de Álvaro contra Fernando crescia a cada pormenor. Era comparável à da própria Nica. De vez em quando, repetia:

— Ele está mostrando que tem o pior dos defeitos, a meu ver, a deslealdade.

Nica concordava e apontava outros defeitos de Fernando. A conversa não arrefecia. Só o adiantado da hora, muito depois de Rabelo ter subido para deitar-se, interrompeu-os, afinal.

Naquela noite, Nica teve que tomar calmante para poder dormir. Assim mesmo o sono foi intermitente e cheio de sonhos em torno da conferência de Fernando, da sala repleta, da confusão geral, da sua própria preocupação.

No sonho, Nica via Fernando à tribuna, percebia claramente as frases retumbantes que pronunciava. Ao acordar, não se lembrava mais das palavras, mas continuava a ver, como se tivessem realidade, a figura e os gestos do cunhado, discursando, e seu olhar cruzando-se com o dela. Depois de uma dessas frases, a que ela não podia dar palavras precisas, mas que impressionavam o auditório, ele passava a mão sobre os cabelos luzidios e lançava para a assistência um olhar dominador.

No dia seguinte, à noite, Nica soube por Iolanda que Fernando aceitara definitivamente fazer a conferência, e que já se fixara o dia. Iolanda confessara que não conseguira demover o marido. Estava desolada, mas repetia com insistência que Fernando não atacaria a reputação de Rabelo, pelo contrário.

Depois dessa conversa dolorosa, as duas pouco se comunicaram pelo telefone. E Nica não pôde sair mais com Fernandinho, porque o menino caiu doente com um resfriado febril. Ela não o foi ver. Mandou-lhe uns brinquedos para o distrair.

Ficaram sem notícia até o outro dia, à noite. Ia saindo para o teatro. Era a estreia da companhia francesa, e ela tinha convidados no seu camarote. Ia só, porque o Rabelo se recolhera naquela tarde ao quarto, indisposto, com um resfriado de garganta. Nica estava se despedindo dele quando foi chamada ao telefone.

Atendeu dali mesmo e ouviu a voz assustada de Iolanda.

— Nica! Fernandinho está muito mal. Venha já, já.

Nica, de susto, quase deixou cair o fone. Teve que segurá-lo com as duas mãos.

— Mas que é que ele tem, Iolanda?

Não ouviu mais nada da parte de Iolanda, senão um murmúrio convulso e ininteligível.

— Iolanda, fale! Que é que ele tem? Como foi?

Pensou que houvesse sido algum acidente. Lembrou-se do elevador. Iolanda, porém, não conseguia falar. Fernando tomou-lhe o lugar. Parecia nervoso também, mas pelo menos falava de um modo perfeitamente claro.

— É uma sufocação. Parece ser do coração. É uma coisa horrível.

— O médico já esteve?

— Não. Não conseguimos localizar o Silva Nunes. Deixamos recado em casa dele. Eu agora fui procurar outro médico nesta rua, mas também não estava.

— Fernandinho tem febre?

— Pouca. A mesma que ontem, do resfriado, mas agora está quase sem voz, de tão rouco.

Nica lembrou-se logo de uma frase que lera sobre crupe, num dos livros de medicina infantil que estudara, e que dizia textualmente: "A perda de voz, com rouquidão súbita, em criança pequena, mesmo sem febre, pode ser sintoma grave. Chamar logo o médico". Perguntou:

— Como está a garganta dele? Tem placas brancas?

— Não, não tem. Está só um pouco vermelha. Eu vou sair agora para procurar outro médico na vizinhança.

— Não. Não saia, não, Fernando. Fique com Iolanda. Eu levarei um médico aí dentro de quinze minutos.

Desligou. Estava pálida debaixo da maquilagem. Disse a Rabelo:

— Fernandinho está com crupe.

Lera o artigo referente à difteria com mais cuidado que qualquer outro. Lembrava-se também que as placas ficam às vezes invisíveis, abaixo da garganta.

Precisava tomar conta do caso. Agir. Nem Álvaro nem Cristina estavam no Rio. Com João Mário, marido de Cristina, acabavam de partir para passar o fim de semana com uns amigos em Itaipava.

Nica procurou no catálogo o nome de um especialista em garganta de que ouvira falar como de uma celebridade, aliás jovem ainda, Dr. Sérgio Coimbra. De casa dele responderam que ele acabava de sair para o teatro francês.

Lembrou-se, então, de discar para uma de suas amigas, que ia também ao teatro. Se esta já tivesse saído de casa, tinha outra no pensamento. Preferia, porém, esta, porque conhecia o médico. Teve sorte e encontrou-a.

— Ilda! Venho lhe pedir um grande favor. Você, chegando ao teatro, vá logo a meu camarote e peça desculpas por mim a meus convidados, o embaixador de Portugal, com a senhora e o secretário. Explique a eles que Rabelo se resfriou hoje e está preso no quarto, e que eu, na hora de sair de casa, tive notícia de que o Fernandinho estava doente, muito mal. Vou para lá.

— Muito mal? — repetiu a outra, consternada. — Fernandinho? De quê?

— Acho que é crupe — respondeu Nica.

A fim de poder dominar a emoção, falava cada vez mais depressa.

— Mas, mesmo antes de ir ao meu camarote — continuou ela —, você, por favor, procure na plateia o Dr. Sérgio Coimbra. Diga-lhe que precisamos dele com urgência para um caso de crupe e que meu carro vai buscá-lo no teatro. É melhor você mesma mostrar-lhe qual é o carro. Vou mandar o Daniel e dizer-lhe que espere à porta.

— Eu vou já — respondeu a amiga.

Nica continuou, apressada:

— Peça a ele, e isto é o mais importante, que arranje o sérum antidiftérico, para trazer logo. Depois você me telefone, do teatro mesmo, para a casa de Iolanda, para me dizer se ele vem ou não. Se ele não estiver no teatro, você me avise também, para eu chamar outro. Estou saindo neste instante. Deus lhe pague, Ilda.

Desligou. Correu para o quarto e, num minuto, com o auxílio de Louise, trocou o vestido de noite por um de dia.

Voltou para despedir-se de Rabelo.

— Não me espere — disse. — Provavelmente passo a noite lá.

Pouco antes, talvez quinze minutos antes, Nica havia dito ao marido que não iria mais à casa de Iolanda, para não encontrar Fernando. O sorriso afetuoso de Rabelo lembrou-lhe essas palavras, tão depressa desmentidas.

Mário, o copeiro, veio dizer que o táxi, que ela mandara chamar, já estava ali.

Despediu-se apressadamente do marido. Disse-lhe obrigada com carinho e sem explicar por quê. Durante todo esse período de providências e telefonemas, no meio de sua ansiedade, Nica sentira o conforto moral que lhe vinha do olhar do marido, acompanhando-a, como sempre a acompanhara, desde pequena, em qualquer momento difícil — esse olhar inteligente e bom que a compreendia sem necessidade de palavras.

XI

Fernando abriu a porta para Nica, antes que ela tivesse tempo de tocar a campainha. Ouvira o elevador. Simultaneamente, perguntara ele: "Não achou médico?", e ela: "Como está ele agora?".

— Pessimamente. Essa sufocação é horrível. Venha ver. E o médico?

— Já vem. Está em caminho. E vai trazer logo os remédios.

Entraram juntos no quarto de Fernandinho. O olhar do menino acolheu a chegada de Nica como uma nova fonte de conforto. Não sorriu. Sofria demais para sorrir, mas levantou a mãozinha, fazendo um esboço da continência militar que era sua saudação preferida. O ruído de sua respiração difícil enchia o quarto.

Iolanda estava imóvel numa cadeirinha sem braços, longe da cama do filho, mas olhando para ele. Não fez um movimento à entrada de Nica. Olhou apenas para a irmã com expressão que dizia: "Veja o que você pode fazer".

Ouviu-se o toque do telefone, e Nica correu a atender. Era Ilda para dizer que o médico já deixara o teatro e que levaria a injeção que ela pedira.

Nica pôs-se em atividade. Procurou o que fazer. Não era como Iolanda, a quem a emoção e o susto imobilizavam. Foi ao armário de remédios, procurou a seringa, a agulha, achou o álcool e pôs tudo a ferver para que, à chegada do médico, o tratamento não sofresse demora nenhuma. Ouvia sempre aquele ruído de garganta, da criança que não conseguia respirar. Murmurava de vez em quando uma prece aflita e curta.

Depois que preparara tudo, lembrou-se de reler o artigo sobre difteria no livro de medicina infantil dado por ela mesma a Iolanda, quando Fernandinho tinha meses, no qual ambas se instruíram, por causa dele. Foi procurar o livro na estante, numa salinha minúscula que servia de escritório. A cama de Maria Iolanda havia sido levada para ali, a fim de separá-la do irmão. A menina dormia profundamente. Sobre a secretária, Nica viu a máquina de escrever, com uma página principiada. Ao ligar a lâmpada, à procura do livro, ela percebeu o assunto de que tratava essa página. Era parte da conferência que Fernando preparava. Nica teve um sobressalto. Aproximou-se. Sem retirar a folha da máquina, leu o que estava escrito:

"O Sr. Nestor Rabelo tem muitos defensores. Sua publicidade já foi feita e seus argumentos formulados pelo melhor talento do Brasil. Eu não me alisto no número destes defensores e passo a explicar por quê.

"Sou brasileiro, não sou pretendente nem candidato a coisa alguma. Aliás, sou um homem que nunca pediu nada para si, e muito pouco para os outros."

Isso que lia não parecia a Nica pertencer em nada àquele momento que ela estava ansiosamente vivendo, pensando em Fernandinho, com os ouvidos esperando o sinal da chegada do médico, o som do elevador parando no andar. Mas as duas fortes emoções combinadas, a indignação contra Fernando, que lhe punha de novo o sangue a ferver, e a apreensão por Fernandinho, que já a premia, desde a primeira notícia, como uma garra no estômago, causaram-lhe um mal-estar tão violento que ela precisou sentar-se. Enquanto lera essas palavras contra seu marido, que Fernando estivera compondo com cuidado para depois gritá-las a quem ouvisse, não cessara de escutar o ruído da garganta de Fernandinho enchendo o apartamento, chegando a ela, apesar da porta fechada, por vezes recrudescendo, e por outras parando inteiramente, sem que ela pudesse saber se isso era sinal de que a doença estava cedendo ou se, pelo contrário, estava vencendo a vidazinha preciosa do menino. Quando silenciava, Nica tremia com medo de ouvir um grito de Iolanda.

Ao seu lado, Maria Iolanda dormia angelicamente na caminha que, com a mesa de escrever, enchia totalmente o pequenino cômodo, impedindo a passagem. Aos poucos o ódio que dera vontade a Nica de sair dali para enfrentar Fernando acalmou-se, enquanto a preocupação por Fernandinho continuava a mesma. Este era o caso urgente. A conferência que o cunhado projetava pertencia a uma hora que passara ou que não chegara ainda. Aquelas palavras, lidas por ela num instante, aquele trabalho miserável, escrito por ele antes da sombra daquela doença cair no seu lar, estavam agora tão longe do pensamento de Fernando quanto do dela.

Lembrou-se do livro de pediatria que viera procurar. Tirou-o da estante e pôs-se logo a ler, absorvidamente, o artigo sobre crupe, reconhecendo muito do que já lera ali mesmo.

Cada sintoma que parecia descrever o estado atual de Fernandinho trazia-lhe, acentuado pelo ruído vindo da garganta do menino, como uma opressão física. Deparou de repente com estas palavras no livro: "A morte por sufocação pode ocorrer a qualquer momento". Um pânico veio-lhe diante dessa terrível e misteriosa palavrinha, "morte", que ela não esperava encontrar, e que nem queria considerar, aplicada a uma criança estremecida. Um horror invadiu-a, tão forte que ela teve que deixar logo o livro. Fechou-o e colocou-o no lugar. Tinha as palmas das mãos úmidas de suor. Apagou a lâmpada. Ia saindo. Depois, lembrando-se de que Fernando ou Iolanda poderiam também ter ideia de consultar aquele livro, atirou-o para o fundo da estante, atrás dos outros, bem escondido. Antes de sair, repousou um momento os olhos no sono tranquilo e gracioso, na vidazinha não ameaçada de Maria Iolanda.

Voltou para o lado de Fernandinho. Ele gostou de vê-la de novo. Fez-lhe sinal que não saísse mais, que se sentasse, que ficasse ali como estavam os pais. Nica obedeceu. O menino, sentadinho, agarrando com força, com as duas mãos, a grade de sua caminha, lutava, sofria. Mas tinha o olhar calmo. Nica disse-lhe umas palavras de ânimo, falou-lhe em presentes, em passeios. Prometeu-lhe a cura e o alívio, logo que o médico chegasse.

Surpreendeu-se de poder falar assim, com a voz natural, quase alegre, fazer-lhe promessas pueris e evocar quadros de brinquedos. Sentia que fazia bem a Fernandinho, que lhe fazia esquecer um pouco o sofrimento.

Iolanda continuava no seu canto, incapaz de fazer nada, nem de levantar-se da cadeira, nem sequer de falar. Ela e Fernandinho estavam com a mesma palidez morena, as mesmas olheiras escuras. Os olhos dela não viam. Só temiam. Apertava as mãos uma contra a outra. Nica já lhe vira uma vez essa expressão e essa imobilidade apreensiva. Toda a atitude de Iolanda lembrou-lhe aquela tarde distante em que Fernando estava num barco, na baía, em pleno temporal, e elas, as duas meninas, esperando notícias. Iolanda tinha a mesma expressão, alheia, a mesma incapacidade de falar ou de se mexer daquele dia. Mas os anos que passaram de entremeio estavam bem marcados no seu rosto, sobretudo nas duas pregas ao lado da boca. Fernando também pareceu a Nica envelhecido, abatido, mais velho do que a idade.

Enfim chegou o médico. A campainha da entrada ressoou como uma salvação. Nica e Fernando ergueram-se no mesmo instante e foram, juntos, receber o Dr. Coimbra.

Não o conheciam, nem um, nem outro. Era um homem moço ainda, espadaúdo, os cabelos negros, bem assentados a cola. Vestia smoking. Logo à porta, o ruído da respiração do menino chegou-lhe aos ouvidos. Interrompeu os cumprimentos para escutar atento, mostrando a preocupação profissional.

Acompanhou-os ao quarto do doente, e Fernandinho mostrou-lhe submissamente a garganta.

— Não há placas visíveis — disse o médico. — Devem estar mais fundas, mas os sintomas são mais que suficientes. Não é preciso análise. Não há tempo. Vou aplicar o soro imediatamente.

Abriu a caixinha da ampola.

— Está tudo fervido? Muito bem — aprovou quando Nica lhe trouxe os apetrechos esterilizados. Fernandinho submeteu-se ao tratamento com resignação angélica. Depois de aplicar a injeção, o médico voltou-se para Fernando: — Dei a dose mais alta que já apliquei para sua idade. Agora é só esperar.

Iolanda continuava como uma estátua, esquecida no seu canto. Nem à entrada do Dr. Coimbra ela se movera, não o cumprimentara sequer. Ele também não pareceu notar sua presença silenciosa. Dirigia-se sempre a Nica ou a Fernando.

Mas os olhos de Iolanda, imensos e fundos, acompanhavam-lhe os movimentos, tratando do menino.

— Agora — repetiu o Dr. Coimbra — é somente esperar o efeito. Não será imediato.

Esperaram, então. Não havia nada mais que fazer. Esperaram aflitos, olhando a cada instante para o doentinho, Iolanda no seu canto, Fernando andando de cá para lá, Nica procurando servir o médico, e o Dr. Coimbra atento aos sintomas do mal. Uma hora passou, e Fernandinho continuava no mesmo. Havia momentos em que o sofrimento se intensificava, em que a respiração parecia cessar, como se não houvesse mais passagem na garganta, nem para o fiozinho de ar que ele ainda conseguia absorver. Fernandinho então se agarrava à grade da cama, puxava os cabelos.

O médico procurava tranquilizar a família. De vez em quando, à medida que o tempo passava e que o menino não cessava de sofrer, repetia-lhes: "Está em boas condições. O coração está bom!".

A Fernandinho, dizia: "Você é um menino forte. Você mesmo é que vai me ajudar, para ficar bom mais depressa".

Onze horas... "Já é muito ele não piorar", disse o médico. "Talvez seja por efeito do soro."

Estava visivelmente com sono, as pálpebras pesavam-lhe, mas não pensava em retirar-se. Sua observação, à medida que as horas passavam, não relaxava. Tomava o pulso amiúde, nos momentos de maior sofrimento. Pela meia-noite, aplicou injeções tônicas, para o coração. Daniel, o chofer, que esperava na cozinha, teve que sair duas vezes em busca de medicamentos. Voltava com uma rapidez mágica, tendo logo descoberto que farmácia estava de plantão. Era quase uma pessoa da família. Adorava Fernandinho, que lhe tinha, por seu lado, respeito e amizade. Quando o Daniel, na pontinha dos pés, chegou à porta do quarto, Fernandinho saudou-o, com o olhar amigo e a continência militar, como saudara a Nica.

Fernando não sentara uma só vez. Andava de um lado para outro, comendo em poucos passos o espaço todo do pequeno apartamento. Passava do quarto para a sala, e dali para o terraço, e voltava. Acendia de vez em quando um cigarro, mas, chegando ao quarto do menino, atirava-o fora. Quando se dirigia ao filho, sua voz e sua expressão se adoçavam como Nica nunca as vira. A semelhança entre pai e filho pareceu a Nica maior que nunca. Já vira o rosto de Fernandinho, quando próximo a desatar em choro, tomar exatamente o jeito que estava agora no rosto de Fernando, inclinado sobre a caminha do filho. Nica desviou o olhar, emocionada.

O Dr. Coimbra sentara-se na sala folheando uma revista. À uma hora, o Rabelo telefonou para saber notícias. Depois Nica foi à cozinha fazer café, forte, que ela, Fernando e o médico tomaram, mas Iolanda recusou. Levou também café para Daniel, no carro. Daniel a princípio aguardara ordens na cozinha do apartamento, mas acabou descendo. Disse a Nica: "Não posso mais ficar aqui, ouvindo o menino sofrer assim".

Nica lhe aconselhara que se acomodasse no carro para dormir, porque tanto ela como o médico ficariam provavelmente ali toda a noite.

O ruído da garganta modificou-se ligeiramente, próximo das duas horas. Fez-se então como o de um fole. O médico disse que parecia bom sinal, que talvez a membrana obstruidora já se estivesse soltando. Iolanda, do canto onde ficara, levantou a cabeça às palavras "bom sinal".

Fernando andava sempre. Seus cigarros haviam acabado, e ele estava nervosamente sentindo falta deles. Depois de o ver abrir uma ou duas vezes a caixa, que já esvaziara, Nica desceu silenciosamente para ver se o Daniel tinha alguns. Tinha, sim, um maço quase inteiro, de uma marca passável. Ela voltou com eles e entregou-os a Fernando. A ansiedade compartilhada criara uma trégua no rancor que ela lhe tinha.

Ouviam bater todas as horas num relógio qualquer, de fora, fracas, mas distintas. Duas. Três. Depois de baterem quatro horas, Nica, indo respirar um instante no terraço, viu as primeiras tintas rubras da manhã. Encontrou Fernando lá. Disse-lhe:

— Ele fica bom. Confie em Deus.

A esperança que ela tinha nem por um instante se abatera. Sabia que Fernandinho não ia morrer.

Viu pela expressão de Fernando que suas palavras lhe deram ânimo. E a ambos, a ela também, o ar restaurador da madrugada no terraço auxiliava a criar confiança.

Já antes, no correr dessas horas de aflição, Nica procurara transmitir aos pais de Fernandinho sua confiança na cura. Duas os três vezes aproximara-se de Iolanda, sempre imóvel, na cadeira, com os olhos no filho. Nica dissera-lhe: "Ele vai ficar bom. Reze!". E Iolanda respondia: "Sim". Mas ainda não acreditava.

Voltaram do terraço, os dois. Fernando disse:

— Não sei como agradecer sua dedicação a meu filho, Nica.

Agora o ruído que vinha da garganta de Fernandinho havia aumentado muito, como o de um fole fortíssimo, desproporcionado àquele corpinho infantil, encolhido ainda mais pelo sofrimento. Acabavam, Nica e Fernando, de entrar no quarto, quando o menino teve uma explosão de tosse e expeliu fragmentos das peles diftéricas, que lhe fechavam a garganta. Um desses pedaços, branco e grosso como couro, atingiu Nica no rosto. O médico teve uma exclamação de alegria. Iolanda pôs-se de pé num salto e chegou-se ao filho.

Pouco a pouco, Fernandinho voltava a respirar normalmente, inaudivelmente. Dr. Coimbra então disse:

— Ótimo! Veio a reação.

Um quarto de hora depois, a respiração já se tornara mais livre. Fernandinho sorriu e falou pela primeira vez.

— Me dê um caramelo, papai.

Seu olhar, de novo brejeiro, fixara-se num pacote de doces sobre a prateleira de brinquedos. Aos poucos, o fio de sua pequena existência retomava seu curso normal. Fernandinho, cansado, mas tranquilo, sorria para os rostos transfigurados dos pais e da tia que, como diante de um milagre, contemplavam, com sorrisos trêmulos, essa cura de que ele mesmo quase não tinha consciência.

Nica percebeu, vindo do arvoredo da rua, o primeiro gorjeio de passarinho. Era como um canto de ação de graças.

O pai, já com os caramelos na mão, consultava o médico.

— Posso dar?

— Pode, sim. A dificuldade era só no engolir.

Nica perguntou se não seria bom dar a Fernandinho uma xícara de leite morno. O médico concordou. Iolanda, que se pusera novamente em movimento, passado o perigo, quis ir esquentar ela mesma o leite para o filho.

Fernando voltou-se para Nica:

— Chegue aqui um momento. Entre aqui.

Abriu a porta do pequeno escritório, e entraram ambos. Já a claridade nascente permitia distinguir bem os móveis. Fernando dirigiu-se à máquina e retirou a folha que Nica já havia lido. Juntou-a com um maço de outras, que estavam em uma pasta sobre a mesa.

— Isto — disse Fernando — é a conferência que eu pretendia fazer na Sociedade de Cultura. Ainda não está terminada. Quero dizer a você que não farei mais essa conferência.

Rasgou as folhas, primeiro em dois, depois em quatro, e atirou-as na cesta.

Nica sentiu, a princípio, só incredulidade, como se isso não pudesse ser verdade, como se Fernando ainda fosse desmentir aquele gesto de algum modo. Ele não iria desistir assim de um projeto que lhe custara tanto. Mas teve que crer, vendo as folhas brancas cortadas ao meio, e ouvindo o rasgar do bom papel, seguindo o movimento das mãos, magras e nervosas, de Fernando, consumindo, com uma agitação febril. A destruição do trabalho, já tão adiantado, era a desistência do projeto a que tanto se apegara. Veio a Nica então uma sensação de desafogo como se criasse asas, como se a vida começasse de novo, como se vencesse. E de triunfo. Sentiu que era mais ainda de triunfo que de alívio o sorriso, um esboço de sorriso, que lhe distendia os lábios, e por isso susteve-o, porque não era o momento para humilhar Fernando. Ela não vencera em luta aberta, em combate. Não o derrotara, vontade contra vontade. Fora ele mesmo quem se deixara vencer, cedendo aos laços de família. Nica estendeu-lhe a mão em agradecimento. Nunca imaginara esse final. Fernando, então, no fundo, era um homem decente.

Ficaram uns instantes com as mãos entrelaçadas. Depois ela disse:

— Você fez bem, Fernando. Assim é que está certo.

Poupou-lhe mais acusações, porque conhecia-lhe o orgulho, que não as tragaria, e também por avaliar o sacrifício que ele fizera, sacrifício cem vezes maior do que se tivesse recusado logo ou se desistisse da conferência antes de ela ser anunciada. Agora que já estava definitivamente marcada, com data e tudo, essa desistência ia ser interpretada de mil modos, e ocorreu a Nica que não faltaria gente para caluniá-lo, até para dizer que Rabelo o comprara.

Fernando tivera a mesma ideia.

— Eu vou alegar doença, pedir para adiar-se, mas muita gente vai dizer que foi uma chantagem que eu fiz e que o Rabelo marchou. Eu sei. Já pensei nisso. Mas Fernandinho está vivo, e eu me julgo obrigado a fazer isso, eu devo isso a você por tudo que passamos nesta noite horrível.

Nica não achou palavras para responder. Apertou-lhe outra vez a mão e ficou olhando, na meia-claridade, para o papel rasgado na cesta, admirando o sacrifício de Fernando e vendo, em vez do grande escândalo em torno do nome ilustre do Rabelo, os murmúrios indiferentes em torno do nome de um oficial quase desconhecido, mas até então de boa fama.

Voltando para a sala, depararam com o médico, pronto para sair. Pela porta aberta, no quarto, viram Iolanda debruçada sobre a cama do filho, segurando a xícara de leite enquanto Fernandinho bebia.

O Dr. Coimbra deu um passo para eles, amável e efusivo, ao despedir-se. Disse, virando-se para Nica:

— Parabéns, minha senhora. Seu filhinho está salvo, e tanto ele tem de corajoso como de simpático.

Nica perturbou-se. Procurou responder em tom natural, mas a emoção, com esse engano inesperado do médico, prendeu-lhe a voz. Hesitou. Titubeou.

— Filho, não. É meu sobrinho e afilhado. Eu também estou saindo, doutor, e vou deixá-lo em casa.

XII

Nica estava na sala, arrumando um vaso de flores, quando ouviu abrir-se a porta da entrada e logo, no *hall*, a voz de Álvaro, falando baixo com o copeiro, Mário. Nica esperava o pai, porém mais tarde, para jantar, não a essa hora. Saiu ao seu encontro e ouviu Álvaro prevenir ao Mário que, se alguém o procurasse ou lhe telefonasse, respondesse que não estava ali e que não sabia onde se encontrava. Ao fazer essa recomendação, passou ao copeiro uma nota de duzentos cruzeiros.

Ninguém era mais mão-aberta, mais generoso nas gorjetas, do que Álvaro, quando tinha dinheiro. Ultimamente não lhe havia faltado, mas o mesmo Mário, em outros tempos, apresentara a Nica mais de uma conta de táxis pagos para Álvaro e de pequenas quantias que ele tomara emprestado ao copeiro da filha.

Nica perguntou-lhe com curiosidade:

— Qual é o importuno que está ao seu encalce, Álvaro?

Álvaro pareceu contrariado com a expressão.

— Ao meu encalce! Ninguém está ao meu encalce, ora essa!

Entraram juntos para a sala. Então Álvaro, fechando cuidadosamente a porta, e assegurando-se que ninguém podia ouvir, segredou a Nica, com nervosismo:

— É a polícia.

Nica ficara apreensiva, desde que ouvira a recomendação do pai ao Mário, mas nisso, de polícia, não queria acreditar. Seria demais.

— Não gosto dessas brincadeiras — exclamou severamente.

Viu que Álvaro estava muito pálido. Parecia dez anos mais velho do que quando ela o vira na véspera.

— Não é brincadeira — disse, com esforço.

Custava-lhe falar, esclarecer a verdade. Gaguejava diante da filha. Nica esperava, já convencida da gravidade de sua situação.

— Há uma acusação contra mim por contrabando — disse, enfim.

— Outra vez!

Incorrigível! Álvaro era mesmo incorrigível. Nunca aprendia com as lições. Nunca se corrigia de nada, porque não tinha força de vontade.

— Que vergonha! — gemeu Nica.

Supunha que Álvaro, para consertar o caso, viera pedir-lhe dinheiro, que, se ela agora lhe desse dinheiro, ele poderia pagar uma multa qualquer, pesada, ou compraria um funcionário venal para se encobertar. O caso assim ficaria resolvido, até a próxima vez.

— Você quer dinheiro, não é isso? — perguntou ao pai.

Álvaro olhou novamente de todos os lados, como a se assegurar outra vez que eles estavam sós, que ninguém mais podia ouvir. Os lábios tremiam-lhe enquanto falava.

— Dinheiro não adianta mais nada — disse com desespero. — É contrabando de cocaína. Eu não tive nada com isso, nunca me meti nessas coisas, mas criou-se uma confusão dos diabos.

Nica susteve um grito ao meio. Ia quase gritando a palavra cocaína. Nem um instante acreditou que o pai estivesse, de fato, inocente. Álvaro seria eternamente o mesmo, representando as mesmas cenas, repetindo as mesmas palavras, dando à família os mesmos desgostos.

Nica, por sua vez, empalidecera.

— Você caiu tão baixo assim?

Voltou-se para uma pequena imagem de marfim, sobre uma mesa com flores.

— Sagrado Coração de Jesus! Meu pai!

— Eu não sabia o que havia no pacote — disse Álvaro.

— Mentira! — exclamou ela.

E, de repente, compreendendo as consequências do crime, agarrou Álvaro pelas lapelas e perguntou:

— Isto sai nos jornais?

— Se eu for preso, sai, e será um escândalo tão grande que eu me suicido. Mas você ainda pode me salvar. Você ainda pode me salvar.

— Como?

Precisava, por mais que lhe custasse, fazer tudo que fosse possível, pôr em movimento todos os recursos de que podia dispor. Mas como, se o caso já fora para a polícia? Se a polícia já o estava procurando?

Álvaro disse-lhe, ofegante, qual era sua última esperança.

— Você pode falar ao Evaristo. A polícia é uma repartição do Ministério do Interior. É só ele dar ordem para não prosseguirem nas investigações.

Ela recusou.

— Não! Isso nunca! Eu não pediria uma coisa dessas a ninguém, muito menos a ele.

— Por que não? — murmurou Álvaro com a voz macia e suplicante. — Eu creio que ele atenderá se você pedir.

— Não — repetiu Nica com firmeza. — De modo nenhum eu pediria, e, se pedisse, ele não atenderia. Ele é sabidamente honesto.

— Quem sabe? — murmurou Álvaro.

— E, além do mais, estamos de relações cortadas.

Uma imensa decepção estampou-se no rosto de Álvaro.

— Estão brigados? — perguntou, inquieto. — Quando foi?

— Brigados, não estamos, exatamente, mas não temos mais nada que nos dizer.

Álvaro compreendeu imediatamente tudo. Criou nova esperança.

— Você o pôs no seu lugar, não foi? Foi só isso, não foi?

Nica respondeu secamente:

— O motivo não vem ao caso. Eu não farei esse pedido.

Álvaro, de repente, pôs-se de joelhos. Nica sentiu-se vexada e, ao mesmo tempo, furiosa. Se alguém entrasse de repente na sala e encontrasse Álvaro nessa posição, que ridículo seria! Naquele mesmo instante ouvia o toque do telefone. Talvez fosse para ela, talvez um empregado viesse chamá-la. Pôs a mão sobre o trinco da porta, pronta para sair da sala.

— Se você não se levantar já, eu me retiro — disse.

Vendo que era verdade, que ela sairia mesmo, Álvaro levantou-se, lepidamente, com a agilidade de rapaz que conservava, apesar dos anos. De aspecto, porém, era um ancião. Estava cadavérico e tão pálido que a cor do seu rosto mal se diferenciava de uma mecha de cabelo branco que lhe caía sobre a testa.

Nica pensou que essa palidez bem podia ser de cardíaco. Lembrou-se de ir buscar uma dose de um tônico para o coração que havia por acaso no seu armário de remédios. Mas, em vez disso, falou ainda, severamente:

— Você sempre nos envergonhou! Os presentes que você nos trazia para a casa, quando éramos solteiras e crianças, eram casos como este, eram vergonhas. Cada uma parecia maior que a outra. Eram cruzes para nós carregarmos e para escondermos. Todo mundo tem cruzes, mas há sofrimentos que entram nas famílias decentemente, pela porta da frente. As nossas, não, as cruzes que você nos trazia eram para carregar escondidas.

Álvaro tirou o lenço do bolso, com mãos que tremiam a ponto de mal poder segurá-lo, e enxugou o suor sobre a testa. Nica teve pena, mas continuou no mesmo tom:

— Muito tempo pensei que você fosse somente fraco. Pensei isso porque é duro pensar do pai coisas piores, mas afinal que é um fraco? Há limites. Um fraco não precisa chegar até importador de drogas, até crime de cadeia.

A palavra "cadeia" quase o sufocou. Sentiu que sua indignação começava a lhe fazer perder o domínio da voz e o controle dos gestos. Fazia, com as mãos, movimentos violentos. Então calou. Pôs-se a pensar no que poderia fazer para impedir que Álvaro fosse preso, para que essa incomensurável vergonha não caísse sobre eles todos, filhas, genros e netos.

Álvaro não se defendeu. Confessou-se, humildemente, dolorosamente.

— Eu sei que eu não presto, Nica. Mas espero em Deus. Espero que Deus me auxilie, porque minha mulher está no céu rezando por mim, e porque minhas filhas também são umas santas. Por causa delas, Deus não permitirá que eu chegue a essa última vergonha.

A fé com que ele disse "Deus não permitirá" pareceu confortá-lo. Álvaro era de fundo religioso, e essa confiança em Deus fortificava-o nos momentos das dificuldades criadas por ele mesmo. Olhou para a filha com renovada esperança, fez um movimento para abraçá-la, mas ela o afastou. Depois de um instante de silêncio, Álvaro voltou, com persistência e brandura, ao seu primeiro pedido.

— Se você falar com o Evaristo, eu tenho certeza que tudo se arranjará. Ele pode. Só ele. No ponto em que está o caso, só uma ordem pessoal do ministro pode salvar-me da cadeia e do escândalo nos jornais.

Antes que Nica cedesse, antes que ela mesma soubesse que ia acabar cedendo, Álvaro percebeu que ela já fraqueara, que principiava a considerar como possível a hipótese, que ela afastara bruscamente a princípio, de falar com o Evaristo, de tentar esse último e único recurso para salvar o pai.

Ficaram olhando um para o outro em silêncio, enquanto o pensamento de Nica enveredava afinal no rumo que Álvaro desejava. Ele observou esse rumo, seguiu-o nos olhos da filha, mas conservou de propósito sua expressão contrita e suplicante. Nica pensou: *Ele está aí com esse ar de fazer pena, mas é só até saber se eu falo ou não falo com o ministro, se atendo ou não atendo ao que me pede.*

Por fim, Álvaro disse humildemente:

— Você fala, não fala, Nica? Olhe que há muita urgência.

Ela viu que não podia deixar de fazer o pedido, de tentar tudo, por mais que lhe custasse.

— Quer que eu faça a ligação agora? — perguntou Álvaro com a voz já alegre. — Senão ele sai. Já deve estar na hora.

Ela fez um sinal cansado com a cabeça. Sentiu de repente uma grande fadiga, um imenso desânimo. Disse, dirigindo-se já para a biblioteca, onde havia um telefone sobre a mesa de Rabelo:

— Eu sei que o Evaristo não atende, mas eu falarei assim mesmo.

Depois de uma demora, que não foi das mais curtas, depois de falar com vários intermediários, Álvaro valendo-se sempre do nome dela, "quem deseja falar é a Senhora Nestor Rabelo", concluiu a ligação, e passou o fone a Nica, dizendo:

— Pronto. É ele mesmo.

A princípio, o Evaristo não reconheceu a voz de Nica. Estranhou talvez o tom hesitante, nervoso, que não parecia dela. Interrompeu-a, ao fim de algumas palavras, como se duvidasse que pudesse ser ela.

— Mas quem é que está falando?

— Sou eu mesma, Evaristo, Nica Rabelo. Então você não está conhecendo a voz da velha amiga?

— Agora, sim, agora estou.

— Tenho um favor a lhe pedir, Evaristo.

— Ah!

O tom em que ele acrescentou: "Estou inteiramente às suas ordens" era precisamente como se dissesse: "Logo vi, é um pedido".

Álvaro, postado ao lado da filha, acompanhava com visível ansiedade o curso da conversa.

Ela continuou:

— Meu pai está aqui, me contando uma grande dificuldade que teve na alfândega, e de que só você o pode tirar. É difícil explicar de que se trata, pelo telefone, mas é caso a resolver imediatamente, com a maior urgência. Para salvar o nome de meu pai, estou recorrendo a você como amigo.

Ele respondeu:

— Já estou adivinhando o que aconteceu. Não precisa dizer mais nada.

Ela sentiu a vergonha crescer ainda mais, mas não podia acreditar que ele soubesse realmente, que imaginasse sequer. Abafando essa vergonha que transparecia na sua voz, de ser filha de criminoso, pedindo o que nunca deveria pedir, conseguiu continuar:

— Infelizmente, é pior do que tudo que você pode pensar, Evaristo. E acanha-me falar do assunto. É um caso de polícia. Não posso dizer mais pelo telefone.

Ele repetiu:

— Não é necessário, já percebi tudo. Isto é reincidência.

Ela teve um choque que a sacudiu toda. Repetiu: "Reincidência?". Olhando para Álvaro, recolheu sua confirmação silenciosa.

O Evaristo falava ainda.

— Vou me informar imediatamente do que houve. Eu lhe darei uma resposta logo à noite no Teatro Francês. Desde já farei tudo que for possível para servi-la. Pode contar comigo.

Sua voz não tinha cordialidade, mas as palavras eram claras. Nica sentiu-se inundada de alívio e gratidão.

— Deus lhe pague, Evaristo!

A gratidão fez-lhe vibrar a voz, enquanto o alívio lhe trazia lágrimas aos olhos. Repetiu: "Deus lhe pague".

O Evaristo, porém, cortou-lhe a emoção, dizendo, com a frieza irônica que às vezes usava:

— Muito bem. Já sei que a senhora deixa a Deus o encargo de me pagar. No entanto, farei o possível. Pode ficar tranquila. Logo, sem falta, lhe darei a resposta.

Desligou. Álvaro perguntou, aflito:

— Ele prometeu?

— Não prometeu nada, mas acredito que fará o que puder.

O pai quis outra vez abraçá-la, num gesto efusivo. Nica deu um passo para trás. Não queria abraço dele. Obrigado a recolher o gesto, Álvaro tomou uma expressão condigna, quase funerária. Ficou calado um momento, mas depois voltou ao natural, olhou para o relógio e disse:

— Preciso ir já para casa e me vestir para o teatro, senão chegamos atrasados.

Haviam combinado irem juntos à récita da Companhia Francesa, que dava uma das suas melhores peças. Mas Nica interrompeu-o:

— Não! Hoje, não. Eu vou, mas você, não. Você não deve aparecer.

— Ora essa. Por que não? Ninguém sabe de nada.

O que custava mais a Nica perdoar no pai era essa sua inconsciência, esse modo que tinha de esquecer logo os maus momentos, de pô-los fora de sua vista, o mais depressa possível, de enterrá-los dentro de algum prazer, e pronto para recomeçar.

Nica respondeu com firmeza:

— Porque eu não quero que você vá. Pronto. Mesmo que ninguém mais saiba, o Evaristo sabe, e teria má impressão.

Álvaro resignou-se, sem se convencer.

— Está bem. Você é quem manda.

Quando ele ia saindo, Nica perguntou:

— Álvaro, como é que você se salvou da outra vez? Foi o Evaristo, não foi? Você já recorreu a ele. Não negue.

Álvaro hesitou, depois fez sinal com a cabeça que sim. E, vexado, saiu.

XIII

Quando Nica entrou no seu camarote, acompanhada de Rabelo, a quem ela não contara nada, a plateia já estava cheia. Procurou, com os olhos, o Evaristo. Encontrou-o no lugar habitual, na sua poltrona da terceira fila.

Logo as luzes se apagaram. Nica tinha, como sempre, convidados, um casal amigo. O lugar de Álvaro ficara vazio.

Levantou-se o pano. O primeiro ato pareceu a Nica muito longo. Sua atenção não estava na peça, mas na solução do caso do pai. De vez em quando, seu olhar desviava-se do palco para a plateia. Certificava-se de novo que o Evaristo estava realmente ali, que não se afastara. Viria, no intervalo, procurá-la, dar-lhe a resposta que prometera. Boa ou má? Boa ou má?

Quando o pano caiu, e a sala se iluminou, o ministro foi dos primeiros a levantar-se. Nica acompanhou com os olhos todo o seu trajeto, por meio da plateia, esquecida das pessoas a seu lado, esquecendo-se de conversar, de comentar o espetáculo com seus convidados. Quando a amiga que estava com ela disse: "Esse Bertrand é um ator extraordinário", Nica fê-la repetir duas vezes a frase antes de compreender. Que Bertrand era esse? Ah! Sim, era o galã, um bom ator, realmente.

— Sim, extraordinário — concordou.

Via o Evaristo dirigindo-se para a saída, parando de vez em quando, para falar com conhecidos. Não se apressava. Finalmente, alcançou a porta, e ela perdeu-o de vista. Agora devia estar tomando na galeria a direção do seu camarote. Mas na galeria, no caminho, encontraria com certeza quem o parasse. Demoraria alguns minutos antes de chegar até ela. Viria mesmo? Que notícias traria? Ela murmurou uma prece.

Enfim, o ministro apareceu à porta. Na pequena antecâmara, já havia um grupinho amigo que viera cumprimentar a Nica.

O Evaristo falou com todos, beijou a mão de Nica. Sua expressão não a esclareceu. Não lhe desfez a dúvida ansiosa. Era, como sempre, a expressão do político montando guarda sobre sua fisionomia. Na antecâmara, minúscula, já não cabia mais ninguém. Estava cheia demais. Então Nica disse para o Evaristo: "Venha cá, é melhor". E, levantando o reposteiro de veludo, voltou para o camarote. Ali ficaram sós, de pé, Nica, numa atitude de expectativa ansiosa, procurando dominar-se, enquanto esperava a sentença do pai.

— Já estou a par de tudo — disse o ministro. — Estive com os papéis do processo na mão. Pode ficar tranquila.

A emoção de Nica foi tão forte que lhe faltou voz para responder. Nem encontraria expressões capazes de dar ao Evaristo uma pálida ideia do que aquelas palavras, que ele pronunciara num instante, lhe trouxeram de alívio, de emoção, da onda de reconhecimento que ela sentiu ao ouvi-lo dizer "Pode ficar tranquila", embora o tom dele não fosse de amizade nem de simpatia, e a expressão dos seus olhos fosse a mesma da última vez que lhe falara cara a cara: aborrecida, queixosa, rancorosa.

Quase escapou outra vez a Nica, do coração agradecido, o mesmo "Deus lhe pague" que irritara o Evaristo pelo telefone. Susteve as palavras nos lábios.

O Evaristo continuava a informá-la, mas sem querer perceber a emoção dela nem demonstrar prazer nenhum em servi-la.

— O nome de seu pai não figura no processo, mas os principais culpados são amigos dele. Ainda não há prova positiva contra ele. Os outros estão presos. São três.

Nica respirou fundo. Não podia desejar mais do que isto, que ela acabava de ouvir. Era o fim do pesadelo em que vivera as últimas horas.

— Depende agora de mim — continuou o Evaristo — abafar ou mandar continuar as investigações. Já resolvi o que vou fazer.

Nica esperou tesa, olhando para ele, mas sem pensar nele, alheia à pessoa do Evaristo, à frieza deliberada do seu modo de a tratar, pensando só no pai.

— Vou mandar proceder só contra os três que já estão incriminados — disse ele. — Prefiro não arrastar seu pai na lama.

Nica sentiu-se tão humilhada, por si e por Álvaro, que não encontrou resposta, nem para agradecer, nem para desculpar o pai.

O ministro cumprimentou, então, cerimoniosamente, sempre com o mesmo aspecto carregado, e levantou a mão ao reposteiro, preparando-se para retirar-se e deixando bem claro que continuava de mal com ela.

Nica não havia dado ainda uma só palavra, desde que ele ali entrara. Não podia deixá-lo sair assim, sem que ela proclamasse em palavras o valor do que ela e Álvaro lhe ficavam devendo.

Com a voz presa ainda, pela emoção desses instantes, disse:

— Senhor ministro, não saia assim. Eu nem ainda lhe agradeci.

Ele voltou-se bruscamente para ela, largou a cortina. Abandonou o tom seco e distante, como se agora lhe acudisse um acesso de raiva.

— Dispenso seus agradecimentos. Não precisa desperdiçar frases, nem sorrisos, comigo. Sei o pouco que valem seus sorrisos!

Ela não pôde esconder seu espanto diante dessa explosão insólita. *Que fosse embora, então*, pensou. Não queria que o Evaristo entrasse de novo no capítulo das queixas, como na última conversa que tiveram. Agora que ele havia enveredado por esse caminho, Nica viu que, entre eles, nunca se poderiam restabelecer as relações antigas. Definitivamente, seria ou isso, a queixa, ou seria o amuo, o afastamento. O Evaristo, com a voz vibrante de paixão refreada, continuou:

— Para a senhora, eu não passo, e nunca passei, de um instrumento, como o telefone em que me fez o pedido. Sei que, se adiantasse sorrir para o telefone, o aparelho também teria um sorriso de grã-fina, um sorriso na dose exata, como os que me dá. E, depois dessa paga, a grã-fina abre a carteira e começa a pôr o batom.

Era verdade! Sem o perceber, tão habituada estava ao gesto, e com o pensamento ainda empolgado pela notícia de que Álvaro estava salvo e pela cena que o Evaristo começava a lhe fazer, Nica abrira realmente a carteira de ouro que segurava na mão. O gesto fora automático. Pilhou-se agora com a carteira aberta e com o dedo no batom que não cogitara de usar. Fora isso que acabara de pôr o Evaristo fora de si. E ele não deixava de ter razão. Nica sentiu-se diante dele mesquinha, mercenária e mulher. Vexadíssima, fechou a carteira, sem tentar explicar.

Mas, quanto ao sorriso de que ele a acusava, isso não era verdade, porque a emoção que ela sentia não lhe teria permitido sorrir. Desde que ele lhe dera a notícia, ela estivera mais perto das lágrimas que do riso. A reação, ao saber que a vergonha pública não desabaria sobre Álvaro e a família, quase a derrubara.

— Eu não sorri para você, Evaristo — disse, tremulamente. — Desde que você entrou e me disse que eu podia ficar tranquila, só tenho tido vontade de chorar. Você é que não quer ver minha emoção.

Estavam os dois de pé, à frente do camarote, à vista da sala toda, que já começava a encher-se novamente. Nica sentia que, de longe, muita gente os observava. Naquele público, entremeado de conhecidos, convergiam olhares para eles, e de vez em quando um binóculo assestava-se nela. Nica estava acostumada a despertar esse interesse da sua roda, a ser observada, sobretudo pelo elemento feminino. Sentiu que, com aquele vestido, um tanto excêntrico, de veludo azul bordado a ouro, recebendo no seu camarote — sempre o mesmo camarote desde que casara — a visita de um ilustre admirador, ela estava, naquele momento, encarnando perfeitamente o papel que lhe dava essa sociedade, em que lhe reconheciam uma espécie de liderança — o papel que a ela menos lhe agradava, de mulher artificial. Enquanto o público das noites de gala regressava aos seus lugares na plateia, num desfile de rostos conhecidos, ela teve que retribuir os cumprimentos de alguns, forçando-se a sorrir, dando-lhes o seu sorriso de sociedade, um sorriso todo exterior, que não passava de um efeito de lábios carminados contra dentes brancos.

O Evaristo não achou mais nada que lhe dizer, nem ela a ele. Cumprimentou-a e retirou-se.

XIV

A vitória de Rabelo já era questão de dias, e a concessão, um caso resolvido. O documento esperava em palácio, pronto para receber a assinatura presidencial. Parecia que não restava ninguém no Brasil que deixasse de compreender as vantagens que a Companhia de Transporte e Mineração ia trazer para o país. Um banqueiro americano, de nome mundial, chegara ao Rio para solenizar o início das atividades de fato. A reportagem noticiava as homenagens recebidas pelo financista visitante. O casal Rabelo ofereceu-lhe um grande jantar. Marcou-se outro na Embaixada Americana. Logo que o presidente assinou o decreto, a secretária de Rabelo deu a Nica a notícia por telefone. Avisou também que Rabelo iria quase imediatamente para casa.

Nica estava pronta para um coquetel, mas, a esse aviso, resolveu não sair, esperou em casa pelo marido.

Não tirou o chapéu, porque era novo e queria que Rabelo o visse. Parecia-lhe uma obra-prima de sua modista. Todo de penas cor de fogo, circundando-lhe o rosto e os cabelos, como uma auréola flamejante, era mais uma nota na alegria que sentia.

Quando ouviu chegar Rabelo, Nica correu a abrir ela mesma a porta de entrada, para dar ao marido, ainda no limiar de casa, o triunfante abraço da vitória. Notou logo que ele estava abatido. Vinha satisfeito, mas evidentemente muito fatigado. Os últimos dias haviam sido muito pesados, muito cheios, dias de atividade incessante, de reuniões até a noite, e de saídas cedo pela manhã.

Ultimamente Rabelo estivera bem-disposto, animado, de aspecto mesmo rejuvenescido, mas agora, de repente, parecia ter perdido tudo que ganhara. Sua fisionomia acusava o esforço desses lances finais da grande luta.

Passou uma ligeira sombra sobre a felicidade de Nica. Enquanto seu exultante "Me conte tudo depressa, Rabelo" ainda ressoava, enchendo o ar de felicidade sonora e jovem, ela notava com decepção essa aparência de fadiga.

Dirigiram-se para a sala da biblioteca, e Rabelo instalou-se numa imensa poltrona de couro, sua cadeira predileta.

— Não há nada a contar — disse. — A concessão está assinada, tudo está concluído. Só falta a publicação no *Diário Oficial*. Logo que se publicar, amanhã ou depois, os títulos serão postos à venda aqui e em Nova York. Já há uma verdadeira inundação de pedidos.

Nica deu pela sala uns passos cadenciados, manifestando sua alegria. Rabelo olhou para ela e disse:

— Que chapéu notável! Há muito tempo que não vejo um tão bonito. Você vai sair?

— Não vou mais. Desisti logo que recebi a notícia. — Depois, perguntou: — Você não se sente cansado? Agora que está tudo terminado, você deve descansar, nem que seja por uns dias.

— Preciso mesmo. Isto em que me meti é trabalho para moço. Agora vou poder parar um pouco. Se você quiser, iremos fazer uma viagenzinha ao Prata, muito rápida, coisa de duas semanas.

Ela ficou encantada com a ideia da viagem e surpreendida com a prontidão com que o marido acedera à sua sugestão. Passou-lhe a preocupação pelo cansaço do marido. Viu só Buenos Aires, numa perspectiva radiosa. Rabelo disse:

— Gosto de ver você contente assim. É minha recompensa. E você tem todos os motivos para estar contente, porque hoje o seu futuro ficou garantido. Para mim é um peso que me cai dos ombros. Eu não tinha o direito de arriscar tanto, mas felizmente tudo acabou como eu queria.

— Eu sempre tive certeza de que tudo acabaria bem.

— Eu, não. As coisas pareceram-me bem difíceis em dado momento. Quando Fernando armou aquela conferência, por exemplo, quase desanimei. Não dei por isso na hora. Agora é que estou vendo o desânimo em que estive.

— Eu não percebi — disse Nica, surpresa. — Achei sempre seu moral muito bom.

— Aliás, completamente tranquilo — continuou Rabelo —, eu só estarei quando o decreto aparecer no *Diário Oficial*. Antes disso, não. Só então se tornará lei e, enquanto não for lei, sempre pode acontecer qualquer coisa nos bastidores. Não é nada provável, mas quero me ver garantido, quero ver isso publicado. Eu...

Parou no meio da frase. Levou a mão ao peito como se sentisse uma dor repentina. Nica ia se assustando seriamente, mas Rabelo explicou logo, com voz tranquila:

— Não foi nada. Foi o resto de uma dor no peito que senti no escritório. Já passou.

— Você não me disse nada dessa dor. Quanto tempo durou?

— Foi rápida, poucos minutos. Mas me deixou cansado. Eu antes estava me sentindo muito bem e muito satisfeito. Hoje foi um grande dia em minha vida. Um dia de plena satisfação.

— Você não tomou nada para passar a dor?

— Bastou um copo d'água que Dona Stela me trouxe. Eu estava ditando uma carta a ela. Felizmente ninguém mais presenciou. Não seria bom que se fizesse alarde. Enquanto o decreto não sair no *Diário Oficial*, não convém que digam que estou doente. Não convém boatos de espécie alguma. Minha saúde é parte do meu capital...

Nica disse, com firmeza, abrindo o catálogo de telefone:

— Isso é caso para médico, e vou chamar o Antunes.

Rabelo ia protestar, mas mudou de ideia.

— Está bem. Pode chamar. Será bom que ele me receite uma coisa qualquer para evitar que volte isso durante o jantar da Embaixada.

— Você só irá ao jantar com licença do médico — disse Nica.

O jantar daquela noite na Embaixada era o ponto máximo social da visita do banqueiro americano. Rabelo, depois deste, seria o principal convidado. A homenagem seria quase tanto a ele quanto ao seu associado americano.

— Eu vou de qualquer modo ao jantar, mesmo que o Antunes proíba.

Nica terminara a ligação. Encontrou o médico ainda no consultório. Conhecia o Antunes desde muitos anos, mas pouco. Era o médico de casa, mas, como pouco necessitava dos seus serviços, só o vira raras vezes e muito espaçadamente. Descreveu-lhe agora, em rápidas palavras, a dor que Rabelo sentira. E acrescentou:

— Temos um compromisso para jantar hoje, que ele julga importante, e ele está fazendo questão de não faltar.

O Antunes respondeu que seu último cliente estava deixando o consultório, e ele, também, ia saindo. Antes de ir para a casa, passaria a ver Rabelo.

— Muito repouso — recomendou. — Repouso absoluto. Ele que não se mexa enquanto eu não chegar. Daqui a uns dez minutos estarei aí.

Nica sentiu sua apreensão imensamente aumentada. Essa insistência em repouso mostrava que o médico encarara logo a hipótese de uma dor de origem cardíaca, e não, como ela queria crer, simplesmente reumática.

Acabava de desligar quando viu que a dor atacava novamente o marido. E dessa vez com mais força ainda...

XV

Agora Nica não pôde ter dúvida de que se tratava mesmo de uma crise cardíaca, e da maior violência. Rabelo levou novamente a mão ao peito, enrijando-se todo contra a dor, apertando, com a outra mão, o braço da cadeira, como se suas unhas fossem introduzir-se no couro. Depois, enquanto a testa se lhe inundava de suor, veio-lhe um relaxamento de todos os músculos, um total abandono de forças. As mãos afrouxaram-se, o busto caiu para trás contra as almofadas da poltrona.

Seus olhos fixaram-se em Nica com uma expressão amedrontada, interrogativa. Os dela também se encheram de terror. Ambos tiveram o mesmo pensamento: "Será isso a morte?", e a pergunta externou-se, sem que eles o quisessem, no olhar que trocaram, desarvorados. Sem saber como acudir a essa crise, Nica ajoelhou-se ao lado do marido, apertando-lhe, nas suas, a mão gelada, repetindo a intervalos:

— O médico já vem, meu marido querido. Está em caminho. Vai dar alívio a você. O Antunes vem já.

Passaram assim alguns minutos à espera do auxílio. Enquanto esperavam, eles, para quem a vida era sempre tão fácil, que tudo lhes vinha a uma simples palavra, sentiam-se sós, abandonados. Nica, atenta aos sons que vinham de fora, murmurava, em prece: "Jesus, Maria!".

Rabelo, aos poucos, pareceu melhorar. Passados alguns minutos, ele falou para tranquilizar a esposa, mas com a voz tão fraca que ela mal conseguiu ouvir:

— Já estou melhor. Foi uma dor de matar.

Perceberam então o som da parada do elevador e logo os passos abençoados do médico, acompanhando os de Mário, no mármore da galeria. Nica levantou-se da posição ajoelhada. O copeiro abriu a porta, para dar entrada ao médico, e a figura do Dr. Antunes surgiu, muito alta, muito magra, de ombros curvos. Era um homem maior de cinquenta anos, com cabelos grisalhos que escasseavam. Atravessou rapidamente a sala, até onde se encontrava Rabelo. Tomou-lhe o pulso.

Rabelo fizera sinal ao Mário para que se aproximasse. Com a mesma voz apagada com que murmurara pouco antes, a Nica, que a dor fora de matar, deu uma ordem ao copeiro:

— Mande comprar o *Diário Oficial* amanhã, à primeira hora.

— Não fale, Sr. Rabelo — avisou o médico. — Não faça esforço nenhum.

Tinha o olhar muito brando, a fala um pouco mole. Via-se que era compassivo, que sofria do sofrimento alheio.

Nica perguntou-lhe se não conviria transportar Rabelo para o quarto.

— Não. Não deve ser transportado agora. Fica bem aqui. Esta poltrona é boa.

Com o Mário, aproximou outra cadeira, para os pés, e instalou mais comodamente o enfermo. Retirou, depois, da sacola, uma seringa, já esterilizada, envolta em algodão. Louise, a camareira francesa, entrara sem ser chamada, ao saber da visita do médico, e auxiliou-o a preparar a injeção. Depois, chegando-se a Nica, Louise perguntou baixinho:

— Madame não vai mais sair. Madame então não quer tirar o chapéu?

Só então Nica se lembrou de que estava ainda de chapéu, o chapéu novo que lhe aureolava a cabeça, com penas cor de fogo. Era tão leve que nem o sentia. Compreendeu por que o Antunes, ao entrar, a fixara como se estranhasse alguma coisa nela. Tirou-o depressa e passou-o a Louise.

A camareira lembrou-lhe, em seguida, falando baixo, para evitar que o Rabelo ouvisse:

— Madame não acha bom chamar padre?

Nica teve um visível sobressalto. A pergunta causara-lhe um choque. Mas acudiu-lhe logo uma recomendação que uma vez lhe fizera o marido, e que ela tivera cuidado em conservar na memória: "Eu não pratico a religião, mas não quero que você me deixe morrer sem me reconciliar com a Igreja. Quando eu estiver muito mal, chame um padre".

Tanto ele quanto ela sabiam que Nica não esqueceria mais essas rápidas palavras, ditas como de passagem, mas com intenção solene, como um testamento. Ela não se considerava autorizada a esquecê-las nem a desobedecer-lhe. Conhecia, ademais, seu dever de católica. Por isso, corrigindo sua primeira recusa, disse:

— Espere um pouco, Louise, eu digo já.

Dirigiu-se para o vão de uma das janelas, daquela a que Rabelo dava as costas, e dali fez sinal ao médico. Queria falar com ele. Quando Antunes se aproximou, ela lhe perguntou:

— Será caso de chamar padre?

O médico fez com a cabeça um movimento afirmativo.

Nica deixou a janela e segredou a Louise:

— Telefone para a Matriz.

Louise, com seu deslizar silencioso, saiu da sala para falar de outro aparelho. Nica ficou pensando em como preparar o marido para ver entrar a batina negra do médico espiritual. Reunia sua coragem para lhe dar a notícia de que chegara a hora dessa visita.

Mas não foi preciso. Rabelo, com os olhos sobre ela e sobre Louise, acompanhara tudo o que se passara. Eram aqueles olhos de sempre, a que nada escapavam, os olhos que toda a vida lhe serviram para descobrir tudo aquilo que ele precisava saber. Quando a francesa voltou à sala, trazendo um cobertor, que estendeu sobre as pernas de Rabelo, ele perguntou, quase sem articular as palavras:

— Vem o padre?

— Vem, sim, senhor. Vem o Senhor Vigário.

Rabelo disse ainda, só com os lábios: "Mande o automóvel". Louise respondeu que já mandara. Nica deu mais uma ordem.

— Quando o carro voltar, que vá buscar meu pai.

Queria ter Álvaro ao seu lado nessa aflição, e também pretendia chamar Cristina. Cristina morava muito pertinho. Sabendo, chegaria imediatamente.

Rabelo, ouvindo o que ela dissera a Louise, falou mais uma vez:

— Não!

Nica olhou-o, surpreendida de que ele não quisesse ver Álvaro nem Cristina. Ele sempre considerara como sua a família dela. Mas Rabelo explicou, voltando-se para o médico:

— É preciso guardar segredo.

O Antunes olhou para Nica interrogativamente.

— Guardar segredo?

Ela explicou:

— Ele tem medo que a notícia dessa doença possa prejudicar a conclusão de um negócio muito importante que deve se resolver de hoje para amanhã. É possível que a companhia de Mineração não se formasse se retirassem o nome dele.

O Antunes levou um momento para compreender, mas, quando entendeu, olhou com respeito para Rabelo e disse:

— Se Deus quiser, o senhor há de ficar bom para ver o negócio concluído e receber os parabéns por ele. — Depois, com uma sinceridade evidente, exclamou para Nica: — Que homem extraordinário!

Aliviado e cansado do esforço de manifestar sua vontade, Rabelo fechou os olhos. Nica, vendo-lhe a máscara, sem a vida do olhar, teve a impressão de que ele se ausentara, deixando-a sozinha com a apreensão terrível que a oprimia. Sentiu mais necessidade dos seus. O Antunes não chegava a ser um amigo e, com toda a sua bondade calma, era um homem reservado, distante. Os empregados eram para ela estranhos que andavam em sua casa, em vez de andarem na rua. Não podia resignar-se a não ter ali, ao seu lado, ninguém que lhes quisesse realmente bem, a ela e ao marido.

Sentiu de repente o frio daquela sala grande, cercada de estantes monumentais, daquela sala onde recebera tanta gente e onde estivera infinitas vezes com o marido, enquanto Rabelo trabalhava ou ela lhe interrompia o trabalho. Olhou para ele, e, diante daquele rosto sofredor de doente, talvez de agonizante, que nem parecia do mesmo homem, Nica pressentiu a morte. Pensou em ir falar a Cristina de outro aparelho, chamá-la sem que o marido soubesse, mas depois preferiu pedir-lhe licença, pedir-lhe como um favor, que lhe permitisse avisar o pai e a irmã. Aproximou-se e murmurou timidamente, roçando-lhe a testa com os lábios:

— Não posso mandar vir nem Cristina?

Rabelo abriu de novo os olhos, mas não falou. Só com o olhar, negara o pedido da mulher e queixara-se de sua insistência. Ele sempre tivera um olhar difícil de ser desobedecido. Nica fez o sacrifício da companhia dos seus. Rabelo fechou de novo os olhos.

XVI

Quando o Mário entrou para avisar que o vigário já chegara, dirigiu-se a Nica, falou-lhe baixo, mas foi Rabelo quem ordenou:
— Faça entrar.

Nica conhecia o padre Almerindo apenas de vista, da igreja, e de ouvir-lhe as práticas. Era um pregador apreciado. Seus curtos sermões comprimiam uma abundância de conselhos simples para não errar o caminho do céu, no meio da vida moderna. Gostava de dirigir-se à gente moça, à gente ativa, sem tempo de sobra para muita religiosidade. Conhecia bem os problemas da geração nova, seus gostos, seus hábitos, até sua gíria. Quando lhe criticava as modas e os modos, fazia-o com segurança.

Entrou na sala com uma saudação geral, um boa-tarde sonoro, enquanto seu olhar verificava sem hesitar a situação e o estado do doente. No seu aspecto de homem robusto e até bonito, o asceticismo estava só na batina. Nica sentiu-se vagamente magoada com a irrupção desse passo firme, dessa voz forte, desse olhar direto, naquele ambiente onde até então antes pairava um religioso respeito pela doença, onde todos os que atendiam a Rabelo procuravam fazê-lo sem ruído, onde os passos se faziam leves e procuravam os tapetes em vez do soalho. Para esse padre, de feitio prático, a sombra da morte possível não passava de um incidente cotidiano, que não lhe atingia a sensibilidade.

Depois da saudação, o padre Almerindo dirigiu-se ao médico, em aparte, mas em tom que foi ouvido por todos, fazendo-lhe uma pergunta que mais parecia afirmação.

— *Angina pectoris?*

O Dr. Antunes, que se achava de pé, fora das vistas do Rabelo, respondeu com um sinal de cabeça, confirmando o diagnóstico do padre, mas dizendo ao mesmo tempo, bem alto, para animar o doente:

— O Sr. Rabelo está muito melhor. Já passou a crise. A trinitrina fez-lhe muito bem.

Nica sentiu crescer sua gratidão pelos modos delicados do Antunes, pela piedade com que olhava para Rabelo e lhe ministrava cuidados, temendo machucá-lo.

Mas Rabelo, ao contrário de Nica, não pareceu estranhar, nem se retraiu, diante da atitude do padre, diante dessa falta de rodeios que à mulher parecia um desrespeito à dor. Rabelo, também, não era homem de rodeios, e sua coragem dispensava todas as manobras supérfluas de delicadeza. Talvez até preferisse não ser importunado por elas nesse momento supremo. Pareceu ir ao encontro desse sacerdote que, como ele, conhecia demais o valor do tempo e da verdade para contornar sensibilidades ou proteger nervos femininos. Esperou calmamente o que o sacerdote ia dizer ou fazer.

O vigário, com a mesma voz, sempre demasiadamente forte aos ouvidos de Nica, voz demais chegada aos vivos para um quarto onde pairava a morte, perguntou:

— O senhor é católico, Sr. Rabelo? Deseja receber os auxílios espirituais da Igreja?

Rabelo assentiu claramente, com um movimento silencioso dos lábios. Seus olhos continuavam lúcidos e claros, no rosto, cuja tensão dolorida não afrouxara ainda, apesar de haver cessado o período agudo da crise.

Se o Rabelo ainda conservasse dúvidas sobre a gravidade do seu estado, o padre Almerindo acabava de lhe tirar essas dúvidas. A pena que Nica sentia decuplicou-se, encheu--lhe d'água os olhos. Era agora, através de uma névoa de lágrimas, que ela via o rosto cheio e corado desse padre que não trouxera o consolo que ela esperava, nem para o marido, nem para ela. Decepcionara-se de vê-lo, nesse momento, tão igual ao homem que ela vira no púlpito, cumprindo seu dever, sem mostrar o coração. Esse não era homem para iludir, por piedade, um doente, nem para aliviar a aflição de uma esposa ansiosa, diante da sombra da morte, ou para consolar o pranto de uma viúva.

— Arrepende-se de todos os seus pecados? — continuou o sacerdote.

Mas ele próprio, enquanto fazia a pergunta, susteve, com um gesto da mão, a resposta de Rabelo.

— Não precisa falar. O senhor agora não deve fazer esforço nenhum. Confessar-se-á quando Deus lhe der forças. Basta esta disposição para que eu lhe dê, desde já, a absolvição sacramental.

Uma qualquer coisa que Nica não percebera antes, talvez uma pequena mudança na voz do padre Almerindo, fez com que, de repente, sem motivo preciso, ela alterasse o juízo desfavorável que formara sobre o sacerdote. Viu-o, de súbito, como um homem capaz de interesse e de solicitude. Bruscamente, no seu coração, reconciliou-se com ele.

— Vou administrar-lhe também os santos óleos — disse padre Almerindo.

Rabelo concordou, sempre perfeitamente calmo. Nica, porém, sentiu um choque violento, como se só agora, à ideia da extrema-unção, ela se desse conta da verdade daquela doença repentina. Como poderia esperar que Rabelo, chegando de uma vitória, dirigindo-se para aquela sala, onde sempre gostava de ficar, procurando aquela sua poltrona preferida, para descansar antes de ir a um banquete, não fosse mais se levantar, antes de receber, ali mesmo, naquela sua mesma cadeira, o sacramento dos moribundos? Como imaginar isso, meia hora antes, quando ela estivera revoando pela sala, com penas cor de fogo na cabeça e uma triunfante alegria no coração?

Com o choque, sentiu uma tonteira violenta. Louise, ao seu lado, murmurou: "Como Madame está pálida!".

Mas a tonteira passou. O vigário, observando-a um instante, perguntou:

— A senhora é filha dele?
— Não, senhor. Sou mulher.
— Ah!... Pois não há nada para assustar na extrema-unção. Anda por aí muita gente perfeitamente sã que eu mesmo já ungi.

O Dr. Antunes anuiu pressuroso:
— Eu também tenho visto melhoras extraordinárias depois da extrema-unção.

O padre Almerindo abriu a bolsa que trouxera e retirou dela uma sobrepeliz. Louise estendeu uma toalha de rendas sobre um console e improvisou sobre ele um altar, com o Cristo do quarto de Nica e dois castiçais de prata que mandou o Mário buscar na sala de jantar.

O olhar de Rabelo acompanhava serenamente os preparativos. Continuava recostado na vasta cadeira de couro, imóvel, como se houvesse perdido, com a crise, todo o poder de movimento, mas sem nada perder de seu ar de mando, de sua segurança moral. Antes, pelo contrário. Normalmente, de pé, Rabelo, corpulento e pesado, não tinha essa dignidade que apresentava agora e que a dor parecia lhe emprestar. Nenhum abandono, nada de fisicamente grotesco acompanhara a investida da doença. Depois daquele primeiro olhar desarvorado, que trocara com Nica, ao enfrentar de surpresa a sombra da morte, a fisionomia voltara à sua expressão habitual e o pensamento retomara toda a sua atividade.

O padre Almerindo, já revestido da sobrepeliz branca e da estola roxa, principiou a administrar o sacramento. Nica sentiu a tonteira voltar com mais força, como uma ameaça de vertigem. Uma nuvem escura subia-lhe diante dos olhos.

O médico e Louise acorreram no mesmo instante, prontos para ampará-la, cada um de um lado. Nica manteve-se de pé. Não foram, porém, os braços deles que a impediram de cair. Foi o olhar do padre Almerindo. Este não se movera de onde estava, mas Nica escutou-lhe a voz severa, dizendo: "Nada disso, Madame Rabelo. A senhora tem obrigação de ser forte".

Essa admoestação operou como se fosse uma ducha de água fria. Nica recobrou instantaneamente o domínio dos seus nervos. Voltando-lhe a vista, percebeu turvamente os ombros largos do padre Almerindo, firmes, diante dela, como um rochedo. Além, viu Rabelo, sempre na poltrona de couro, olhando assustado para ela.

— Já passou — disse Nica, envergonhada de sua fraqueza. — Foi só uma tonteira. Você escutou o que disse Dr. Antunes, Rabelo? A extrema-unção vai curar também você, se Deus quiser.

Recusou a cadeira que o médico lhe trouxera. Queria assistir de pé à administração dos sacramentos. O vigário, voltando-se para Rabelo, deu-lhe, num gesto largo, a absolvição. Depois tomou o vásculo dos santos óleos e, enquanto Louise o acompanhava, trazendo algodão sobre uma salva, como se até de extrema-unção entendesse, aproximou-se do doente e ungiu-lhe, orando, os olhos, as orelhas, as narinas, a boca, as mãos, os pés. *Per istam sanctam Uncionem, indulgeat tibi Dominus quidquid per visum, per auditum, per odoratum, per gustum deliquisti.* [Por esta santa unção, perdoe-te o Senhor os delitos que pela vista, a audição, o olfato, o gosto cometeste.]

XVII

Terminada a extrema-unção, Louise lembrou a Nica um dever que ela esquecera.

— Madame não quer que eu telefone para a Embaixada avisando que não irão ao jantar? Já está quase na hora.

Esta mulher é uma providência, pensou Nica ao responder.

— Telefone, sim, Louise. Eu tinha esquecido. Diga que sentimos muito, mas que o Sr. Rabelo está doente. — Emendou logo, lembrando-se da recomendação de Rabelo: — Doente, não, diga indisposto.

Rabelo falou, de modo claro e positivo.

— Você vai.

Olharam-no surpreendidos. Nica ficou grata ao médico, porque ele respondeu antes que ela tivesse tempo de fazê-lo, e com firmeza:

— Não, senhor. Sua senhora não o pode deixar hoje.

— Eu fico aqui com você, Rabelo. É onde eu quero ficar.

Nica acreditou que o caso assim ficava resolvido, que Rabelo se submeteria ao seu desejo e à ordem do médico. Louise, porém, parada em frente ao patrão, presa ao seu olhar, esperava a licença dele. Nica sentia, naquele olhar do marido, uma força capaz de resistir até à própria morte enquanto não se visse obedecido. Nunca imaginara que a vontade de uma criatura sem forças para falar, ou para mexer-se, pudesse manifestar-se tão agressivamente como a de Rabelo naquele momento, impedindo, com o olhar, que Louise desse o recado e tirando a Nica a coragem para enfrentá-lo. Tinha ele as pálpebras meio cerradas, os olhos eram duas frestas, mas toda a sua velha energia saía por aquelas frestas. Esses olhos, voltando-se da criada para Nica, fixos na esposa para que ela não lhe contrariasse a ordem, estavam tão firmes que davam a impressão de que nunca mais, até o fim do mundo, se desligariam do seu rosto. E não estavam amigos. Não olhavam agora para ela, como pouco antes, como para uma esposa querida, de quem se despediam e a quem agradeciam, mas como para alguém que resistia à sua vontade e relutava em obedecer-lhe, mas finalmente teria que ceder. Por esses olhos, que podiam se cerrar a qualquer momento, mas onde a força vital não diminuíra, como a chama de uma vela que não se altera até o fim, por esses olhos Rabelo dominava ainda, como se tudo, do homem que ele fora e ainda era, se concentrasse na iminência do fim. Parecia imortal esse olhar. Nica teve que recorrer a todas as suas forças morais para não se deixar intimidar, acovardar, diante dessa vontade, que lhe parecera suprema em sua órbita, desde que ela era menina, desde o tempo em que via Rabelo dar ordens a seu pai e este correr para cumpri-las, no tempo em que, aos seus olhos de garota, Álvaro era ainda uma grande figura.

A ela, porém, Rabelo não costumava ordenar nem mandar. Sua preocupação, pelo contrário, era atender-lhe aos desejos, adivinhar-lhe as preferências. E ela, agora, fazia questão de não ir a esse jantar. Não queria, não podia, decotar-se, pintar-se, conversar, rir, depois de ver ungido o marido e sabendo que a morte podia sobrevir em sua ausência.

Nica, para recusar, adotou uma atitude de paciência carinhosa.

— Rabelo, o Dr. Antunes não quer que eu deixe você. Você está melhorando, mas ainda não está bom. Todos acharão que eu faço muito bem ficar fazendo companhia a meu marido.

Rabelo não mudou de expressão. Já havia manifestado sua resolução definitiva. Exigia que Nica fosse, que aparecesse, para que ninguém soubesse de sua doença, nem desconfiasse da gravidade dela, senão depois da publicação do decreto. O olhar de Nica desviou-se para o médico, como se pedisse socorro ao Antunes.

— Dr. Antunes, não me seria possível ir a essa festa. Isso é coisa em que ele nem devia pensar.

— A senhora tem toda razão — disse o Antunes.

Sua voz incolor adquirira energia. Estava incondicionalmente com ela.

Insistiu novamente com o Rabelo:

— Todos acharão muito natural que sua senhora fique em casa para acompanhá-lo, mesmo sendo uma indisposição passageira, como é muito fácil fazer acreditar.

Rabelo respondeu com um olhar de fúria. Não aceitava essa intervenção do médico. Sua ordem continuava de pé, aquele "você vai", que retivera Louise ao pegar do telefone.

Nica fez nova tentativa:

— Mesmo que eu quisesse ir, eu não poderia, Rabelo. Não teria forças. Você não havia de querer que eu fizesse um feio lá. Quase desmaiei ainda agora. — Tirou o lenço e enxugou os olhos. — E se lá eu chorar, se fizer isto que estou fazendo agora?

— Não — pronunciou Rabelo, só com um movimento dos lábios, sem som.

Seu olhar completava esse "não", como se dissesse: "Não. Isso você nunca faria. Não há perigo de você fazer feio".

Naquele momento o sacerdote, que acabava de guardar o que trouxera e de fechar a maleta, voltou-se, do outro lado da grande sala, e aproximou-se, para despedir-se. O Dr. Antunes, que era dos teimosos brandos, resolveu conseguir o seu apoio.

— O padre Almerindo — disse — há de certamente concordar comigo que a senhora não deve deixar seu marido para ir a uma festa hoje.

— Festa? — repetiu o padre, com surpresa, com reprovação. — A senhora pensa em ir a uma festa hoje?

— Eu, não! Não penso absolutamente em ir. Meu marido é quem quer que eu vá.

Rabelo olhou para o padre com a esperança de encontrar nele um aliado de última hora. Murmurou para Nica:

— Explique.

Enquanto ela falava, ele, com o olhar, pedia apoio ao sacerdote.

— Meu marido — explicou Nica — quer que se guarde segredo desta doença dele, até amanhã, até que a lei autorizando o funcionamento da Companhia de Mineração e Transporte, que ele fundou, seja publicada no *Diário Oficial*. Ele tem receio de que a notícia, se se divulgar, possa impedir a organização da Companhia, à qual ele é indispensável.

O padre mostrou-se bem informado.

— Tenho acompanhado nos jornais tudo que se refere à M. e T. É uma realização magnífica, um orgulho para os brasileiros.

Mas, sobre a ida de Nica ao jantar, o sacerdote não disse nada, evidentemente por discrição. O aguçar curioso do seu olhar mostrava seu interesse pelo problema. Houve um momento de silêncio. O padre Almerindo despediu-se.

— Bom, Sr. Rabelo, desejo suas melhoras. Continuo sempre às suas ordens. Amanhã telefonarei para saber notícias. O senhor hoje não deve se preocupar, nem com esse jantar, nem com mais nada. Sua senhora resolverá pelo melhor. Tenho certeza disso.

Voltou-se e dirigiu-se para a porta, deixando Rabelo decepcionado. Nica acompanhou-o. Queria agora ter a seu favor a opinião dos dois, do médico e do sacerdote. Já tinha a do Antunes. Apoiada nas duas ela se sentiria mais forte contra a exigência do Rabelo.

Saiu da sala com o padre Almerindo, como se cumprisse apenas um dever de dona de casa.

XVIII

Nica, acompanhando a custo, na galeria, as passadas largas do padre, agradeceu-lhe ter vindo.

— De nada, minha senhora. Fiz apenas o meu dever.

Quando ela lhe pediu que demorasse mais alguns minutos, pois queria pedir-lhe um conselho, ele olhou para o relógio.

— Tenho dois compromissos para os quais já estou com atraso. Bastam três minutos? — perguntou, visivelmente apressado.

— Se não pode ser mais...

Fê-lo entrar na sala. Ofereceu-lhe uma cadeira, mas ele a recusou com um gesto. Ficaram ambos de pé. O olhar do padre Almerindo parecia fascinado, através das vidraças, pelo panorama do mar e das montanhas. Nica disse:

— O senhor viu o que meu marido está exigindo de mim? O senhor não acha isso impossível de se obedecer?

Falou rapidamente, com as palavras amaciadas por um som de lágrimas. As últimas saíram-lhe alto, num protesto. O padre olhou-a com interesse, com simpatia.

— Ele é um homem habituado a ser obedecido — disse.

Parecia saber tudo, este padre de quem ela a princípio não gostara, mas que agora respeitava.

— O senhor quer me dar um conselho, padre Almerindo? Eu vou lhe explicar o caso. É só por mim que ele está fazendo questão disso. É por minha causa que ele quer ver o negócio concluído a todo custo. Ele arriscou tudo que tínhamos nesta Companhia e se julga obrigado a me deixar, como ele diz, garantida.

— Isto só faz honra a seu marido, minha senhora. Mostra a afeição que ele lhe tem. Para morrer tranquilo, se for a vontade de Deus que ele morra, quer saber se a deixa amparada.

— Mas o senhor não acha que, se ele me pede uma coisa dessas, é porque não se dá conta da gravidade do seu estado?

— Ele sabe. Seu marido não é homem de se iludir. Sabe tão bem quanto nós que, enquanto a senhora estiver no banquete, ele pode morrer de outra crise. Eu não sou médico, mas tenho visto morrer muita gente e tenho experiência deste mal. Não acho o estado dele nada bom.

— Pois então!... Se o pior acontecesse, se meu marido morresse enquanto eu estivesse num banquete, comendo, vestida de festa, pintada, decotada! — Veio-lhe uma onda de desespero. — Eu nunca mais me consolaria! — exclamou.

— Vejo que está lhe custando muito — disse o padre.

Falava assim, como se já soubesse o que ela ia fazer, como se já soubesse aquilo que ela mesma ainda não resolvera. Mas conselho não deu. Deixou-lhe ver logo que as palavras decisivas, que ela queria ouvir, ele não as diria. Parecia querer dar a entrevista por terminada. Pronto para despedir-se definitivamente, fez um movimento em direção à porta. Considerava evidentemente que sua missão nesta casa, nesta família, se concluíra. Ia agora passar a outros casos.

Nica continuou:

— Não posso! Não posso! Vou telefonar desmanchando. E os empregados, que diriam vendo-me sair, toda paramentada, deixando meu marido assim doente?

O padre olhou-a calado, mostrando, por aqueles olhos inteligentes que a observavam, que ele não estava de acordo com a direção que o seu pensamento ia tomando.

— A senhora não pense nos empregados. Pense no que deve fazer, não em terceiros. As convenções devem, em geral, ser consideradas, mas há casos que são excepcionais.

— Mas o senhor não acha horrível uma mulher abandonar o marido quando ele acaba de receber a extrema-unção? —

insistiu Nica. — Se eu voltasse e o achasse morto entre estranhos, seria um castigo que eu carregaria a vida inteira.

O padre olhou para ela e sua expressão espiritualizou-se.

— Castigo ou cruz? Deus manda cruzes estranhas para carregarmos nesta vida, e muito diferentes umas das outras.

— Eu não me iludo, padre. Por isso mesmo, por ser talvez sua última vontade, é que estou pensando em ir.

Sofria dobradamente dessa hesitação por ser uma mulher que sabia sempre o que devia fazer em todas as circunstâncias e não costumava conhecer hesitação.

— Se eu visse meu dever claramente, eu iria a este jantar. Mas o que estou vendo é que ele quer que eu saia à caça de dinheiro para mim, deixando-o neste estado e sozinho, sem sequer uma pessoa da família. O senhor acredita que ele não me deixou chamar nem avisar a ninguém, nem a meu pai, nem à minha irmã?

Encheram-se-lhe os olhos d'água, com pena dela mesma. Mal conseguiu que as lágrimas não transbordassem.

O padre firmou-se outra vez na sua posição de neutralidade, como se a atirasse mais fundo para dentro das trevas da dúvida.

— Minha senhora, eu não posso lhe dar conselho. Todos os casos são diferentes. A senhora compreende perfeitamente que não tem a menor obrigação de fazer um sacrifício desses, por um motivo que, afinal de contas, só é de interesse material. Fará se quiser. Ninguém deve influir na sua decisão. Ninguém lhe deve dar conselho. A senhora decidirá sozinha, e só posso dizer que o mais provável, na situação difícil em que se encontra, é que, quer vá, quer não vá, mais tarde se arrependa amargamente de ter decidido errado.

Nica enxugou os olhos. Sentiu-se desamparada, como no meio de um deserto. O padre, como se tivesse pena de se mostrar tão duro, acrescentou:

— Já que quer por força um conselheiro, por que não segue o conselho do médico assistente? Ele acha que a senhora deve ficar. Fique.

— Não. O conselho que estou pedindo é o seu, padre. O Dr. Antunes é um temperamento timorato, e ele se governa pelas convenções. A ideia de que uma mulher vá a uma festa, deixando o marido entre a vida e a morte, o choca, a ponto de cegá-lo. Como médico, ele deveria ver também que uma grande contrariedade pode provocar outra crise no doente. Eu estou vendo tudo isso, e é por isso que hesito. Eu faria o sacrifício se o julgasse indispensável. Sei que as pessoas que me virem lá hoje sozinha não estranharão. Pensarão que fui sozinha porque a indisposição dele é ligeira. Saio muitas vezes sem ele. Sou muito mais moça do que ele. Mas o que hoje acharão natural amanhã estranharão. Depois há de circular que fui a uma festa depois de ele receber a extrema-unção. Quem acreditará que fui contra minha vontade, que me submeti à dele? Ninguém! Muita gente até dirá que sempre esperou isso de mim. Talvez nem meu pai, nem minhas irmãs compreendam como fiz isso. Uma coisa dessas é contrária a todas as nossas tradições de família.

— Reze, minha filha. Peça a Deus que a esclareça. Seu marido só lhe pede isso porque conhece sua energia. Cada um dá o que pode, mas seu marido sabe que a senhora é corajosa.

— Reze também por mim, padre Almerindo.

Ele calou um instante, com os olhos na vista do mar, e ela viu que a prece, que ela pedira, já estava feita.

O padre disse:

— Deus a ilumine, minha filha.

— Eu vou — resolveu subitamente.

Saiu o vigário. Nica voltou à sala da biblioteca para comunicar a Rabelo sua decisão. Em vez de dizer-lhe: "Não, não posso ir", deixando-o talvez morrer com esse som duro nos ouvidos, e vindo dela, que sempre fizera tudo para o servir, ia dizer-lhe: "Farei o que você me pede".

O Antunes esperava-a, do lado de fora da porta, evidentemente para falar com ela, sem ser ouvido pelo Rabelo.

— Eu ainda não perdi esperança — disse o Antunes — que, de um momento para outro, seu marido desista dessa ideia e veja que não tem razão.

— O senhor então não conhece meu marido — respondeu Nica.

Quis passar adiante, entrar, sem mais discussão, sem novas dificuldades. Havia, porém, coisa que precisava saber do Antunes.

— O senhor acha que há perigo imediato?

— Enquanto continuar este estado anginoso agudo, ele está sob a ameaça de outra crise a qualquer momento. Já teve duas em pouco tempo. Pode sobrevir uma terceira, e qualquer crise pode ser fatal. Falo-lhe com toda a franqueza, para que a senhora proceda com conhecimento de causa. A senhora não deve deixá-lo. É coisa desumana de se fazer neste momento.

Nica sentiu uma violenta indignação contra o médico e uma pena irresistível de si mesma. Forçara-se até então à paciência, mas agora perguntou, revoltada, ao Antunes:

— Desumana de se fazer ou de se pedir?

As lágrimas que até então contivera saltaram-lhe dos olhos. Em vez de voltar logo à presença de Rabelo, teve que esperar diante da porta alguns minutos, até compor-se novamente uma fisionomia tranquila. No olhar do Antunes, em lugar de crítica, havia agora remorso e admiração.

— Desculpe, Madame Rabelo. A senhora tem razão.

Quando ela afinal, depois de lhe secarem os olhos, abriu a porta e entrou na sala, Louise lhe murmurou:

— Desde que Madame saiu, ele não tirou os olhos da porta.

Rabelo esperava-a, para saber o que decidira, depois de conversar com o padre.

— Já que você acha necessário — disse ela ao marido — que eu vá a este jantar, resolvi ir. Por você é que eu faço isso, para não o contrariar. Não é pelo dinheiro.

A expressão do rosto de Rabelo suavizou-se. Os músculos tensos pela dor afrouxaram-se num quase sorriso. Nica disse:

— Louise, telefone daqui mesmo para a Embaixada e diga que o Sr. Rabelo chegou em casa muito gripado e que o médico proibiu-lhe sair à noite, por isso irei sozinha ao jantar.

Ouviu Louise dar o recado. Ouviram ambos, com atenção. Depois a camareira perguntou:

— Que vestido Madame vai pôr?

Quem respondeu foi Rabelo:

— O verde.

Era um vestido que Nica só pusera uma vez e que Rabelo alcunhara o vestido de sereia. O corpo, decotado, era todo de escamas cintilantes, e a saia, larguíssima, de tule, era bordada a espaços com as mesmas lantejoulas.

Nica foi para o quarto preparar-se. Tudo na casa, as paredes, os móveis, os objetos lhe pareciam agora diferentes, como se houvessem sido transportados para um passado muito distante, adquirindo um aspecto estranho e imutável e destituídos de todo o calor da familiaridade, para ficarem pertencendo a outra órbita, e a uma vida que não era mais a dela.

Louise chegara antes dela no quarto. Já pusera o vestido sobre a cama e, agora, tirava do armário as sandálias douradas. Aquela estranheza que Nica sentia, olhando para a casa, estendia-se a tudo que ela via, até aos objetos de seu uso pessoal e até à própria Louise. Nica, de repente, achou a camareira irritante na perfeição do seu serviço, na sua competência providencial.

Sentiu enjoo retrospectivo também de tantas horas dedicadas nesse mesmo quarto aos cuidados de vestir, de tantas ordens fúteis que ela mesma dera a Louise nos três anos em que estivera ao seu serviço, ordens sempre cumpridas escrupulosamente por essa mulher, para quem as futilidades e as vaidades da vida não tinham nenhum significado pessoal, essa mulher que conhecera o sofrimento, a dependência e o exílio.

Quanto tempo perdido em coisas inúteis e que a privavam da companhia de Rabelo — em costureiras, em cabeleireiros, em relações sem interesse. Por mil causas insuficientes, ela costumava chegar em casa depois do marido. Rabelo às vezes se queixava disso. Ainda poucos dias antes, ele lhe dissera: "Na casa de seu pai, no Flamengo, eu nunca encontrava a casa vazia. Tinha sempre quem me servisse meu uísque".

Nica sentou-se diante da penteadeira e procurou consertar, com loções e cremes, a desordem do seu rosto, a ligeira inchação nas pálpebras vermelhas. O creme de base restituiu à sua pele, quase instantaneamente, uma lisura de flor. Nica estranhou ver seu rosto tão inalterado, tão moço, quando sentia que passara sobre ela um peso como de muitos anos, quando sentia os olhos arderem-lhe, a boca como se estivesse puxada para baixo por ferros. Nada disso, no entanto, aparecia agora no espelho.

Passou o lápis negro, muito de leve, sobre as pestanas, recurso que ela só usava à luz elétrica. Espalhou com cuidado o ruge sobre as faces.

Enquanto se preparava, sem nada suprimir do processo, dando apenas mais rapidez às mãos peritas, enquanto seus olhos, fixos no espelho, mediam e avaliavam os mais leves matizes da maquilagem, via em pensamento a imagem de Rabelo doente, de Rabelo que podia morrer enquanto ela estava ali, a pintar-se como uma boneca. A qualquer momento, alguém podia bater à sua porta com essa notícia terrível. Seus ouvidos estavam atentos a passos no corredor.

Os pensamentos que a ocupavam encheram-lhe um momento os olhos d'água. Levou o dedo mínimo às pálpebras, primeiro a uma e depois à outra, para colher delicadamente as lágrimas antes que escorressem e destruíssem todo o seu trabalho de maquilagem. No momento de pôr o lápis, hesitara, por prever esse perigo mesmo. Agora tirou toda a pintura das pestanas. Penteou-se.

Olhou para o relógio. Fizera tudo no tempo mínimo, mas ainda assim levara uns quinze minutos. Com o auxílio de Louise, enfiou o vestido. Depois olhou-se, pronta, no espelho grande. Uma leve névoa d'água turvou-lhe outra vez a vista, impedindo-a de distinguir no espelho os traços do seu rosto, mas via a figura em conjunto, elegantíssima, provocadora, no vestido que lhe ia como uma luva, o vestido de sereia, verde e cintilante.

Antes de sair, Nica foi à sala da biblioteca, seguida de Louise, levando a capa de peles.

Quantas vezes viera assim despedir-se do marido, antes de ir a uma festa, e mostrar-se toda preparada, faceira e jovem. Dessa vez, seu interesse não estava nela mesma. Seu pensamento ficara naquela sala.

— Se você precisar de qualquer coisa — disse ao marido —, mande telefonar que eu venho logo. De todo modo, sairei logo depois do jantar.

Beijou-o na testa e saiu. O Antunes seguiu-a com um copo na mão. Acabava de pingar algumas gotas de remédio.

— Beba — ordenou. — É um calmante.

— Eu não preciso de calmante!

— Beba — repetiu.

Ela obedeceu. Tomou de um trago a dose. O Antunes disse:

— Vá tranquila, que eu a espero aqui.

XIX

Quando o carro que a levava parou à frente da Embaixada, Nica precisou fazer um esforço para deixar o automóvel. Custava-lhe abandonar aquela concha solitária para principiar a comédia dos sorrisos e das palavras vazias.

O chofer perguntou-lhe ao abrir a porta:

— A que horas devo voltar, Madame?

Não era o Daniel que a estava servindo naquele dia. O Daniel entrara de férias. Era outro, que costumava suprir as falhas do chofer efetivo. Ela respondeu:

— Fique aqui mesmo, porque posso sair a qualquer momento.

O homem não havia ainda jantado e não contava com esse sacrifício, de ficar sem comer, nem lhe via necessidade. O banquete na Embaixada demoraria pelo menos duas horas.

Depois de a patroa descer, seu mau humor fê-lo bater a porta do carro com mais força do que era preciso. Nica adivinhou o motivo desse mau humor. Ocorreu-lhe que, além da decepção do estômago, o homem a reprovava por vir a uma festa deixando o marido doente.

De outro carro, no mesmo momento, desceu um conhecido de Nica. Saudaram-se e entraram juntos no palacete. Enquanto Nica, coberta de peles, se enquadrava, ao lado do cavalheiro em traje de rigor, no limiar da porta, contra a luz que inundava o átrio, tinha ainda consciência do olhar do chofer sobre ela.

Entrou. Na sala, que já encontrou cheia, falou com os anfitriões, depois falou com um, com outro, sorrindo graciosamente, trocando saudações. Parecia-lhe que não era ela quem estava ali, que os movimentos que fazia, as palavras que dizia eram de outra pessoa, que se movia com suas pernas, falava com sua voz e sorria com seus lábios.

Teve um pensamento de gratidão para o Antunes, quando verificou que o calmante que ele lhe dera, e que ela não queria tomar, tivera um efeito rápido e completo. O remédio estancara-lhe, em grande parte, a emoção, deixando-a, ao mesmo tempo, senhora de todos os seus recursos, capaz de conversar de modo aparentemente normal e de esconder sua preocupação. Comer, porém, não lhe foi possível. Para criar coragem, bebeu uma taça de champanhe.

Todos, um por um, lhe perguntaram pelo Rabelo. Ela respondia, fazendo pouco da indisposição que o impedira de estar presente. À mesa, seu vizinho, o industrial Novais, muito amigo de casa, e diretor da M. e T., indagou com interesse:

— Que tem o Rabelo? Gripe?

— Creio que sim, mas não estou bem tranquila. Não queria deixá-lo, mas ele fez questão que eu viesse.

Eram verdadeiras, as palavras. A mentira estava no tom leve da voz, na expressão do rosto.

Duas vezes ouviu-se o som do telefone. Nica ficou atenta, ambas as vezes, pronta a levantar-se, se o chamado fosse para ela. Não era. O Novais, no meio do jantar, observou:

— Você hoje está muito distraída.

— Estou, sim. Tem razão. Meu pensamento não está aqui. Só meu corpo está.

— Pois não é pouco — respondeu o amigo. — Seu corpo, com este vestido verde, está uma festa para nossos olhos.

À sobremesa houve pequenos brindes. O ministro da Fazenda lamentou a ausência de Rabelo "nesta reunião em que festejamos um grande acontecimento brasileiro, acontecimento cuja inspiração e mérito lhe pertencem". Levantou a taça para Nica, pedindo-lhe que transmitisse "ao Sr. Rabelo as nossas congratulações, o apoio inteiro dos amigos aqui reunidos, e da administração". O banqueiro americano falou também em Rabelo "tão bem representado aqui pela jovem e encantadora Senhora Rabelo" e disse que ele era um dos criadores da riqueza brasileira, um grande nome nas finanças. Nica ouvia emocionada e procurava guardar as palavras de cor para poder repetir tudo ao marido.

Saiu cedo, logo que pôde depois do café, dizendo à embaixatriz:

— A senhora me desculpe de sair assim, tão depressa, de ser a primeira, mas estou aflita por meu marido. Talvez ele não tenha nada, mas deixei-o realmente indisposto.

Não se despediu de mais ninguém. A embaixatriz ajudou-a a escapar discretamente.

Mandou que o chofer fosse depressa.

— Pode correr — disse —, estou com pressa de chegar em casa.

Fizera o que o marido pedira. Fora ao banquete. Conseguira, como ele queria, fazer com que a ideia de qualquer doença grave não ocorresse a ninguém. Pusera, naquele longo esforço contra si mesma, tudo que possuía de energia. Agora só lhe restava um cansaço invencível.

Embora não tivesse comido nada, tinha mau gosto na boca. Um gosto que lhe parecia de cinzas.

XX

Chegou em casa. Ao descer do automóvel, pisou, sem querer, na saia vaporosa, fez-lhe um imenso rombo. Levantando, com as mãos, a saia dependurada, atravessou rapidamente a galeria, dirigindo-se à biblioteca. O Antunes saiu ao seu encontro. Nica notou que ele parecia haver cochilado e pensou: *Graças a Deus!* Perguntou ao médico:

— Como está ele?

— Está no mesmo — respondeu o Antunes. — Não piorou, já é muito. Pouco depois de a senhora sair, mandou o copeiro telefonar a seu pai, pedindo-lhe que fosse à Imprensa Nacional e visse se o decreto ia sair. Agora mesmo, teve a resposta. Seu pai telefonou que viu as provas do *Diário Oficial*, no momento de ir para o prelo, e que o decreto da concessão lá está.

— Ele então deve estar mais tranquilo — comentou Nica. — Foi bom saber mais cedo.

Entrou na sala, onde estava o Rabelo, ainda na mesma posição, na mesma cadeira de couro. Tinha os olhos cerrados, mas abriu-os com o pequeno ruído da porta.

— Já cheguei, meu marido — disse Nica. — Vou só mudar de vestido e volto já.

Seu maior alívio agora era saber que podia tirar o vestido, com o marido ainda vivo.

No seu quarto, onde Louise a esperava, parecendo, como o médico, haver dormido, Nica sentiu a reação do seu esforço e do seu alívio, uma reação tão forte que quase lhe provocou uma crise de choro. Para evitá-la, para engolir a tempo a explosão de lágrimas e o engasgo, apertou as mãos uma contra a outra, abaixou a cabeça, dobrou-se quase em duas. Quando se reergueu, já inteiramente senhora de si, Louise estava ao seu lado, assustada.

— Que foi, Madame? Madame não quer um remédio? Pensei que Madame fosse vomitar. As emoções mexem também com o estômago.

— Me deixe, Louise, estou bem, não tenho nada — respondeu contrariada. Sentiu outra vez uma imensa irritação contra essa mercenária, que assistia à sua intimidade sem que nenhuma amizade as unisse, sem que ela, Nica, lhe conhecesse nada do sentir nem do pensar.

Despiu, num instante, o vestido, passando-o sobre a cabeça. Então, agarrou com as duas mãos na saia rasgada ao descer do automóvel e, num ímpeto de ódio, aumentou-lhe o rasgão, como se quisesse pôr o vestido em tiras.

Louise, que já antes, ao ver o primeiro estrago, murmurara *"Quel dommage!"* [Que dó!], exclamou agora: "Oh! Madame!", e reteve um gesto para salvar o vestido das mãos de Nica.

Só a compostura impediu a Nica de destruir inteiramente esse vestido do qual tomara horror. Não quis dar à francesa esse rico espetáculo, para que ela depois o descrevesse aos conhecidos, com a mesma frieza na voz que tinha agora nos olhos curiosos, contando como Madame rasgara uma toalete caríssima para descarregar os nervos.

Nica disse:

— Não quero mais ver este vestido. Carregue-o daqui.

Sentiu também o desejo de nunca mais ver a cara magra e passiva de Louise, de afastá-la também de sua vida.

A mudança de traje não levara quase tempo nenhum. Nica não demorou no quarto mais de três minutos. Ia saindo novamente, quando Louise lhe lembrou:

— Madame não tirou os brincos.

Nica retirou então os grandes pingentes, de esmeralda. Recusou o outro par de brincos, que a francesa lhe estendia — umas pérolas discretas.

Voltou para junto do marido. Beijou-o. Acendeu mais uma lâmpada para que se vissem melhor. Depois, ajoelhou-se junto a ele, apoiada nos braços da poltrona, e começou a contar como correra o jantar. Repetiu tudo que o interessava, os discursos, certas frases do americano durante o jantar, os nomes de quem estava, quem perguntou por ele e o que ela respondera. De repente parou. Rabelo levara outra vez a mão ao peito. Seus olhos retomaram aquela fixidez ansiosa. A dor voltara. Não podia mais dar atenção a nada senão ao próprio sofrimento. O Dr. Antunes encheu depressa uma seringa e aproximou-se de Rabelo. Não chegou, porém, a tempo de lhe aplicar a injeção. A cabeça de Rabelo caíra desajeitadamente sobre o peito. Nica deu um grito. O Antunes tomou o pulso do Rabelo, largou-o devagarinho, olhou para Nica e disse:

— Foi-se um grande homem.

XXI

Mais tarde, ou talvez logo — Nica perdera a noção de tempo —, Álvaro e Cristina apareceram, consternados. Aos poucos, a casa foi-se enchendo de um grande rebuliço silencioso, de passos abafados, de murmúrios, das mil providências em redor da morte.

Álvaro obrigou Nica a ir para seu quarto e deitar-se um pouco. Ele confortava-a com seu carinho, com suas pequenas atenções, com um partilhar absoluto de sua dor. Álvaro fora sempre profundamente dedicado a Rabelo.

Falava a Nica com a voz doce que ela amava desde pequenina, a voz que lhe secara as lágrimas infantis. Dizia: "Chore comigo, minha filha. Eu sou seu pai e sua mãe".

Quando Nica teve para ele uma palavra de gratidão, Álvaro revidou, acusando-se:

— Não me agradeça de nada, Nica. Eu dei muitas preocupações a você. Fui sempre um pai sem juízo.

— Rabelo queria muito a você.

Cristina ficara ao lado da irmã, e, de vez em quando, uma lágrima lhe transbordava dos olhos. Disse a Nica:

— Ele foi sempre como um pai para mim. Para todos nós, até para Álvaro.

Iolanda e Fernando vieram mais tarde, antes porém de clarear o dia.

Pela manhã, depois de armada a eça, permitiram a Nica ficar junto ao corpo do marido. Álvaro, conduzindo-a devagarzinho pelo braço, lembrou-lhe:

— Minha filha, você precisa tirar essa pintura da cara.

Quando Nica viu, no espelho sobre o lavatório, o seu rosto preparado na véspera, para a luz elétrica, e com a pintura ainda intata e berrante à claridade do dia, ela disse a Cristina:

— Que cara para uma viúva! Cara de mulher fútil, a cara que eu mereço.

Depois, de rosto pálido e de cabelo alisado, recebeu os pêsames. Haviam armado o cadafalso na própria sala da biblioteca, que fora seu gabinete de trabalho e onde morrera. A sala encheu-se de gente, como nas suas recepções festivas, de mais gente ainda, mas com silêncio em vez de alvoroço.

Amigos e conhecidos passaram diante dela, desfile interminável de caras de circunstância. Passou o Evaristo, com sua solenidade habitual, dessa vez justificada pela ocasião. Todos faziam questão de ser vistos e reconhecidos por ela, para que, mais tarde, ela se lembrasse de que vieram. A maior parte retomava, depois de lhe dar os pêsames, a expressão habitual, como se pouco ou mesmo nada tivessem a ver com tudo isso. Murmuravam, uns após outros, uma palavra lacônica. "Meus sentimentos..." "Pêsames." Alguns diziam mais, achavam palavras que a comoviam. Muitos lhe contavam que haviam visto o Rabelo, ainda na véspera. "Estava tão bem." "Ele morreu na culminância" ou "Quem diria?". Tudo que ouvia sobre ele lhe tocava o coração, lhe provocava lágrimas.

Obrigaram-na, no meio do dia, a ir descansar mais um pouco, a estender-se sobre a cama. Quando ali estava, tocou o telefone à sua cabeceira. Automaticamente, ela estendeu a mão para fazer calar a campainha e murmurou fracamente seu característico "alô, alô".

Ouvira então uma voz que pertencia a outra vida, a uma vida que passara. Era a voz da mulher que lhe passava trotes. Com os dentes cerrados, falando depressa, para não ser cortada antes de acabar, disse:

— Parabéns! Agora pode casar com o ministro. Ficou com os cobres. Posição e fortuna, hein?

Nica, no abatimento em que estava, nem revolta sentiu. Continuou com o fone na mão, apática e cansada, sem energia para o movimento de repô-lo no gancho, até que Louise veio tirá-lo da sua mão. A outra esperara uns momentos antes de desligar. Teve um risozinho perplexo e despeitado. Nica ficou olhando para a maldade humana e para o aparelho calmo que encobria a identidade da covarde. Disse a Cristina:

— Foi aquela anônima.

Os rostos da irmã e da camareira animaram-se de indignação e piedade, mas Nica disse calmamente:

— Não tem importância nenhuma.

Sentia-se realmente desligada do mundo e de tudo a que a inimiga ainda dava importância, e a que ela já dera muita também. Repudiava agora aquilo a que antes dava valor. Dessa vida que ardera e já passara, não via mais senão as cinzas, que restavam do fulgor e que se estendiam diante dela, sem nenhum traçado, submergindo o que fora seu universo. Mas via, pela janela, que o dia estava claro e bonito.

Carolina Nabuco na década de 1920.

(RE)DESCOBRINDO CAROLINA NABUCO

Carolina Nabuco nasceu no Rio de Janeiro, em 1890. Passou a adolescência nos Estados Unidos, onde o pai, o estadista e abolicionista Joaquim Nabuco, era embaixador do Brasil. Tornou-se importante escritora já ao publicar seu primeiro livro: a biografia de seu pai, em 1928, obra que no ano seguinte receberia o Prêmio de Ensaio da Academia Brasileira de Letras.

Apesar da educação recebida no exterior, possuía um espírito altamente brasileiro. Atuou como escritora e tradutora e levou uma vida discreta. Não se casou nem teve filhos.

Além de *A vida de Joaquim Nabuco* e de *Chama e cinzas* (1947), é também autora, entre outros livros, de *A sucessora* (romance, 1934), *Visão dos Estados Unidos* (viagem, 1953), *Santa Catarina de Sena* (biografia, 1957), *A vida de Virgílio de Melo Franco* (biografia, 1962), *Retrato dos Estados Unidos à luz da sua literatura* (crítica literária, 1967), *O ladrão de guarda-chuva e dez outras histórias* (coletânea de contos, 1969) e *Oito décadas* (memórias, 1973).

Em 1978, recebeu o Prêmio Machado de Assis, da Academia Brasileira de Letras, pelo conjunto da obra. Quatro anos depois, em agosto de 1981, faleceu em decorrência de um ataque cardíaco, aos 91 anos, em sua casa na rua Marquês de Olinda, no Rio de Janeiro.

SOBRE A CONCEPÇÃO DA CAPA

O final da Segunda Guerra, em 1945, trouxe para a moda a nostalgia da elegância e do *glamour* perdidos nos anos de combate. O *ready-to-wear*, inventado pelos americanos durante o período de conflito, produziu roupas em escala industrial, transformando a maneira como as pessoas se vestiam.

Para ajudar a contar a história de *Chama e cinzas*, ilustramos na capa alguns modelos de roupas usados no período do pós-guerra. Quando imaginamos Nica descendo as escadas do casarão dos Galhardo e olhando-se no grande espelho do *hall* com "sua saia comprida, muito larga embaixo, colante nos quadris, desenhando a cintura fina", provavelmente a vemos em um modelo inspirado em Christian Dior, que apresentou sua primeira coleção em 1947, inaugurando o estilo que a revista *Harper's Baazar* denominou de *New Look*.

Mas no dia que mudou o destino de Nica, quando ela e a irmã Iolanda vão à Praia de Copacabana ao encontro de Fernando, ainda não era possível avistar garotas usando biquíni, que só ganharia popularidade no Brasil a partir da década de 1960. Nos anos 1940 e 1950, as mulheres iam à praia vestindo maiô de helanca com enchimento no busto, enquanto as mais ousadas usavam duas peças de algodão com a parte de baixo cobrindo o umbigo e por cima dela um babado tipo saiote — trajes retratados na quarta capa.

A débil mental

Romance